KB063603

로크미디어가
유혹하는
재미있는 세상
ROK
MEDIA
로크미디어

SYNC
싱크

싱크 1

2015년 3월 4일 초판 1쇄 인쇄
2015년 3월 9일 초판 1쇄 발행

지은이 현민
발행인 이종주

기획 팀 이주현 이기헌
책임 편집 이세종

발행처 (주)로크미디어
출판등록 2003년 3월 24일
주소 서울시 용산구 원효로97길 46 5층
Tel (02)3273-5135 **Fax** (02)3273-5134
홈페이지 rokmedia.com **E-mail** rokmedia@empas.com

값 8,000원

ISBN 979-11-255-8685-2 (1권)
ISBN 979-11-255-8684-5 04810 (세트)

† 현민 게임 판타지 장편소설 †

CONTENTS

노바디

두껍고 무거운 커튼 너머에 세계가 있었다.

김현은 가느다란 손가락으로 틈을 만들고, 그 사이로 바깥을 내려다보았다. 아파트 주차장에 밤새 서 있던 차들이 하나둘씩 움직였고, 우산을 든 사람들이 밖으로 나와 버스 정류장이 있는 곳으로 걷고 있었다.

세상은 활력으로 가득 찬 곳이었다.

고개를 돌린 김현은 어두컴컴한 방을 바라보았다.

한때는 진홍색이었을, 지금은 물 빠진 주황색을 띤 소파가 놓여 있었다. 그 옆으로 수천 권의 만화책, 무협과 판타지 소설, 백과사전, 헌책방에서 싸게 사들인 여러 분야의 오래된 책들이 꽂힌 책장이 벽을 가득 채우고 있었다.

소파 앞, 그러니까 커튼으로 빛을 가린 창 맞은편에 놓인 책상 위에는 컴퓨터와 모니터가 놓여 있었다. 어둠이 내려앉은 방에서 빛이 직접적으로 닿는 곳이 바로 모니터가 놓인 그 책상과 소파였다.

두 개의 스탠드가 뿌리는 빛 덕분에 책상과 소파는 어둠의 바다에 홀로 떠 있는 섬처럼 보였다.

스피커에서 알람이 울렸다.

김현은 얼른 가서 한 번도 직접 본 적은 없지만 너무나 친숙한 연예인의 트위터를 클릭했다. 비가 눈이 되어 얼어붙을지도 모르니 안전 운전하라는 내용이었다.

김현은 '리트윗' 버튼을 눌렀다. 자신을 팔로우한 수천 명의 사람들에게 그 내용이 전달될 터였다.

다시 창가에 선 김현은 어느새 빈 주차장을 내려다보았다.

아침마다 사람들은 바삐 어디론가 간다. 직장으로, 학교로, 때로는 약속을 위해 누군가를 만나려고 집을 떠난다.

김현은 이 방에서 나가지 않은 지 벌써 4년째였다. 이제는 왜 방에 처박혔는지 그 이유조차 가물거린다. 왕따, 폭행, 정신적 충격 따위의 표현은 희미해져 실제로 그 때문에 스스로 자신을 가두었는지조차 알 수가 없다.

"히키코모리."

어떤 단어의 뜻을 온전히 알고 싶다면 혼자, 아무도 없는 고독한 곳에서 입으로 직접 발음해 보면 된다.

마음이 얼어붙는다.

김현은 서둘러 컴퓨터 앞으로 가서 앉았다.

좋은 내용을 찾아서 페이스북에 글을 올렸다. 트위터에도 그 글을 보낸 다음, 반응을 기다렸다. 다행히 사방에서 수십 명이 동시에 댓글을 달거나 리트윗으로 반응을 보였다.

마음이 조금은 풀리는 느낌이다.

인기척이 느껴졌다.

김현은 방문으로 소리 없이 걸어갔다. 무거운 물건을 앞으로 끌고 오는 소리가 들렸다. 숨이 거칠어졌다. 누군가, 심지어 엄마라도 이 방으로 들어오면 가슴이 답답해지다 못해 호흡마저 곤란해졌다. 광기에 사로잡히기도 했다.

엄마는 몇 번의 시도 끝에 포기하고 말았다.

"밥 잘 챙겨 먹어라. 그리고 괜한 짓인지도 모르겠지만, 엄마가 널 위해 준비한 게 있어. 그러니까, 그러니까 꼭 봐."

김현은 엄마가 아들의 목소리를 듣기 위해 잠시 거기 서서 기다린다는 사실을 알았다. 그러나 아무 말도 할 수 없었다.

엄마가 출근하는 소리가 들렸다.

김현은 한 시간을 기다렸다. 그 후에도 30분을 방문 앞에 서서 귀를 기울인 후에야 문을 열었다.

동그란 밥상에 국과 밥, 어느새 식은 미역국이 놓여 있었다. 그 뒤에는 미니 냉장고가 들어갈 만큼 커다란 상자가 놓여 있었다.

밥상을 소파로 갖다 놓은 김현은 그 상자 앞에 쭈그리고 앉았다.

“페플?”

어디선가 들은 회사 이름이다.

그 무거운 상자를 끙끙 신음을 흘리며 방 안으로 들여놓은 김현은 문을 단단히 잠갔다. 그리고 컴퓨터로 가서 검색했다. 차세대 컴퓨터인 동시에 가상현실 세계인 페플에 접속이 가능한 커넥터라는 사실을 곧 알 수 있었다.

커넥터는 세 종류가 있었다. 사람이 직접 들어가는 콕핏 커넥터, 얼굴이 온전히 들어가는 헬멧 커넥터, 마지막이 고글 형태의 커넥터였다.

엄마가 방 앞에 둔 것은 헬멧 커넥터로 그 가격이 최소 300만 원이었다. 옵션에 따라서는 천만 원에 육박할 터였다.

김현은 커넥터가 든 상자를 앞에 두고 잠시 멍한 눈으로 앉아 있었다. 정신과 의사를 집으로 데려올 만큼 아들을 위해서라면 무엇이든 했던 엄마의 태도에 변화가 있었다.

엄마는 나를 포기했을까?

아니면 다른 식으로 희망을 걸고 있을까?

미래를 깊이, 진지하게 생각할 힘이 있다면 이런 방에 박혀서 아까운 시간을 낭비하지 않을 것이다. 그럴 힘조차 없기 때문에, 너무나 아파서 논리적인 추측을 하지 않기 때문에 어둠에 머물러 있는 것이다.

김현은 그 상자를 방문 앞으로 끌고 나갔다. 아무리 생각해도, 이런 것을 사용할 자격이 자신에겐 없었다.

오늘은 입맛도 없어서, 밥상도 밖으로 내놓았다.

소파에 누워서 오래된 만화책을 펼쳤다.

잠이 쏟아졌다.

일주일이 넘도록 그 상자는 방 앞에 놓여 있었다. 엄마의 고집이 느껴졌다.

김현도 고집에 있어서는 엄마 못지않았다. 9억 명이라는 어마어마한 접속자 수를 자랑하는 페플로 들어갈 수 있는 헬멧형 커넥터는 방과 거실 사이를 벗어날 수 없었다.

열흘째 되는 날 커넥터는 상자 밖으로 나왔다. 엄마가 상자를 치워 버린 것이다.

다음 날, 찢어진 영수증이 커넥터 옆에 흩어져 있었다. 환불이 불가능하다는 뜻이었다.

그다음 날, 커넥터 옆에 망치 하나가 놓여 있었다. 사용하지 않는다면 망치로 커넥터를 부수겠다는 엄마의 의지였다.

결국 김현은 그 커넥터를 방 안으로 들여놓았다.

엄마는 한번 하겠다고 마음먹으면 하는 사람이었다. 그 피를 물려받은 김현은 커넥터를 책장 구석에 밀어 넣고 쳐다보지도 않았다.

하루가 지났다.

엄마가 다가오는 인기척이 들렸다. 김현은 방문 앞에 섰다. 평소와 달리, 엄마는 꽤 오래 거기 서 있었다.

“엄마는 우리 아들, 원망 안 해. 엄마는 널 사랑한다. 네가 어디에 있든지, 무엇을 하든지 상관없어. 다만, 나가고 싶은 마음이 들어도 나갈 수 없을 때 그걸 사용했으면 좋겠어. 그 세상에서는 우리 아들이 지금보다는 자유로웠으면 좋겠어. 엄마는 네가 나비가 되기 직전의 번데기라고 생각해. 곧 멋진 날개를 펼치며 거기서 나올 거라고 엄마는 믿어. 그러니까, 그러니까 엄마의 선물을 받아 줘. 그러면 엄마는 하루하루 더 힘 있게 살 수 있을 거야.”

엄마는 아들의 목소리를 기다리다가 아파트 밖으로 나갔다.

어둠 속에서 우두커니 서서 페플 커넥터를 보고 있던 김현을 깨운 건, 갑자기 연이어 들려오는 알람 소리였다.

책상 앞으로 뛰어갔다. 모니터에 수십 통의 메시지가 와 있었다. 평소와 달리 적대적이고 비아냥대는 내용이었다. 다른 사람의 사진을 가져다 쓴 사실이 들통 난 것이다.

잠자코 모니터를 쳐다보다가, 1년이나 공을 들여서 만든 계정을 삭제했다. 언젠가 이런 날이 올 거라고 생각했다.

가짜는 영원히 가짜다.

방 안에 갇혀서 진짜 삶을 살아갈 수는 없다.

히키코모리의 삶에 누가 관심을 가질까?

알람 소리는 끊이지 않았다.

들킨 계정과 연결된 다른 계정을 타고 독설이 날아들었다. 협박과 모욕, 욕설이 해일처럼 몰려왔다. 그동안 쌓아 올린 거짓의 탑이 와르르 무너지는 소리였다.

아끼는 강아지 '피터'는 누군가의 애견이었다. 등굣길에 타고 다니는 픽시 자전거 '시클러'는 어떤 사람이 블로그에 올려놓은 사진을 가져온 것이었다. 예쁘지도, 못생기지도 않은 여자 친구 '시연'은 시골 학교 선생님의 동생 사진이었다.

그 모든 거짓이 무너진 둑을 뚫고 쏟아지고 있었다.

김현은 컴퓨터를 껐다.

갑자기 침묵이 방을 가득 채웠다. 겁나는, 숨 막히게 만드는 적막에 가슴이 답답해졌다.

평소였으면 컴퓨터를 다시 켜서 새로운 계정을 등록하고 가짜 삶을 다시 만들었을 것이다.

구글을 뒤져서 누군가의 삶에서 한 조각, 또 다른 삶에서 한 조각을 끄집어내어 가능하면 들키지 않도록 정교한 방식으로 자신만의 퍼즐 같은 삶을 만드는 작업은 그 자체로 즐겁다. 거짓은 언젠가 무너진다는 진실을 무시할 수만 있다면.

컴퓨터를 켤 뻔했다.

김현은 대신 페플 커넥터를 가져와서 설치했다.

가상 세계가 무엇인지 알고 있었다. 가상은 곧 거짓을 말한다. 가상 세계는 거짓의 세계다. 거기는 이미 모든 것이 거짓으로 이루어진, 누구나 거짓의 가면을 쓰는 세상이다.

침묵을 피해서 헬멧을 썼다. 그리고 페플에 접속했다.

—새로운 계정이 필요합니다. 이름을 선택하세요.

시야를 가득 채운 문구였다.

김현은 깜짝 놀라서 고개를 좌우로 흔들었다.

거대한 간판 같은 그 문구는 시야를 따라왔다. 어디를 보든 그 중앙에 계정 이름을 선택하라는 간판이 걸려 있는 것 같았다.

침묵이 자아내는 공포는 사라졌다. 가상 세계에는 진실이 스며들 틈조차 없다.

김현은 손을 들어 올렸다. 반투명한 키보드가 저절로 나타났다. 김현이 택한 이름은 '노바디'였다. 현실에서 동명이인이 있듯 페플에서도 같은 이름은 가능했다.

—노바디 님, 외모를 선택하세요.

현실과 같은 얼굴도 가능했지만 김현은 그럴 생각이 전혀 없었다. 어떠한 얼굴도 보여 주고 싶지 않았다. 그래서 커다란 인형 탈을 골랐다. 곰을 닮은 그 인형은 웃지도 울지도 않는, 그래서 마음에 드는 표정을 짓고 있었다.

외형은 탈이지만 실제로는 얼굴과 같은 역할도 가능했다. 화가 나면 눈이 가늘어지고, 그 인형 같은 입으로 물도 마실 수 있다. 다만, 표정 변화가 인형처럼 부자연스럽다는 점만 달랐다.

―페플 투어를 이용하시겠습니까?

"아니."

김현은 친절한 페플 시스템의 제안을 모조리 거절했다. 미리 정해진 영상과 목소리, 전형적인 문구가 나온다는 사실을 알고 있음에도, 누군가가 앞에서 말을 하는 느낌이라 부담스러웠다.

섬광이 번쩍 터졌다.

그 빛이 사라질 즈음, 김현은 커다란 광장 중앙에 서 있었다.

관광지로 유명한 이탈리아 로마의 건축물처럼 고풍스러운 건물이 광장을 둘러쌌고, 갖가지 옷차림을 한 사람들이 오가고 있었다. 그들 중 다수가 손가락으로 김현을 가리키며 웃거나 자기들끼리 수군거렸다.

커다란 곰 인형 탈 때문이었다.

김현은 괜한 짓으로 주목을 받는 것 같아서 후회했지만 그렇다고 환경 설정으로 가서 얼굴을 바꾸고 싶지는 않았다. 이 인형 탈에 사람들이 관심을 가질수록 4년째 갇혀 있는 그 방에서의 진짜 얼굴은 안전할 거라는 생각이 들었다.

천천히 걸어 봤다.

이 현실감은 깜짝 놀랄 만큼 진짜 같았다. 분명히 어두컴컴한 방 소파에 앉아 헬멧을 쓰고 있을 텐데 어떻게 다리를 움직여 직접 걷는 듯한 느낌이 들 수 있을까?

광장 중앙에 있는 분수대를 한 바퀴 돌았다.

뿜어져 나온 물방울에 무지개가 부드럽게 호를 그리며 공중에 걸려 있었고, 그 너머로 연인처럼 팔짱을 낀 사람들이 보였다. 그들 중 일부는 갑옷을 입었고, 또 일부는 속옷만 입었다고 생각할 만큼 노출이 심했다. 거대한 칼을 든 사람도 있었고, 기관총을 닮은 총기류를 든 사람도 있었다.

누구도 인형 탈을 쓰고 있지는 않았다.

광장을 벗어나 좁은 골목길로 들어섰다. 창가에 놓인 화분에 붉은 꽃이 피어 있었다. 건물 사이로 이어 놓은 줄에는 빨래가 걸려, 만국기처럼 바람에 흔들리고 있었다.

실제로 유럽의 오래된 골목을 걷는 기분이 들었다. 이 모든 게 가짜라는 사실을 아는데도, 기분은 진짜 같았다.

어떻게 이럴 수가 있지?

한 사람이 빠르게 뛰어왔다. 김현은 나름대로 피하려고 했으나 부딪히고 말았다. 넘어진 김현을 내려다본 그 남자가 이맛살을 찌푸렸다.

"설마, 오늘 처음 접속?"

"……그런데요."

"에이, 재수 없어."

남자는 고개를 흔들며 가 버렸다.

몸을 일으킨 김현은 바지 주머니가 뜯어졌다는 사실을 깨달았다. 그 사내는 소매치기였다.

김현은 손을 뻗어 바지와 소매 부분을 털었다. 흙과 먼지 때문이었다. 그러다가 동작을 멈추었다.

실제로 흙, 먼지가 묻은 게 아니었다. 이 모든 게 고성능 컴퓨터 시스템이 만들어 낸 가상의 세계였다.

왜 자꾸 그 사실을 잊고 마치 현실인 것처럼 행동할까?

갑자기 속이 답답해졌다.

김현은 벽에 기대어 앉았다.

-호흡이 불안합니다. 접속을 끊으시겠습니까?

"아니."

김현은 어떻게 해야 숨이 가라앉는지 잘 알았다.

눈을 감았다. 그리고 셀 수도 없이 읽어서 머릿속에 들어가 있는 만화책, 소설책의 세계를 떠올렸다. 가짜를 더 많이, 더 빨리, 더 강렬하게 상상할수록 호흡은 빨리 평소대로 돌아온다.

호흡이 편해졌다.

눈을 뜬 김현은 탄성을 터트렸다.

햇살과 건물이 빚어낸 마법이 눈앞을 가득 채우고 있었다. 반사된 햇살이 여러 경로를 거치면서 그 세기는 약해졌지만 믿을 수 없을 만큼 복잡한 만화경의 문양을 건물 벽과 창, 심지어 골목 바닥에 그리고 있었다.

그 순간, 이곳이 거짓이든 진실이든 상관없다는 사실을 깨달았다. 아니, 가짜로 이루어진 세계였기 때문에 자신에게 딱 맞는, 어울리는 세계라는 확신이 찾아왔다.

노바디에게 어울리는 세계는 노월드다.

김현, 노바디는 거의 4년 만에 미소를 지었다.

노바디는 첫날 일곱 번이나 죽었다.

일곱 번 다 왜 죽어야 하는지 이유를 알 수가 없었다. 심지어 첫 번째 죽음은 누가 등에 칼을 꽂았는지조차 보지 못했다. 악의는 도처에 숨어 있었다. 곰 인형 탈을 썼다는 이유만으로 몰래 뒤로 다가와서 칼을 찌르고 사라지는 게이머를 노바디는 이해하기 어려웠다.

다행히, 현실과 달리 페플에서의 죽음은 지니고 있던 돈 몇 푼과 레벨 하락을 뜻했다. 이제 막 접속한 노바디에게 죽음은 약간의 찝찝함에 불과했다. 떨어질 레벨이 없었던 탓이다.

이튿날, 노바디는 두 번 죽었다.

사흘째 되는 날, 노바디는 단 한 번도 죽지 않았다.

노바디가 성장해서라기보다는, 곰 인형 탈을 쓰고 돌아다니는 괴상한 게이머에 대한 소문이 라마간에 퍼졌던 것이다.

그 인형 탈을 쓴 게이머를 죽여 봐야 소용이 없다는 내용도 그 소문의 일부였다.

꽤 규모가 큰 도시 라마간을 노바디는 천천히 걸어 다니면서 들여다보았다. 광장에서 뻗어 나간 도로, 그 길에서 갈라져 거미줄처럼 퍼지는 골목, 크고 작은 건물들 사이의 공간, 구름다리나 터널 같은 길 등 여유로운 노바디의 눈에 라마간은 볼거리로 가득 차 있었다.

대장간 앞을 지나는데 강렬한 눈빛이 느껴졌다. 고개를 돌린 노바디는 팔뚝을 드러낸 대장장이와 눈이 마주쳤다.

그 순간, 노바디 자신도 놀랄 만한 반응이 흘러나왔다. 게이머가 아닌 NPC에게 인사를 한 것이다.

"……안녕하세요."

4년 만에 처음 한 인사에 대한 답도 예상 밖이었다.

"안녕은 개뿔."

늙은 대장장이는 망치로 모루 위에 놓인 벌겋게 달아오른 낫을 내리쳤다. 불똥이 튀었다.

노바디는 대장간 앞에 서서 대장장이의 일을 지켜보았다. 쇠를 다루는 그 기술이 보기 좋았다. 직접 하라면 손사래를 치며 뒤로 물러서겠지만.

"바쁘게 일하는 거, 안 보여?"

"방해가 되었다면 죄송해요."

"방해? 네깟 놈이 날 방해할 수 있다고 생각하나?"

"그게 아니라……."

"썩 꺼져!"

대장장이는 망치를 들고 나오려 했다.

노바디는 달아났다. 있는 힘껏 달렸다. 모퉁이를 돈 후에야 숨을 헐떡거리며 멈춰 섰다.

현실이라면 겁이 나서 저 앞으로 두 번 다시 갈 수 없겠지만, 이곳은 노월드가 아닌가. 게다가 NPC는 진짜 사람이 아니다. 그래서 대하기가 편했다.

노바디는 크게 원을 돌아서 다시 그 대장간 앞으로 걸어갔다.

대장장이는 기다란 검을 벼리고 있었다.

노바디는 그 작업 과정을 지켜보았다. 왠지 모르게 끌리는 무언가가 저기 있었다.

대장장이가 천천히 고개를 들었다.

노바디는 달아날 준비를 했다.

"너, 여기서 일하고 싶은 거냐?"

대장장이가 묻는 순간, 시야를 채우는 메시지 박스가 나타났다.

-대장간에서 스킬을 배우시겠습니까?

"아니요."

메시지는 사라졌고, 대장장이의 얼굴이 일그러졌다.

"그러면 왜 여기서 얼쩡거리는 거냐?"

"그냥 보기 좋아서요."

"보기 좋아? 뭐가? 뜨거운 불구덩이 앞에서 땀을 흘리며 쇠를 두드리는 게 보기 좋아?"

"멋지잖아요."

"……멋져?"

"남자다운 일이라고 생각해요."

그 말에 대장장이의 태도가 바뀌었다. 이두박근에 힘을 주더니, 콧구멍이 커졌다.

"난 겔란드다."

"……노바디예요."

"노바디? 역시 괴상한 이름이야. 이방인다워."

"이방인요?"

"넌 여기서 태어나지 않았잖아. 그러면 이방인이지."

"아, 네."

NPC는 게이머를 이방인이라고 부르는 모양이었다.

"넌 좀 이상한 이방인이다. 이방인들은 뭔가 필요해서, 기술을 배우거나 여기 물건이 필요하다거나 따위로 날 찾아오는데 말이야."

"저도 그렇게 생각해요."

여기 들어온 지 며칠이 지났는데도 그저 돌아다니고 있을 뿐이니, 이상하게 생각할 만도 했다.

"거기 밖에서 걸리적거리지 말고 안으로 들어와라. 오가는 사람들 방해하면 안 돼."

"고맙습니다."

노바디는 대장간 안으로 들어섰다.

벽에 수십 개의 크고 작은 칼들이 걸려 있고, 망치 종류도 굉장히 다양했다. 대장장이의 몸에서 풍기는 땀 냄새는 역겹다기보다는 푸근한 느낌에 가까웠다.

늙은 대장장이는 커다란 나무의 밑동을 잘라서 만든 의자를 가리켰다. 노바디는 그 의자에 앉았다.

대장장이는 작업에 몰두했다. 노바디가 옆에 있다는 사실까지 잊은 듯했다. 노바디도 그게 좋았다.

그렇게 몇 시간이 흘렀다.

부러진 검 몇 자루를 새것처럼 만든 대장장이가 망치를 내려놓았다. 그제야 노바디를 발견한 대장장이의 눈이 커졌다.

"아직도 거기 있었나?"

"네."

"자네도 남자다워. 조용히 있는 것, 의외로 힘들거든."

대장장이가 그 말을 한 순간, 메시지 창이 열렸다.

-명성이 1 올랐습니다.

NPC에게 인정을 받았기 때문일까?

노바디는 그 창을 치웠다. 명성이 올라가든 내려가든 상관없었다.

"술이나 한잔할 생각인데, 같이 갈까?"

"……마셔 본 적이 없어요."

"내가 가르쳐 주지."

"네."

노바디는 이 세계를 조금 즐기기 시작했다.

날은 어느새 어두워지고 있었다.

겔란드와 함께 간 술집에는 게이머들도 몇 명 있었지만 대부분 라마간 도시에서 살아가는 NPC였다. 겔란드는 곰 인형 탈을 쓴 노바디를 거기 있는 NPC 모두에게 소개했다.

소나 돼지, 양을 죽여서 고기를 파는 정육점 주인 파게레, 동그란 안경을 쓴 잡화점 주인 앙구스, 서점을 운영하는 가쿨라, 의류점 주인 한켈, 약초상 주인 콜마 등 다들 서로 친한 모양이었다. 그들은 서로를 사형, 사제라 불렀다. 겔란드가 대사형이었다.

'무협 소설 같네.'

노바디는 친근해서 좋았다.

겔란드 덕분에 노바디는 그들과 통성명을 했고, 금세 친해졌다.

술집 주인 베쿠가 직접 담근 곡주를 다 같이 마셨다. 술 냄새는 고약했지만 다행히 그 맛은 그리 강하지 않았다. 커넥터가 후각과 미각을 온전히 전달할 수는 없는 모양이었다. 그 덕에 술이 세다는 평가를 받아 더욱 사내답다는 이야기를 들었다.

메시지 창이 나타났다.

-명성이 3 올랐습니다.

누군가에게 인정을 받으면 명성이 올라가는 모양이었다.

노바디는 술집에 모인 NPC들과 밤이 새도록 술을 마셨다. 하나둘 만취해서 비틀거리며 자기 집으로 돌아갈 때도 노바디는 거기 계속 남아 있었다. 새벽녘에야 겔란드를 부축하며 밖으로 나왔다.

NPC도 술을 마시면 취해서 비틀거리다니, 노바디는 페플의 리얼리티에 감탄하지 않을 수 없었다.

"너, 마음에 드는 놈이야. 이방인 중에 제일, 제일 맘에 드는 놈이라구!"

겔란드는 자꾸 노바디의 볼에 뽀뽀를 했다.

대장간 옆에 붙어 있는 집 안으로 겔란드를 데려가자 눈곱을 떼면서 아주머니가 나왔다.

"또 퍼마셨어, 또."

혀를 차던 그 아주머니는 노바디를 보고는 할 말을 잃었다.

"안녕하세요. 전 노바디예요."

"당신은 이방인이죠?"

"네."

이방인이라는 말을 들을 때마다 노바디는 묘한 기분을 느꼈다. 방에 갇혀서 아파트 아래로 오가는 사람들을 볼 때 왠지 자기만 다른 세계에 묶여 버린 느낌을 받았었다.

"오라버니는 이방인을 싫어하는데, 당신은 다른 모양이에요."

겔란드를 방 침대에 눕힌 노바디가 밖으로 나가려 하자 아주머니가 불렀다.

"고마워요. 그리고 이거."

아주머니는 사발을 내밀었다. 거기 거무스름한 액체가 담겨 있었다. 이미 술집에서 온갖 재료로 만든 곡주를 마셨던 노바디는 사양하지 않고 사발을 받아서 마셨다.

메시지 창이 나타났다.

―라마간에서 전설로 내려오는 비약 '레오폴디시'를 복용하셨습니다.

노바디는 레오폴디시가 무엇인지, 그 효능이 어떤 것인지 몰랐고, 알고 싶은 마음도 없었다.

"잘 마셨습니다."

"또 놀러 와요."

"네."

길로 나오자 아침 첫 햇살이 화살처럼 날아와 라마간을 비추고 있었다. 부지런한 마부들이 마차를 몰고 있었고, 생선과 야채가 든 바구니를 들고 시장으로 향하는 할머니들도 여럿 보였다.

도시가 깨어나고 있었다.

노바디는 피곤함을 느끼며 페플 접속을 끊었다.

김현은 소파에 앉아 있었다.

너무나 생생한 꿈이었다.

아니, 꿈은 아니다. 꿈이 아무리 멋진 경험이라고 해도, 같은 꿈을 이어서 꿀 수는 없다.

페플은 달랐다. 지금이라도 접속하면 라마간에 나타날 테고, 그러면 대장간으로 달려가 겔란드를 만날 수 있다. 겔란드는 거칠면서도 깊은 표정으로 웃을 것이다.

인기척이 느껴졌다. 엄마가 밥상을 가지고 문 앞으로 온 것이다.

김현은 문으로 걸어갔다.

엄마가 문 앞에 서 있다는 느낌이 들었다. 확신이었다. 뭐라고 말하고 싶은데 입술이 떨어지지 않았다.

김현은 눈을 감았다. 그리고 겔란드와 그 술집에서 만났던 NPC들을 떠올렸다. 답답했던 가슴으로 한 줄기 시원한 바람이 부는 것 같았다.

"……고마워, 엄마."

숨죽여 흐느끼는 엄마의 울음이 들렸다.

김현은 다시 소파로 와서 앉았다. 벅찬 무언가가 가슴 안쪽에서 차오르고 있었다.

오랜만에 밥도 맛있었다. 한 그릇 뚝딱 비운 김현은 방에

딸린 조그만 욕실로 가서 몸을 씻었다. 휘파람이 저절로 나올 만큼 기분이 좋았다.

밥상을 밖으로 내놓은 김현은 페플 커넥터 앞에 앉았다. 가슴이 두근거렸다. 보이지 않는 감옥에 스스로 갇힌 이후, 처음 느끼는 설렘이었다.

김현은 페플에 접속했다.

네이티브 중에도 악의를 지닌 사람들이 있었다.

노바디는 더 이상 NPC라는 말을 쓰지 않았다. 왠지 그런 단어를 사용하면 상대를 무시하는 느낌이 들어서였다. 대신 네이티브라고 속으로 생각했는데, 그편이 훨씬 편했고, 잘 어울리는 것 같았다.

마부들이 골목길을 느긋하게 걸어가는 노바디를 에워쌌다. 노바디가 반응하기도 전에 주먹이 날아들었고, 이어서 발길질이 쏟아졌다. 죽지는 않았지만 한동안 일어나지 못할 만큼 충격이 컸다.

약속 장소로 질러가려고 그 골목길로 들어선 약초상 주인 콜마가 노바디를 발견했다.

"자네, 괜찮나?"

"……좀 쉬면 일어날 수 있어요."

"마방 놈들이 달려가던데."

"마방요?"

"마부들이 단합해서 만든 조직이 바로 마방이야. 마방이 왜 자네를 노렸을까?"

"저도 잘 모르겠어요."

"음, 이건 보통 일이 아니야."

콜마는 몸에 지니고 있던 약을 노바디의 상처에 발랐다. 노바디는 상처가 빠르게 사라지면서 생명력이 차오른다는 사실을 깨달았다.

"잠시 여기 있게."

콜마는 왔던 곳으로 돌아갔고, 잠시 후 양손에 도끼 하나씩 든 겔란드와 창·몽둥이 등을 쥔 파게레, 앙구스, 베쿠, 가쿨라, 한켈이 나타났다. 콜마는 삼지창을 두 손으로 들고 있었다.

"대체 어떤 새끼가 내 동생을 건드려!"

겔란드가 외치자 건물 창문이 흔들거렸다. 그 소리에 사람들이 창밖으로 고개를 내밀었다가 겔란드 일행의 무기를 보고는 숨었다.

노바디가 무사하다는 사실을 확인한 겔란드는 골목길을 벗어나 마차들이 이방인을 태우기 위해 대기하는 광장 동쪽으로 달렸다. 파게레, 앙구스 등이 그 뒤를 따랐다.

겔란드의 손을 떠난 도끼는 빙글빙글 돌면서 날아가, 노바

디를 기습하여 쓰러뜨리고 때린 이야기를 무용담처럼 떠들어 대던 마부 케람의 귀 옆 마차 벽에 푹 깊이 박혔다. 케람의 눈이 휘둥그레졌다.

"혀, 형님?"

퍽.

겔란드의 주먹이 케람의 코를 뭉갰다.

파게레는 몽둥이로 토마의 턱을 올려쳤다. 앙구스는 터너를 쓰러뜨리고 그 위에 올라타서 주먹을 퍼부었다. 가쿨라, 한켈, 콜마 그리고 베쿠도 고함을 지르며 한때 뒷골목을, 그보다 더 넓은 세계까지 휘어잡았던 주먹 실력을 한껏 뽐내고 있었다.

"……대체 왜 이러는 거예요?"

"일단 맞아라."

겔란드의 주먹엔 인정사정이 없었다. 한때 용병으로 전쟁에 참가했던 겔란드 앞에서 동네 건달인 케람은 묵사발이 되었고, 곧 정신을 잃었다. 겔란드는 그런 케람을 밟았다. 두 번 다시 노바디를 건드리지 못하게 하려면 뼛속 깊이 고통을 새겨 주어야 한다.

노바디는 아무 말도 못 했다. 그저 떨리는 손을 꽉 쥐고 있었다.

옛날 일이 생각났다. 그때도 맞아서 쓰러져 있었다. 누군가의 도움이 절실히 필요했지만, 다들 모른 척하며 지나갔다. 그때 세상이 얼마나 냉혹한지 깊이 깨달았다.

이곳은 달랐다.

케람을 곤죽 직전으로 만든 후에야 씩 웃으며 노바디를 향해 걸어오는 겔란드, 그 대장장이를 본 노바디는 눈물을 흘렸다.

"사내자식이 왜 울어? 그리고 넌 너무 약해. 이 대사형이 단련시켜야겠어. 그래야 저런 놈에게 안 당하지."

"……고맙습니다."

"고맙긴. 넌 내 사제야."

"우리 사제죠."

술집 주인 베쿠가 말하자, 파게레와 앙구스 등이 고개를 끄덕이며 맞장구를 쳤다.

그때, 메시지 창이 나타났다.

–명성이 10 올랐습니다.

"왜 저에게 이렇게 잘해 주시는지 모르겠어요."

"넌 건방지지 않아."

겔란드가 말했다.

"네?"

"저기 광장에 갑자기 나타났다가 휙 도시를 떠나서 어디론가 가 버리는 이방인들은 하나같이 오만해. 여기서 태어난 우리 따위는 존재하지 않는 것처럼 행동하는데, 난 그 꼴 못 봐. 한때는 이방인만 보면 달려들어 주먹을 날려야 직성이

풀릴 만큼 싫었다. 그런데 넌 아니야. 그런 면에서 넌 이방인이 아니야."

"네가 우리를 먼저 인정해 줬어. 그러니 우리도 널 인정할 수밖에."

콜마였다.

"고맙습니다. 고맙습니다."

노바디는 고개를 숙였다. 얼굴을 들 수가 없었다.

겔란드의 이야기는 두툼한 커튼 틈으로 세상을 바라볼 때 김현이 느낀 감정과 같은 내용이었다. 그 마음을 알기에 감격도 더 커졌다.

케람이 신음을 흘리며 깨어났다.

겔란드가 케람 앞에 섰다.

"……형님."

"난 네 형님이 아니다."

"대, 대체 왜 이러는 거예요?"

"왜 내 동생을 건드렸지?"

겔란드가 턱으로 노바디를 가리켰다.

"동생요? 저 이방인이? 농담이죠? 그렇죠? 형님만큼 이방인을 싫어하는 사람도 없잖아요."

겔란드는 발로 케람의 명치를 밟았다.

"내 동생이다."

"……알았어요, 알았어. 다시는 안 건드릴게요."

"그런데 왜 때린 거냐?"

"저 이방인 녀석은 라마간에 온 지 열흘이 넘었는데도 마차 한번 타지 않았어요. 이 넓은 도시를 그냥 걷기만 했단 말이에요. 저런 녀석이 늘어나면 어떤 일이 벌어질지 형님도 아시잖아요. 우린 다 망해요. 이방인들이 마차를 타야 우리는 먹고살 수 있잖아요."

케람이 볼멘소리를 했다.

겔란드가 껄껄 웃었다.

"너, 마차를 몬 지 얼마나 됐지?"

"……한 10년은 됐어요."

"그동안 마차를 타지 않고 걸어서 유유자적 돌아다니는 이방인을 몇 명이나 봤냐?"

"그, 그야…… 저 녀석 하나예요."

대답한 케람은 자신의 오판을 깨달았다.

수천수만 명의 이방인들이 이곳에 나타나서 곳곳으로 흩어졌지만 그중 딱 한 명만 마차 대신 두 발로 돌아다녔다. 저 괴상한 탈을 쓴 녀석이 걷는다고 해서 다른 이방인들도 걸어다닐 거라는 생각은 전혀 논리적이지 않았다.

잘못을 인정하기 싫은 케람이 겔란드를 올려다보았다.

"왜 이방인이 형님 동생이에요? 형님만큼 이방인을 질색하는 사람도 없잖아요."

"이 녀석은 달라."

"뭐가 달라요?"

겔란드는 발로 케람의 턱을 찼고, 케람은 다시 기절했다.

"어디서 까불어."

정신을 차리고 이쪽을 쳐다보던 케람의 친구들은 모두 눈을 감고 기절한 척했다. 한때 라마간의 뒷골목을 주름잡았던 '칠건파'가 얼마나 무서운지 몸으로 깨달았다.

"오랜만이지, 이렇게 몸을 푼 거?"

겔란드가 파게레를 쳐다봤다.

"대사형, 상대가 너무 약해요. 옛날에는 철림 깊숙이 숨어 있는 베가도 몇 마리 잡았잖아요."

"그때는 그랬지요."

가쿨라였다.

"요즘 세상살이가 심심한데, 다시 칠건파를 일으켜 세워도 좋을 것 같습니다."

의류점 주인 한켈이 제안했다.

"그것 재미있을 것 같습니다."

술집 주인 베쿠였다.

"이제는 팔건파지."

파게레가 눈짓으로 노바디를 가리켰다.

"그래요, 팔건파."

앙구스였다.

가업을 물려받거나 결혼해서 생긴 가족을 먹여 살리기 위해 재미있고 짜릿한 삶에서 잠시 떠난 그들은 서로를 바라보며 때가 되었다는 사실을 직감했다. 이제 자식들은 독립할 만큼 자랐다. 앞으로는 알아서 해 나갈 수 있을 터였다.

그들은 노바디를 데리고 술집으로 몰려갔다. 베쿠가 지하실에서 가져온 홍주 한 항아리가 노바디 앞에 놓였다.

"마셔라."

겔란드였다.

노바디는 무슨 일이 벌어지는지 몰랐지만, 겔란드 말이라면 따르고 싶었다. 그래서 항아리를 들고 마시기 시작했다. 배가 부르다는 느낌을 받았지만 계속 들어갔다. 결국 항아리 바닥이 드러났다.

"하하하하, 이럴 줄 알았어! 이럴 줄 알았다구! 역시 물건이야. 넌 오늘부터 우리 팔건파의 일원이야."

겔란드가 소리쳤다.

비교적 성격이 차분한 약초상 주인 콜마의 설명을 듣지 못했다면 노바디는 끝까지 무슨 일인지 모를 뻔했다.

칠건파는 이들이 젊은 시절에 결성한 조직이었다. 조직이라고 해서 범죄를 저지르거나 못된 모의로 사람들을 괴롭힌 것은 아니었다. 혼자서는 할 수 없는 일에 도전했고, 함께 웃고 울었으며, 때로는 모두가 할 수 없다는 일을 해내어 사람들에게서 환호를 이끌어 냈다.

칠건파의 리더는 일건 겔란드였다. 이건 파게레, 삼건 앙

구스, 사건 가쿨라, 오건 한켈, 육건 콜마 그 뒤로 막내 베쿠가 칠건파의 일원이었다.

오늘 새로운 막내 팔건으로 노바디가 들어온 것이다. 그래서인지 유독 베쿠가 즐거워했다.

"노바디, 널 팔건파의 일원으로 받아들인다. 우리와 함께 멋진 길을 걷지 않겠느냐?"

겔란드는 진지했다.

노바디는 몸을 일으켜 절을 했다. 겔란드 등이 그 모습을 보며 서로 눈빛을 교환했다.

"제가 자란 세계에서는 진심을 표현할 때 절을 해요. 팔건 노바디, 사형들께 인사 올립니다."

"그렇다면."

겔란드도 노바디를 향해 절을 했다. 다른 사람들도 마찬가지였다. 노바디는 깜짝 놀랐다.

"우리도 진심이다."

겔란드가 말했다.

베쿠가 술집 문을 닫았다. 퀘스트 수행을 위해 술집을 방문한 이방인들이 사납게 문을 두드렸지만 술집 주인은 가볍게 무시했다. 그보다 훨씬 중요한 일이 있었기 때문이다.

그때, 노바디의 눈앞에 메시지 창이 떠올랐다.

–명성이 100 올랐습니다.

노바디는 손짓으로 메시치 창을 없애고, 눈앞에 있는 '사형들'에게 집중했다. 다들 즐거워 보였다. 다들 진심으로 기뻐하고 있었다. 이들과 함께 있다는 사실만으로 노바디는 더 이상 바랄 게 없었다.

이 순간, 노바디는 이곳이 가상 세계, 가짜라는 사실을 잊었다. 오히려 이곳이야말로 현실이며, 방 중앙에 놓인 소파에 앉아 있을 그 몸이 속한 세계가 가짜라고 생각했다.

"음, 버그 같은데."

양현섭은 자신이 맡은 게임 영역 라마간과 관련된 데이터를 살피다가 이상한 수치를 보고는 눈살을 찌푸렸다.

버그는 게임 운영에 치명적이다. 한번 알려지면 엄청난 속도로 퍼져 나갈 뿐 아니라, 그 점을 악용하여 레벨을 올리는 사례가 기하급수적으로 늘어난다.

사후 처리도 어렵다. 기본적으로 게임을 만든 회사의 잘못이기 때문에 버그를 이용한 게이머를 처벌할 근거가 약했던 것이다.

닷새 만에 명성이 100을 돌파한 게이머의 이름은 노바디였다. 명성은 행운과 상당히 관련이 깊은 속성이라서, 버그로 인해 올릴 수 있게 되면 한바탕 혼란이 페플을 덮칠 것이다.

"노바디? 좀 이상하지만 세상엔 괴상한 놈들이 너무 많아."

다행히 노바디라는 게이머는 발견한 버그를 누군가에게 알리지 않았다. 탐욕스러운 놈이라는 뜻이다. 게임 매니저로서는 행운이었다. 노바디만 잘 구슬려서 버그를 고치면 그만이다.

로그를 살폈다.

게임 관련 기록인 로그를 읽을수록 표정이 일그러졌다.

"이놈, 대체 뭐야?"

레벨업을 위한 행동은 단 하나도 하지 않았다. 처음 며칠 동안은 게이머에게 당해 열 번 가까이 죽었다. 그러다가 우연히 만난 대장장이 NPC와 친해졌고, 대장장이와 잘 아는 NPC들과도 친분을 맺었다. 명성은 그 과정에서 올라간 것이다.

진짜 놀란 부분은 팔건파의 결성이었다.

게임 매니저로 3년이나 라마간을 맡아서 관리했던 양현섭조차 팔건파라는 조직은 처음 들었다. 자세히 살펴보니, 과거 칠건파가 있었던 모양이다. 젊은 시절을 묻어 두고 각자의 생업에 몰두하던 자들이 노바디라는 게이머와 함께 팔건파를 시작한 것이다.

게이머 하나로 인해서 NPC의 과거가 현실이 되었다.

이런 경우는 처음이라서, 양현섭은 이례적으로 관련 로그를 모아서 보고서를 작성했다. 자칫 잘못하면 라마간의 균형이 깨질 수도 있는 일이라는 판단 때문이었다.

보고서를 메일로 보낸 양현섭은 노바디를 블랙리스트에 올렸다. 어쩌면 페플 내부의 아는 사람에게서 칠건파와 관련된 정보를 듣고 교활하게 행동해서 명성을 높였는지도 모른다.

실로 오랜만에 양현섭은 위기감을 느꼈다.

의뢰

페플위원회는 페플이라는 거대한 플랫폼의 설계 · 유지 · 보수 등을 책임지는 사람들의 모임이었다. 그 위원회를 이끄는 고군호 박사는 여러 단계를 거쳐서 올라온 보고서를 흥미롭게 읽고 있었다.

"음, 직접 봐야겠군."

고군호는 안경을 벗고 콕핏 안으로 들어갔다.

잠시 후, 그는 라마간의 중앙에 자리 잡은 광장에 서 있었다. 라마간은 페플에서도 역사가 깊은 도시였다. 가상현실이라는 첨단 시스템이 처음 생겨날 때 라마간도 함께 만들어졌다.

"간달프다!"

게이머 몇 명이 고군호를 보고 소리쳤다.

고군호, 아니 페플에서의 이름이 간달프인 그가 그들을 향해 손을 흔들었다. 좋아하는 영화 속 캐릭터를 그대로 옮기는 데 디자이너를 고용할 만큼 공을 들였다. 커다란 고깔모자, 품이 넓은 마법사의 옷 그리고 지팡이까지 간달프와 똑같았다.

메시지 창이 열렸다.

—박사님, 가상현실부 장관님과의 약속이 한 시간 당겨졌습니다. 20분 후에 출발하셔야 합니다.

비서가 보낸 메시지였다.

간달프는 또 다른 창을 열어 시간을 설정했다. 20분이 지나면 알람이 울리도록 만든 것이다.

"서둘러야겠군."

간달프는 겔란드가 운영하는 대장간으로 향했다. 보고서 내용 그대로 겔란드 옆에 게이머가 한 명 앉아 있었다. 그 게이머는 반쯤 넋을 잃고서 겔란드의 작업을 지켜보고 있었다.

"어, 당신은?"

겔란드가 간달프를 알아보았다.

"나를 기억하겠나?"

"아이쿠, 당연히 기억하지요. 전 늙어서 쭈그렁바가지가 다 됐는데 마법사님은 하나도 안 늙으셨네요. 노바디, 인사드려라. 내가 너 말고 이방인 중에서 유일하게 인정하는 간달프 님이시다. 10년 전 대화재가 라마간을 휩쓸 때, 간달프 님이 없었다면 이 도시는 지도에서 사라졌을 거다."

노바디는 몸을 일으켜 간달프를 향해 고개를 숙였다.

"무슨 일로 오셨는지요?"

겔란드의 목소리에 긴장이 서려 있었다.

"저 젊은 친구에게 볼일이 있네. 내가 잠시 이야기를 나눠도 되겠지?"

간달프는 노바디를 가리켰다.

"하하, 당연하죠."

노바디는 간달프를 따라서 대장간 밖으로 나왔다.

몇 번이나 당장 접속을 끊을까 고민했다. 톨킨의 소설을 영화로 만든 반지의 제왕은 노바디가 손에 꼽는 명작이었다. 수십 번을 봐서 대사까지 거의 알아맞힐 정도였다. 그 영화에서 튀어나온 듯한 간달프는 게이머, 즉 진짜 사람이었다.

가슴이 답답해졌다.

"페플을 독특한 방식으로 재미있게 즐기고 있구먼."

노바디는 가만히 있었다.

"자네 명성이 얼마나 되는지 알고 있나?"

노바디는 여전히 아무 말도 하지 않았다.

"154점이야. 페플 전체 평균이 23점, 명성에 신경을 쓴 게이머라고 해도 100점을 넘기기는 어려워."

노바디의 눈이 커졌다. 명성을 비롯해 각종 속성 수치는 다른 게이머가 볼 수 없다. 그렇다면 저 간달프를 닮은 게이머는…… 페플 관계자라는 뜻이다.

가슴 안쪽에 무거운 바위가 들어앉은 느낌이었다.

호흡이 가빠졌다. 앞이 노랗게 변했다.

그때, 메시지 창이 보였다.

—신체상의 문제로 페플 접속을 끊습니다.

헬멧을 벗은 김현은 숨을 헐떡거리며 바닥을 뒹굴었다. 얼른 눈을 감고 태아 자세를 취했다. 그리고 상상의 날개를 폈다. 그동안 읽은 수많은 만화책의 캐릭터가 밀물처럼 몰려들었다. 그들이 김현의 상상 속에서 되살아났고, 천천히 호흡곤란이 잦아들었다.

김현은 소파에 누웠다. 지금은 아무것도 할 수 없었다.

갑자기 접속을 끊고 사라진 노바디의 로그 기록을 불러낸 간달프는 이맛살을 찌푸렸다. 버그를 이용하다 걸린 게이머가 흔히 그러듯 도망쳤다고 생각했건만, 노바디의 경우는 달랐다.

"많이 아픈 모양이군."

페플 커텍터로 어디에 문제가 있는지 알아낼 수는 없다. 의료법상 알아내서도 안 된다.

페플 밖으로 나온 고군호는 비서를 불러서 노바디라는 게이머의 인적 사항을 가져오라고 말했다. 페플위원회는 법적으로 게이머의 정보를 들여다볼 수 있는 권리를 가지고 있었다.

약속 시간이 되어 지하 주차장에서 기다리는 차에 올라탄 고군호는 태블릿으로 도착한 노바디의 인적 사항을 읽었다.

"열여덟 살인데 4년째 학교를 다니지 않고 있다? 접속 위치는 집이로군. 그렇다면 게임 폐인인가?"

게임에 빠져 침식까지 잊다가 건강을 잃은 아이들이 꽤 많았다. 무엇이든 할 수 있고 무엇이든 될 수 있는 가상현실의 특성상 아이들에게 페플은 중독을 일으킬 만큼 매력적인 공간이었다.

아직도 특정 기자들과 정치인들은 청소년의 정신 건강을 위해서 페플을 폐쇄해야 한다고 주장했다. 그들에게 페플은 악마의 소굴이었다.

그냥 내버려 두면 김현이라는 아이도 건강을 잃어버릴지도 모른다는 생각이 들었다. 보호자에게 연락을 할까? 건강 문제로 접속을 금지하면 아이는 어떤 반응을 보일까?

고군호는 비서에게 메일을 보냈다. 어른으로서 해야 할 의무 같은 일이었다. 게이머 노바디의 로그 기록을 분석하여 앞으로 신체상의 이유로 접속이 끊어지면 보호자에게 연락함과 동시에 페플 접속을 못 하도록 금지하라는 내용이었다.

고군호는 그 메일이 어떤 식으로 왜곡되면서 전달될 것인지, 그로 인해 페플에 어떤 혼란이 생길지 상상도 못 했다.

태블릿을 내려놓은 고군호는 깐깐하고 옹졸한 가상현실부 장관을 떠올렸다. 오늘도 대화는 술술 풀리기는커녕 꼬여서 지지부진 앞으로 나갈 수 없을 것만 같았다.

이런 식으로 나가면 페플이라는 황금 알 낳는 거위를 미국이나 중국, 유럽, 일본에 빼앗길 수도 있는데 왜 관료들과 정치인들은 그 사실을 모를까? 알고도 무시하고 있을지도 몰랐다.

사흘째 접속할 수 없었다.

그 이유는 몸이었다.

신체상, 건강상에 문제가 생겨서 접속이 되지 않는다는 메시지만 보였다. 아무리 애를 써도 라마간의 광장과 멋진 분수대, 거칠어 보이지만 누구보다 믿을 수 있는 겔란드를 볼 방법이 없었다. 인터넷으로 검색해도 뾰족한 방법을 찾지 못했다.

어떤 사람이 장난스레 단 댓글만이 유일한 희망이었다.

-체중이 적게 나가죠? 몸무게를 늘려 보세요.

몇 년 만에 체중계를 꺼냈다. 몸무게는 46킬로그램이었다.

키가 177센티미터였으니 지나치게 마른 편이라고 해도 과언이 아니었다. 몸무게를 늘리면 접속이 가능해질까?

시도해 봐야 한다.

이틀 동안 고민을 거듭했던 김현은 다 먹은 밥상을 밖으로 옮기며 거기에 쪽지를 남겼다.

쪽지 내용은 간단했다. 엄마가 아들이 당장 회복되어 밖으로 나와서 정상적으로 학교를 다닐 거라고 기대를 걸지 않을까 두려웠지만 페플을 향한 열망이 그 공포를 이겼다.

다음 날 아침, 밥상은 잔칫상처럼 푸짐했다. 몇 년 동안 먹지 않았던 소고기볶음이 올라왔다. 미역국에도 소고기가 듬뿍 담겨 있었다. 계란말이에 갈비찜, 고등어구이도 놓여 있었다. 그리고 숟가락 바로 옆에 엄마가 꾹꾹 눌러쓴 쪽지가 있었다.

고맙다, 아들.

간단한, 그래서 부담이 되지 않는 내용이었다. 역시 엄마는 아들의 마음을 잘 알았다.

언제부터인가 하루에 한 끼를 먹되 주로 김과 밥, 미역국 그리고 약간의 김치로 끼니를 때웠다. 다른 반찬은 손도 대지 않았다. 그 때문에 엄마도 가끔 고기반찬을 올리다가 포기할 수밖에 없었다. 더 달라는 이야기는 4년 만에 처음이었다.

그동안 먹지 않았던 기름진 음식을 밀어 넣으니 위장이 난리가 났다. 명치가 꽉 막힌 것처럼 더부룩했다.

김현은 이런 경우에 어떻게 해야 하는지 인터넷으로 검색했다. 답은 다양했지만 결론은 하나였다.

운동이었다.

간단한 운동이 무엇이 있을까 찾아봤다. 다들 헬스장에 가서 할 수 있는 운동을 이야기했다. 다행히 방에서 할 수 있는 운동도 몇 가지 있었다. 그중 점핑 잭을 택했다.

팔을 벌려서 뛰는 그 동작은 단조롭고 쉬워 보였지만 실제로 해 보니 금세 숨이 차올랐다. 오랫동안 운동 근처도 가 보지 않은 몸에 열이 올랐다. 한 번에 열 개 하기도 힘겨웠다. 그래도 포기하지 않았다. 열 개 하고, 쉬었다가 또 열 개를 했다.

운동의 종류도 늘렸다.

하체가 중요하다는 말에 스쾃을 추가했다. 다리가 떨려서 몇 번이나 주저앉았다. 허벅지에 쥐가 나서 신음을 흘리며 방바닥을 뒹굴기도 했다. 그래도 포기할 수는 없었다.

하루가 짧아졌다.

그토록 길고 끔찍했던 낮 시간이 빨리 지나가는 느낌이었다. 남의 일로만 생각했던 시간 관리의 필요성도 느껴졌다. 체계적으로 운동을 하려면 밥 먹는 시간과 소화하는 데 필요한 시간, 운동의 종류와 거기 소요되는 시간을 알아야 했다.

지난 며칠 동안 커튼 너머 세상을 내려다보지 않았다. 신기한 변화였다. 더 이상 바깥세상에 관심을 둘 여유가 없었던 것이다.

그렇게 운동을 해도 접속은 여전히 불가능했다.

김현은 용기를 내어 쪽지를 한 번 더 적었다.

다음 날부터 김현은 하루에 두 끼를 먹기 시작했다.

어두컴컴한 술집 구석에 일곱 명의 사내들이 둘러앉아 있었다. 다른 손님들은 없었다. 주인 베쿠가 문을 닫아 버린 것이다.

"노바디를 본 사람이 아무도 없다는군요."

한켈이었다.

"그 마법사가 찾아온 이후부터야."

앙구스가 겔란드를 힐끔 쳐다본 후에 말했다. 간달프와 친분이 있는 겔란드가 나서야 한다는 뜻이었다.

"어떻게 할 겁니까?"

콜마가 물었다.

"가만히 있을 순 없지."

겔란드가 말했다.

"어떻게?"

"길드에 의뢰해야겠어."

"길드?"

다들 눈이 커졌다.

"500골드면 이방인들이 달려들어 노바디가 어디 있는지, 무슨 일이 생겼는지 알아낼 거야. 그놈들은 돈에 환장했으니까."

"500골드? 큰돈인데요, 대사형."

베쿠가 말했다.

"사라겐의 수부를 팔면 그 정도는 돼."

"사라겐의 수부? 그걸 갖고 있었습니까?"

조용히 있던 파게레가 끼어들었다.

함께 전쟁터에서 피를 흘렸던 파게레는 겔란드가 사라겐의 수부를 어떻게 얻었을지 짐작할 수 있었다. 목숨을 건 대가로 받은 그 귀중한 무구를 이방인 동생을 위해 내놓다니.

"그보다 더 귀한 것도 내놓을 수 있어."

겔란드는 몸을 일으켜 술집 밖으로 나갔다.

하늘은 우중충했다. 별이 하나도 보이지 않았다. 답답해서 주먹으로 가슴을 쳤지만 조금도 시원해지지 않았다.

사흘 전에 마법사 길드를 통해 간달프에게 서신을 보냈다. 노바디가 어디 있는지 알아봐 달라는 내용인데, 아직도 답이 오지 않았다.

드넓은 대륙으로 직접 편지를 전달하려면 때로는 몇 달이

걸리지만 마법사 길드를 통하면 이야기는 달라진다. 수정구로 편지를 보내면 하루나 이틀 후 대륙 끝까지도 연락이 닿았던 것이다.

겔란드는 최악의 상황을 고려하지 않을 수 없었다. 간달프가 노바디의 실종에 관여했다면 어떻게 해야 할까? 라마간의 영웅이라 할 수 있는 간달프를 적대할 수 있을까?

답이 나오지 않았다.

겔란드는 부디 사라겐의 수부에 눈이 먼 이방인들이 노바디를 찾아내기를, 다시 이곳으로 데려오기를 바랐다.

양현섭은 골치가 아팠다.

이런 경우는 처음이었다. 내년이면 게임 매니저로 10년째인데, NPC가 귀중한 아이템을 걸고 게이머를 찾아 달라는 퀘스트를 직접 의뢰하다니. 상상도 못 한 일이 벌어지고 있었다.

사라겐의 수부는 레벨 1도 쥘 수 있는, 상당히 비싼, 그러면서도 희귀한 무기였다. 더 놀라운 부분은 수부 자체도 레벨업이 가능해서, 잘만 키우면 커다란 도끼 거월로 형태가 바뀐다. 그뿐 아니라 숨겨진 마법과 속성이 있어서, 누구든 사라겐의 수부를 손에 넣는다면 로또에 당첨되는 것과 다를 바 없었다. 1년, 혹은 2년쯤 꾸준히 키운다면 못해도 자동차 한 대 값을 받고 팔아넘길 수 있을 터였다.

문제는 사라겐의 수부 같은 고급 아이템이 라마간에 나타나면 안 된다는 점이었다.

페플 같은 가상현실에서 가장 중요한 덕목은 균형, 즉 밸런스였다. 사라겐의 수부는 라마간이라는 도시의 균형을 깨뜨릴 만큼 가치 있는 아이템이었다. 벌써 냄새를 맡은 게이머들이 속속 라마간으로 몰려들어 노바디를 찾고 있었다.

이 소동의 중심에 게이머 노바디가 있었다.

그러나 노바디는 페플에 접속하지 않은 지 열흘이 넘었다. 위쪽에서 접속 금지라는 지시가 내려왔다.

이유는 건강 때문이었다.

페플에 접속할 수 없는 게이머를 찾는 퀘스트가 완료될 리가 없다. 사라겐의 수부 소문은 페플 전체로 퍼져 나가는 중이고, 그 때문에 더 많은 게이머들이 초보자들의 도시 라마간으로 접속하고 있었다.

이러다가는 라마간에 문제가 생길지도 모른다.

똑똑, 노크 소리가 들렸다.

“들어오세요.”

모니터에서 눈을 뗀 양현섭은 몸을 일으켰다.

동그란 안경을 낀 샌님 스타일의 프로그래머 이홍렬이 노트북을 옆구리에 끼고 들어왔다. 이홍렬은 유지보수 팀에 소속된 프로그래머로 페플 내부에서 벌어지는 이벤트, 퀘스트 등을 결정하고 관리하는 부서와 관계가 깊었다.

"문제가 있다고 들었습니다만."

"일단, 보고 이야기합시다."

양현섭은 모니터를 가리켰다.

자리에 앉은 이흥렬은 말 한마디 없이 모니터를 들여다보았다.

30분 후, 이흥렬의 입에서 탄식이 흘러나왔다. 양현섭은 속으로 웃었다. 누구나 저 기록을 보면 비슷한 반응을 보일 터였다.

이흥렬은 노트북을 펼쳐 개발 부서의 서버에 접속했다. 그가 한 일은 라마간에 추가된 퀘스트 정보였다. 그 어디에도 사라겐의 수부나, 게이머 찾기 이벤트 혹은 퀘스트는 없었다.

"이거 큰일인데요."

"강제로 퀘스트를 바꾸거나 내릴 방법은 없습니까?"

"칠건파라 불리는 NPC들은 물론 라마간이라는 도시가 페플 전체와 깊이 얽혀 있어요. 그래서 칠건파를 건드리면 도시 전체가 출렁거릴 거예요. 그러면 이보다 더 예상할 수 없는 일이 벌어질지도 몰라요."

"그러면 어떻게 해야 좋겠습니까?"

"가장 좋은 방법은 칠건파의 의뢰를 한시라도 빨리 완료시키는 겁니다."

"어떻게요?"

"노바디를 찾는 겁니다."

"휴우, 현재 노바디는 건강 때문에 접속이 불가능합니다."

"NPC는 그 사실을 모르잖습니까?"

"아!"

양현섭의 얼굴이 밝아졌다. 그런 방법이 있었다니. 역시 머리가 많아지니 다양한 생각이 튀어나온다.

양현섭은 디자이너 부서의 전문가 도움을 받아 노바디와 똑같은 곰 인형 탈을 썼다. 체형도 노바디의 기록과 완전히 같았다. 노바디의 로그 기록뿐 아니라 페플 내에서의 영상을 다 훑었기에 어떻게 말을 해야 하는지도 잘 알고 있었다.

그래도 불안한 마음을 숨기기 어려웠다. 직접 노바디가 되어 칠건파를 만나야 한다는 사실을 알았다면, 이흥렬이라는 개자식이 내놓은 방법에 찬성 따위는 하지 않았을 것이다.

물컵은 이미 엎질러졌다.

게임 매니저로서 책임을 다하려면 노바디가 되어 칠건파 스스로 의뢰를 철회하도록 만들어야 했다. 평소 2천 명의 게이머가 접속했다면 오늘은 무려 1만 6천 명이 라마간과 주변 지역을 돌아다니며 곰 인형 탈을 쓴 노바디라는 게이머를 찾

고 있었다.

"준비됐습니다."

고개를 끄덕인 양현섭은 눈을 감았다. 곧 섬광이 터질 테고, 그 후에는 라마간의 광장에 서 있을 것이다.

눈을 뜬 양현섭은 몰려드는 게이머들 때문에 깜짝 놀랐다. 다들 사라겐의 수부에 눈이 멀어 양현섭, 아니 노바디가 있는 곳으로 달려오고 있었다. 양현섭은 그들에게 잡히지 않으려고 도망쳤다.

다행히 게임 매니저로서의 능력은 살아 있었다. 외모만 노바디처럼 꾸몄던 것이다.

경공을 펼쳐서 골목으로 숨어든 후, 미로처럼 복잡한 라마간의 뒷길을 통하여 칠건파의 리더 겔란드의 대장간으로 향했다. 게임 매니저로서가 아니라 노바디라는 게이머로서 걷다 보니 기분이 이상했다. 아무리 즐거운 일도 직업이 되면 그 재미가 사라지는 모양이었다.

망치를 든 겔란드가 보였다. 커다란 가슴은 한숨을 내쉴 때마다 축 늘어졌다.

아무리 생각해도 저 NPC를 이해할 수 없었다. 프로그램 주제에 게이머를 찾겠다고 의뢰를 해? 제정신일까? 아니, 제정신이라는 말은 NPC 따위에게 어울리지 않는다. 어쩌면 오작동을 일으키는, 바이러스에 감염된 프로그램인지도 모른다.

복잡한 생각을 접어 두고 그 대장간으로 걸어갔다.
겔란드가 그를 발견했다.
"노바디!"
겔란드가 달려와서 꽉 안았다.
양현섭은 피하려 했으나 겔란드가 너무 빨라서 타이밍을 놓쳤다.
"대체 어디 갔었냐?"
"그게, 좀 바빴어요."
양현섭은 영상에서 본 노바디를 떠올리며 일부러 어눌하게 대답했다.
"바빴어?"
"죄송해요."
"죄송하기는. 다행이야, 이렇게 무사해서."
겔란드는 다시 꽉 안았다.
겔란드에게서 이곳 세계에서 태어난 NPC 특유의 이상한 냄새가 났다. 진짜 냄새라고 할 수는 없지만 썩은 말똥을 떠올리게 만드는 그 냄새를 양현섭은 참기 어려웠다.
"가자."
"……어디로요?"
"사형들을 만나야지."
"아, 네."
양현섭은 커다란 인형 탈을 쓴 게 다행이라고 생각했다. 표

정이 그대로 드러났다면 겔란드를 속이기 어려웠을 것이다.

술집에는 이미 소식을 들은 칠건파가 모여 있었다.

양현섭은 파게레에게 한 대 맞았고, 앙구스의 겨드랑이에 머리가 끼여 시야가 흐려진다는 게 어떤 뜻인지 알 수 있었다. 가쿨라는 엉덩이를 때렸고, 한켈은 치욕적인 통침을 실행에 옮겼다. 술집 주인 베쿠가 가져온 항아리에 가득 찬 술을 쉬지 않고 마셔야 했다.

술을 다 마신 양현섭은 그 자리에 쓰러져 정신을 잃었다. 페플에 접속해 있는데도 오감을 잃은 것이다.

"어쩌죠, 대사형?"

콜마가 겔란드를 쳐다봤다. 그들 모두 노바디와 똑같지만 노바디가 아니라는 사실을 알고 있었다.

"고문을 할까요?"

파게레였다. 동물을 해체하여 먹을 고기를 얻는 기술의 달인 파게레는 고문의 달인이기도 했다.

"이방인에게 고문은 통하지 않아."

겔란드가 말했다.

"하긴."

가쿨라가 고개를 끄덕였다.

이방인이 고통으로 얼굴을 찡그리는 모습은 거의 보지 못했다. 심지어 피를 흘리는데도 아프다기보다는 짜증 내는 표정이 대부분이었다. 게다가 그들은 어디에 있든 갑자기 사라질 수 있었다. 일단 고문을 하려면 가둘 수 있어야 한다.

"왜 노바디 흉내를 낼까요?"

"사라겐의 수부 때문이겠지."

겔란드의 말에 다들 고개를 끄덕였다. 이방인의 탐욕은 끝이 없음을 다들 알고 있었다.

"이방인들은 노바디를 찾고 있습니다. 평소보다 훨씬 많은 이방인들이 여기 온 걸 보면 확실해요. 탐욕에 이끌린 그들조차 노바디를 찾지 못했다면, 큰 문제가 생긴 게 분명합니다."

가쿨라였다.

"간달픕니다."

베쿠가 갑자기 말했다.

다들 겔란드를 쳐다보았다. 그들은 겔란드가 간달프와 친하다는 사실을 잊지 않았다.

"간달프를 찾아야 노바디를 찾을 수 있겠군."

겔란드가 결론에 이르렀다.

"아무래도 제가 아끼는 책을 내놓아야겠습니다."

가쿨라가 조끼 안에서 책 한 권을 꺼냈다. 검제 남궁현도의 무공 광현칠검보였다.

"그런 책을 가지고 있었나?"

겔란드의 눈이 커졌다.

"누구나 비밀 한 가지쯤은 있으니까요."

검 한 자루로 대륙을 활보한 진정한 무인 남궁현도의 무공 비급을 내놓으면 수많은 이방인들이 간달프를 찾아낼 테고, 그러면 팔건 노바디가 어디 있는지 알아낼 수 있을 것이다.

겔란드가 그 비급을 받아 들었다.

라마간 동시 접속자 수가 3만 명을 돌파했다.

페플 시스템을 관리하는 전문가 수십 명이 라마간 확장·유지 작업에 투입되었지만 균형은 무너지기 일보 직전이었다. 라마간 붕괴는 시간문제라고 다들 여겼다.

검제 남궁현도의 무공 비급에 이끌려 라마간으로 몰려드는 게이머의 수가 점점 더 늘어나고 있었다.

일본과 미국을 거쳐 이제 막 인천국제공항에 도착한 고군호는 라마간 관련 보고서를 읽고는 깜짝 놀랐다. 수만 명의 게이머들이 조용했던 도시 라마간으로 몰려든 이유가 바로 유명한 검술 고수의 무공을 얻기 위해서인데, 그들은 간달프라 불리는 마법사를 찾고 있었다.

"바로 나잖아."

고군호는 입술이 바짝 말랐다.

페플위원회는 대단히 정치적인 모임이었다. 합법적인 권한이 많은 만큼 많은 사람들이 그 자리를 노렸다. 만약 페플 전체의 안정성과도 직결되는 이 문제에 고군호가 관련이 있다는 사실이 알려지면, 정치적으로 척을 진 사람들이 이 기회를 놓치지 않을 터였다.

"……그렇게 되면 페플을 돈벌이 수단으로만 생각하는 장사꾼이 내 자리를 차지하겠지."

골치가 아팠다.

전화가 왔다. 페플 그룹 회장 안종화였다. 똑똑한 사람이니 이번 문제의 내막을 알고 있을 터였다.

"고군호입니다."

-좀 만납시다.

역시 본론을 찌르는 스타일다웠다.

"본사로 들어가겠습니다."

-기다리겠소.

전화는 끊겼다. 화가 많이 났다는 뜻이었다.

고군호가 페플위원회에 들어가는 데 안종화 회장이 힘을 썼다. 고군호가 밀려나면 안종화의 힘 역시 약화될 것이다.

페플 본사 빌딩으로 가는 동안, 고군호는 일이 어떻게 진행됐는지 면밀하게 살폈다.

웃음이 흘러나왔다.

건강 문제로 페플 접속이 금지된 노바디라는 게이머를 찾기 위해 칠건파가 자발적으로 귀중한 아이템을 내놓았고, 그로 인해 게이머들이 그 도시로 몰려들어 이 사달이 벌어진

것이다.

칠건파 놈들이 그렇게 중요한 아이템을 가지고 있다는 점도 놀랍지만, 그들이 노바디를 찾기 위해 의뢰 대가로 그 아이템을 내놓았다는 사실은 도저히 이해할 수 없었다.

아무리 인간다워도 NPC가 아닌가. 시스템의 일부인 NPC가 게이머를 찾으려고 그런 물건을 내놓다니.

믿을 수 없는 일이 벌어지고 있었다.

가장 간단한 해결법은 노바디를 찾아서 칠건파에게 보내면 된다. 문제는 그 일이 불가능하다는 점이었다.

어쩌면 노바디를 직접 만나야 할지도 모른다. 얼마나 건강이 나쁜지 알아보고 가능하다면 상황을 설명해서 페플로 들여보내야 할 상황이 올지도 모른다.

붕괴는 어떠한 경우에도 피해야 한다.

김현은 체중계 위에 올라섰다. 미소가 입가에 걸렸다. 드디어 몸무게가 2킬로그램 늘었다. 스스로 생각해도 건강해진 느낌이었다. 기대하면서 페플 커넥터를 썼지만, 결과는 같았다. 건강상의 이유로, 신체상의 문제로 접속이 불가능하다는 메시지가 떴다.

"대체 어떻게 하란 거야."

짜증이 솟구쳐 올랐다. 하마터면 수백만 원짜리 커넥터를 집어 던질 뻔했다.

한숨이 터졌다.

그래도 포기할 수 없다는 생각이 들었다. 좀 더 많이 먹고, 좀 더 열심히 운동을 해야 한다. 그러면 페플 커넥터도 어찌할 수 없을 만큼 건강해질 것이다. 그때까지는 쉴 수 없다.

엄마가 문 앞으로 다가오는 인기척이 느껴졌다. 밥상을 놓는 소리도 들렸다.

“오늘도 잘 살자.”

그렇게 속삭인 엄마는 밖으로 나갔다.

10분 후, 김현은 방문을 열었다. 푸짐한 밥상이 놓였고, 그 옆에는 우유도 한 잔 있었다. 아들이 음식을 가리지 않고 먹는다는 사실이 기쁜 엄마가 우유까지 더한 것이다.

밥상을 안으로 들인 김현은 문을 잠갔다. 그래야 마음이 편했다.

밥을 먹기 시작했다. 꼭꼭 씹었다. 눈을 감고 라마간을 떠올렸다. 거기서 만난 사형들의 얼굴이 어둠 너머로 보였다. 어서 거기로 돌아가고 싶었다. 이곳이 아니라, 그곳으로.

그때, 머릿속에서 조그만 소리가 들렸다.

‘힘이 1 올랐습니다.’

깜짝 놀라 숟가락을 놓쳤다.

주위를 둘러봤지만 아무도 없었다. 사람이 있을 리 없다.

웃음이 터져 나올 뻔했다. 얼마나 페플로 접속하고 싶으면 이런 소리까지 들릴까. 이런 소리를 뭐라고 하더라. 그래, 환청이라고 부른다.

고개를 갸웃거린 김현은 밥을 남김없이 먹어 치웠다. 그리고 우유도 천천히 다 마셨다. 왠지 속이 편했다. 좀 더 먹어도 될 것 같은 느낌은 보름 만에 처음이었다.

팔다리에 힘이 붙은 느낌이었다.

김현은 점핑 잭, 스쾃, 푸시업의 개수를 늘렸다. 오늘따라 몸이 가벼워 그 운동도 쉽게 느껴졌다.

수업을 끝내고 교무실로 들어선 조윤자는 낯선 사람들이 자신의 책상 옆에 서 있는 광경을 보았다. 덜컥 겁이 났다. 혹시 아들에게 문제가 생겼을까? 아니면 실종된 남편이 변사체로 발견되었을까? 두려움을 억누르며 책상으로 걸어갔다.

"조윤자 씨죠?"

"그렇습니다만."

"저는 고군호라고 합니다."

고군호가 내민 명함을 살핀 조윤자는 깜짝 놀랐다.

과학 교사로서 페플이 무엇인지 잘 알았다. 페플위원회는 대통령에게 자문을 할 만큼 정치적인 영향력이 강한 조직이었다. 페플이라는 가상현실 플랫폼을 설계 · 유지 · 보수 · 관리하는 페플위원회는 앞으로 방송통신위원회보다 그 힘이 강할 거라고 사람들이 추측하고 있었다.

"……어떻게 저를 찾아오신 겁니까?"

"조용한 곳으로 가서 말씀을 나누고 싶습니다만."

"따라오세요."

조윤자는 고군호를 상담실로 데려갔다. 지금은 비어 있는 상담실에 앉자 고군호가 입을 열었다.

"실은 아드님 때문에 왔습니다."

"현이에게 문제라도?"

"이야기가 좀 깁니다."

"앞으로 두 시간 동안은 수업이 없어요."

들을 준비가 되었다는 뜻이다.

고군호는 페플이라는 세계의 특징부터 조윤자에게 설명하기 시작했다. 의외로 사전 지식이 뛰어난 조윤자의 반응에 놀란 고군호는 생각보다 빨리 본론으로 들어갔다. 김현, 페플에서는 노바디라 불리는 게이머가 NPC와 친해졌고, 이제 그 NPC들이 문제를 일으켜 소동이 벌어진다는 내용이었다.

중년 여성치고는 가상현실에 대해 잘 아는 조윤자도 NPC가 무엇인지는 모르고 있었다.

"Non-Player Character를 줄인 말입니다."

"그러면 프로그램의 일부라는 뜻인가요?"

"간단히 말하면, 그렇습니다."

"프로그램의 일부라면 수정이 가능하지 않나요?"

"그게, 쉽지 않습니다. 페플은 대단히 복잡한 시스템이라서 하나를 마음대로 삭제하거나 수정하면 전체에 문제가 생깁니다."

"아, 그럴 수도 있겠네요."

조윤자는 친절하면서도 똑똑한 여성이었다.

"현재 그 소동을 해결하는 가장 좋은 방법은 아드님이 직접 페플로 들어가는 겁니다."

"현이에겐 페플 커넥터가 있어요. 그동안 페플에 접속했다고 생각하는데, 아닌가요?"

"그게, 건강상의 이유로 접속이 불가능해졌습니다."

"뭐라구요?"

"아드님이 게임을 지나치게 좋아한다는 사실은 알고 있습니다."

"……무슨 말씀이죠?"

"게임에 몰입하느라 건강을 해치고 있다는 점, 이미 알고 있다는 뜻입니다."

"잘못 알고 오셨어요."

조윤자에게서 긴장이 사라졌다.

"죄송합니다만, 아드님이 게임 폐인이 아니라는 말씀입니까?"

"제 아들은…… 마음을 다친 아이예요. 방 밖으로 나오지 않은 지 벌써 4년째랍니다."

"아, 그렇군요."

고군호는 자기 실수를 깨달았다.

"최근에 페플 커넥터를 구입해서 현이에게 줬습니다. 열흘 넘게 실랑이를 벌여야 했지만, 다행히 현이가 페플이라는 가상 세계에 관심을 가졌고 그로 인해 엄마로서는 환영할 만한 변화가 시작되었습니다."

조윤자는 하루에 한 끼를, 그것도 매우 적게 먹던 아들의 식사량이 늘었고, 이제는 두 끼를 먹는다는 내용을 덧붙였다.

"……그러면 이전보다 건강해졌겠군요."

"전 그렇게 생각해요."

"그러면 왜 페플에 접속하지 않을까요?"

질문을 던진 후에야 고군호는 이보다 더 멍청한 질문은 없다고 자책했다.

"그건 페플을 운영하는 회사가 더 잘 알지 않을까요?"

"그 이유를 몰라서 제가 어머님을 찾아온 겁니다. 페플 측은 건강 문제로 접속이 안 된다는 사실을 확인했습니다. 혹시 아드님의 몸에 문제가 있을지도 모르니, 정밀 검사를 해 보는 게 어떻겠습니까?"

"그건 안 돼요."

조윤자는 단호했다.

“왜 그러십니까?”

한숨을 내쉰 조윤자가 3년 전에 있었던 일을 들려주었다.

방에서 나오지 않는 아들의 상태를 알아보기 위해 전문가를 불렀다. 친구의 소개로 알게 된 정신과 의사가 간호사들과 함께 집으로 왔고, 미리 와서 기다리던 철물점 주인이 문을 따자 다들 밀물처럼 방 안으로 들어섰다.

그러나 누구도 김현을 향해 다가갈 수 없었다.

김현은 창턱에 앉아 있었다. 누구든 다가오면 뛰어내릴 각오로 가득한 얼굴이었다.

조윤자가 사람들을 말렸다. 정신과 의사도 자극해서는 안 된다고 강조했다.

그렇게 첫 번째 시도는 끝이 났다.

엄마는 거기서 멈출 만큼 약하지 않았다. 이번엔 음식에 수면제를 탔다. 소파에서 자고 있는 아들을 무사히 병원으로 데려갈 수 있었다.

문제는 아들이 깨어난 후였다. 낯선 곳에서 정신을 차린 아들은 고래고래 소리를 지르다 정신을 잃었다.

아들은 그날부터 혼수상태에 빠졌다.

하루가 지나고 이틀이 지났다. 사흘째가 되자, 정신과 의사는 다른 분야의 전문가를 불렀다. 복잡한 검사가 진행되었다. 약물치료 등 다양한 처치가 실행되었다. 그러나 변화는 없었다.

정신이 육체를 지배하는 기이한 경우라는 이야기만 오갔다. 누구도 정확한 원인을 알아내지 못한 것이다.

한 달이나 혼수상태에 빠진 아들을 지켜보던 엄마는 결단을 내렸다. 의사들의 반대를 무릅쓰고 아들을 집으로 데려간 것이다. 아들은 그 붉은 소파가 놓인 방에서 하루 만에 깨어났다. 의사들은 그 이야기를 듣고도 믿지 못했다. 그중 몇 명은 김현의 몸을 살피기 위해 엄마에게 부탁했으나, 엄마는 일언지하에 거절했다.

그 후, 엄마는 두 번 다시 아들을 건드리지 않았다. 강제로 끌어내려고도 하지 않았다. 한 번 더 그런 일을 하면 영영 아들을 잃어버릴 것만 같아서였다.

이야기를 다 들은 고군호는 할 말을 잃었다.

히키코모리, 은둔형 외톨이에 대한 기사를 여러 번 읽었지만 짧게 요약한 언론의 기사와 현실은 달라도 너무 달랐다.

억지로 밀고 들어갔다가는 문제가 커질 뿐이라는 점은 분명했다.

힘으로 밀어붙일 수는 없다. 다른 방법을 찾아야 한다.

순간, 좋은 생각이 떠올랐다.

"제가 선물 하나 드려도 되겠습니까?"

고군호는 마지막 희망을 담아서 말했다.

방문을 연 김현은 할 말을 잃었다.

밥상 너머 커다란 기계가 놓여 있었다. 페플이라는 이름을 보자마자 저 무지막지하게 큰 기계의 정체를 알 수 있었다. 바로 콕핏 형태의 페플 커넥터였다. 못해도 2천만 원, 고급형은 5천만 원에 달하는 고가의 장비였다.

대체 이 기계가 왜 여기 있을까?

밥상 위에 쪽지가 놓여 있었다.

아들, 축하해. 헬멧형 커넥터를 구입하면서 혹시나 하는 마음으로 이벤트에 응모했는데, 당첨됐어. 이게 접속이 잘되는 더 좋은 커넥터라니까, 이걸 사용하렴.

항상 고맙다.

엄마

김현은 '접속이 잘되는 더 좋은 커넥터'라는 부분에 주목했다. 머릿속이 맑아지는 느낌이 들었다. 어쩌면 그 헬멧형 커넥터에 문제가 있었는지도 모른다.

고민하지 않고 당장 콕핏을 방 안으로 밀어 넣었다. 공간이 좁아서 붉은 소파를 책장 쪽으로 밀어붙였다. 그러자 콕핏을 놓을 공간이 생겼다.

설치는 간단했다.

김현은 밥도 먹지 않고 커넥터 안으로 들어갔다. 확실히 헬멧형과는 차원이 다른 기계였다.

검붉은 버튼을 누르자 커넥터에서 윙 소리가 났다. 내부의 조명이 꺼졌다. 어둠의 바다에 가라앉는 기분이 들었지만, 곧 시야가 밝아졌다. '건강상의 이유로 접속이 불가능합니다.'라는 메시지는 나타나지 않았다.

눈을 뜬 김현은 라마간의 광장, 그 아름다운 분수를 볼 수 있었다.

"야호!"

노바디는 고함을 내질렀다.

"휴우."

고군호는 라마간을 맡은 게임 매니저 양현섭이 보낸 영상을 본 후에야 한숨을 내쉬었다.

드디어 문제가 해결되었다.

수십만 명의 게이머들이 페플 세계 곳곳을 이 잡듯 뒤졌으나 어디에도 없던 노바디가 스스로 라마간의 광장에 나타난 것이다. 라마간을 샅샅이 훑은 게이머만 수만 명이어서 오히려 그 광장은 한산했다.

노바디는 당장 겔란드의 대장간으로 향했고, 그로 인해 두 종류의 퀘스트가 즉시 완료되었다. 사라겐의 수부와 검제의 광현칠검보는 그 퀘스트를 완료한 노바디에게 주어졌다. 게이머들은 아쉬워했지만 끝난 퀘스트에 미련을 둘 만큼 바보는 아니었다.

그중 몇 명은 노바디를 공격해서 사라겐의 수부와 검제의 광현칠검보를 탈취하려 했지만, 두 아이템 모두 강탈이 불가능한 소유자 귀속 아이템이어서 아예 포기하고 떠나 버렸다. 그 덕분에 라마간은 물론 페플 역시 균형을 되찾았다.

세 종류의 커넥터는 성능에 차이가 있을 수밖에 없었다.

콕핏형 커넥터는 대단히 예민할 뿐 아니라 게이머의 오감을 보다 깊이 페플과 연결하기 때문에 페플 내부에서 프로게이머로 활동하는 일부 유저들이 선호했다. 맨체스터 유나이티드를 은퇴하고 페플 리그에 데뷔하여 득점왕이 된 벤자민 드웬이 콕핏형 커넥터의 광고 모델이었다.

콕핏형 커넥터가 문제를 이토록 간단히 해결할 줄은 상상도 못 했다. 정말이지 다행스러운 일이었다.

그러나 마음은 오히려 더 무거웠다.

문제는 해결되기는커녕 오히려 커졌다. 페플 시스템은 개발자, 관리자, 감독자의 손에서 일정 부분 벗어났다는 사실이 이번 소동으로 드러났다.

누구도 직접 프로그램을 수정하여 그 소동을 막지 못했다.

칠건파는 페플의 밸런스에 균열을 일으킬 만큼 강력한 영향력을 발휘했다. 결국 시스템은 통제의 범위 밖으로 확장된 셈이었다.

칠건파가 사라겐의 수부, 검제의 무공 비급을 가지게 된 이유 또한 어떠한 개발자도 알아내지 못했다. 누구도 그들에게 그토록 중요한 아이템을 준 적이 없었다. 마치 페플이라는 가상 세계가 칠건파에 그런 아이템을 몰래 건넨 느낌이었다.

고군호는 마치 살아 있는, 스스로 움직이는 세계 앞에 서 있는 느낌을 받았다.

"이 모든 변화가 노바디의 등장으로 시작되었다. 그러니, 그 녀석을 유심히 살피는 수밖에 없어."

고군호는 그 임무를 양현섭에게 맡겼다. 어차피 라마간을 책임진 게임 매니저로서 해야 할 일이었다.

네가 약해서야

페플에 접속하면 분수대에서 뿜어져 나오는 물줄기가 보이고, 그 너머로 오래된 건물이 시야에 들어온다. 익숙한 장면인데도 노바디에게는 그 순간이 기적처럼 느껴졌다. 새로운 세상, 두 번째 기회가 주어진 강렬한 직감 같은 것이었다.

희미한 무지개가 서린 물줄기를 뚫고 무언가가 날아왔다. 춤추는 화살은 노바디의 가슴에 푹 박혔다.

노바디는 무릎을 꿇었다. 생명력이 빠르게 사라졌다. 누가, 왜 화살을 쏘았는지 알 수가 없었다.

눈앞이 깜깜해진 순간, 노바디는 죽었다.

잠시 후 다시 접속한 노바디는 광장을 벗어나기도 전에 또 죽었다. 이번에는 등 뒤로 다가온 누군가의 단검이 등을 뚫고 심장을 찔렀다. 몸을 돌리기도 전에 시야가 어두워졌다.

세 번째도 마찬가지였다.

네 번째 접속도 결과는 같았다.

게이머 한 사람의 짓이 아니었다. 광장에 모여 있는 게이머 모두가 마치 노바디가 접속하면 죽이기 위해 기다리고 있는 것 같았다. 노바디는 접속을 끊었다.

커넥터 밖으로 나온 김현은 숨을 몰아쉬었다.

그 광장은 악의로 가득 차 있었다.

거기 있는 게이머들은 한 가지 목적을 위해 똘똘 뭉친 사람들이었다. 곰곰이 생각해 봐도 그 이유를 알 수 없었다.

그러다가 사라겐의 수부와 검제의 무공 비급을 떠올렸다. 그 아이템 때문에 게이머들이 화가 나서 단체로 그런 짓을 하고 있을까? 건강 때문에 접속할 수 없었던 때와는 또 다른 상황이었다.

김현은 인터넷 검색을 했다. 게이머가 게이머를 이유도 없이 죽일 때의 대처 방법은 간단했다. 그 지역을 담당한 게임 매니저에게 신고하면 적절한 조치를 통해 문제가 해결된다는 내용이었다.

김현은 다시 커넥터로 들어갔다.

라마간의 광장이 나오기 전, 노바디는 평소 건드리지 않았던 버튼을 눌렀다. 과연 거기에 신고 메뉴가 있었다. PK 메뉴를 누르니 이때까지 노바디가 죽은 장소와 시간, 관련 게이머의 정보가 주르르 나왔다. 노바디는 자신을 죽인 게이머 정보를 게임 매니저에게 전송했다.

변화가 있기를 바라며 광장으로 이동했지만, 중앙 접속 지역을 감시하던 게이머들은 노바디를 놓치지 않았다. 여전히 레벨 1인 노바디는 그 게이머들에게서 벗어날 수 없었다.

그날, 노바디는 열일곱 번 죽었다.

노바디는 죽을 때마다 게임 매니저에게 PK 정보를 보냈다.

양현섭은 밀려드는 메시지 때문에 고함을 질렀다.

노바디의 귀환으로 라마간이 평소처럼 조용해지리라는 기대는 와르르 무너졌다. 더 이상 대량의 게이머가 라마간으로 접속하지는 않았지만, 기존 게이머의 반발은 생각보다 심각했다.

그들의 주장에도 일리가 있었다.

라마간이 속한 룬트란 왕국에서 활동하는 네임드 게이머 '드래고니아'는 노바디가 NPC를 상대로 사기를 쳤다고 주장했다. 드래고니아가 만든 길드 적룡회 소속 게이머들도 그 의견이 옳다고 입을 모았다. 단순한 NPC를 속여서 레어 아이템을 빼앗은 행위를 이대로 묵과하면 페플의 밸런스는 무너지고 말 거라고 거듭 강조했다.

또 다른 네임드 게이머 '영웅'은 실력 행사에 나섰다. 실제적인 피해를 감수하고서라도 게이머 노바디에게 응징을 하겠다는 선언인데, 영웅을 따르는 게이머 수십 명이 라마간의 광장에 진을 치고 노바디가 접속할 때마다 죽임으로써 언행일치를 몸소 보여 주었다.

눈치 빠른 게이머들은 기존의 방식, 즉 사냥이나 퀘스트를 통한 레벨업에서 벗어나 라마간 곳곳에 있는 NPC에게 접근했다. 그들의 목적은 노바디처럼 NPC와 친해져서 그들이 어디엔가 숨겨 놓은 아이템을 얻는 것이었다.

그 뻔한 의도가 들키자 게이머와 NPC 사이의 관계는 급속도로 얼어붙었다. 심지어 게이머가 퀘스트를 받는 라마간 길드가 이틀 동안 아예 문을 닫았고, 라마간 시장이 이방인의 출입을 전면 금지하는 조치를 취하기도 했다.

다행히 시장은 그 명령을 금세 철회했지만, 이방인들의 행위를 묵과하지 않겠다는 의지를 표명한 셈이었다.

알람이 울렸다.

양현섭은 한숨을 내쉬며 콕핏형 커넥터로 다가가 올라탔다. 이런 식으로 계속 스트레스를 받으면 게임 매니저 노릇도 오래 할 수 없을 것이다.

익숙한 광장이 보였다.

훌륭한 분수대도 자주 봐서 그런지 지나칠 정도로 평범하게 느껴졌다. 여전히 광장에서는 네임드 게이머 영웅이 부른 게이머들이 노바디의 접속을 기다리고 있었다.

양현섭은 PK를 한 게이머에게 페플 내부 규약대로 불이익을 주었지만, 불의를 바로잡아야 한다는 게이머들의 의지는 그보다 훨씬 더 강했다.

바로 어제 영웅을 만나서 이야기를 나누었다. 영웅은 게임매니저가 어영부영 넘어가니까 페플의 밸런스가 붕괴될 뻔했다고 열변을 토했다. 노바디가 숨겨진 퀘스트를 찾아낸 대가로 아이템을 받았다는 양현섭의 설명을 영웅은 조금도 수용하지 않았다.

라마간 광장 북쪽으로 걸어간 양현섭은 시청으로 들어섰다. 보초들이 양현섭을 보자 바로 통과시켰다. 1층에 내려와 있던 비서가 양현섭을 시장실로 안내했다.

시장 자르크는 안으로 들어선 양현섭을 환영했다.

"어서 오시게."

"광장 때문이죠?"

"잘 알고 있구먼. 일단 앉지."

자르크는 60대 후반의 호탕한 노인이었다. 평소에는 시원시원하지만 중요한 문제 앞에서는 절대 물러서지 않는 인물이기도 했다.

양현섭은 게임 매니저로서 라마간의 실력자인 자르크를 자주 만나야 했다. 처음 볼 때는 호기심이 앞섰다. 인공지능 프로그램의 수준이 어느 정도인지 기대하는 마음이 강했다.

첫 만남으로 얕잡아 보는 마음은 깨졌다. 분명히 머릿속으로는 인공지능 프로그램의 일부라고 생각하지만 실제로 대화를 나누면 그런 선입견이 자연스럽게 사라졌던 것이다.

"이방인들의 행동을 강제로 금지하기는 어렵습니다."

"라마간의 중심지인 광장에서 살인 행위가 빈번하게 일어나고 있지 않나? 시장으로서 간과할 수 없네."

시장은 경비대를 투입하겠다는 뜻을 내비쳤다.

"이방인 사이의 충돌이니, 엄밀하게 말하면 살인은 아니지 않습니까?"

"이방인에게 죽음은 없으니 살인은 아니구먼. 허나, 내버려 두면 라마간 시민들에게 악영향을 줄 걸세. 지난번에 골치깨나 썩게 했던 칠건파 놈들이 움직일 기세야. 그놈들이 동생을 지킨답시고 무기를 들고 광장으로 나서면 어떤 일이 벌어질지 자네도 알 거야. 그놈들은 이방인을 모조리 죽이고 말 걸세."

이번에도 문제는 칠건파였다.

양현섭은 손으로 이마를 어루만졌다. 돈을 내고 페플에 접속한 게이머들이 NPC들의 공격을 받아 죽어 나가는 일이 벌어진다면? 상상만으로도 골치가 아팠다.

마음 같아서는 라마간을 폐쇄하고 어떤 게이머도 이곳에 접속할 수 없게 조치를 취하고 싶었다. 실제로 그런 건의를 위로 올리기도 했다. 문제는 라마간이 페플에서 상당히 중요한 지역이라서 폐쇄도, 수정도 불가능하다는 점이었다.

양현섭에게 떨어진 임무는 '협상'과 '조정'이었다. 게임 매니저가 졸지에 외교관 역할을 떠맡은 셈이었다.

"시장님은 칠건파가 나서지 않도록 막아 주십시오. 광장에 있는 이방인들은 제가 어떻게든 설득하겠습니다."

"그러지."

"더 할 말씀 있으십니까?"

"근본적으로 문제를 해결할 방법이 있네."

"그게 무엇입니까?"

양현섭은 인공지능 프로그램이지만 자르크의 의견에 담긴 통찰력에 깜짝 놀랄 때가 많았다.

"노바디라는 이방인이 강해지는 걸세. 그 친구가 강해지면 누구도 건드리지 못할 테고, 그러면 이런 일은 생기지 않겠지. 내가 보기에 그 친구가 약하기 때문에 칠건파가 도와주려고 나서고, 그러다 보니까 이런 소동이 벌어지는 것 같네."

"아!"

과연 핵심을 꿰뚫는 의견이었다.

시야가 밝아지는 기분이었다.

레벨업에는 관심이 없는 데다 건강까지 좋지 않은 노바디의 존재 자체가 이 모든 소동의 중심에 있었다. 노바디가 평범한 게이머처럼 성장한다면, 누군가의 도움을 받아서라도 강해진다면 네임드 게이머가 나선다고 해도 지금 같은 소란은 벌어지지 않을 터였다.

시장과의 면담을 마치고 시청 밖으로 나온 양현섭은 몸을 돌려 겨울 햇살을 배경으로 우뚝 서 있는 건물을 올려다보았다. 생각해 보니 꼴이 우스웠다. 라마간을 관리할 책임이 있는 게임 매니저가 NPC의 도움을 받아 곤경에서 벗어날 길을 찾은 셈이다.

가끔은 헷갈렸다.

자르크 역시 NPC가 아니라 자신처럼 게이머가 아닐까. 워낙 운영 방식이 은밀하기로 소문난 페플이니 자르크는 등급이 높은 게임 매니저일지도 몰랐다.

양현섭은 광장으로 접어들었다. 네임드 게이머 영웅이 때마침 거기 와 있었다. 양현섭은 그를 보고 손짓으로 불렀다.

"회수 조치는 취했어요?"

"아니."

양현섭은 영웅을 3년째 알고 지냈다. 이름은 거창하게 영웅으로 지었지만 하는 짓은 뒷골목 양아치나 다를 바 없다는 사실도 잘 알았다.

"문두크, 람코, 마르세르, 엘루마에 있는 친구들에게 연락했어요. 그놈들이 여기로 오면 저도 일이 어떻게 전개될지

알 수 없어요."

은근한 협박이었다.

양현섭은 화가 났다. 눈이 뒤집히기 일보 직전이었다. 이 새끼…… 귀엽다 귀엽다 하니까 수염까지 뽑을 기세였다.

"그렇게 나오겠다 이거지? 좋아, 게임 매니저의 권한으로 페플 내규 제12항 3조를 적용해 볼까? 그러면 고의적이고 지속적인 훼방 행위로 일정 기간 접속이 금지되겠지. 내 재량으로 그 기간을 한 달로 정할 거야. 누구든 라마간으로 와서 분탕질을 친다면 같이 묶어서 접속 금지 리스트에 올릴 거야. 그러면 어떤 일이 벌어질까? 곧 랭킹전이 시작되지 않아? 너 지난번에는 아쉽게 본선 1회전에서 떨어졌잖아. 한 달이나 쉬면 어떻게 될까? 예선도 통과할 수 없을걸. 원한다면 두 달, 석 달 금지도 가능해."

양현섭은 노골적인 협박으로 받아쳤다.

사실 그가 가진 권한을 다 끌어모아도 한 달이나 접속을 금지할 수는 없었다. 그저 겉은 강한 척하지만 속은 겁쟁이인 저 녀석이 찔끔 놀라 물러서기를 바랄 뿐이었다.

"정말 그럴 거예요, 형?"

랭킹전을 떠올린 영웅은 강하게 나갈 수 없었다.

"요즘 내가 피곤해. 지난번에 여기 라마간이 터질 뻔했다는 거, 너도 알지? 웬만한 일은 그냥 넘어갈 만큼 힘들어. 계속 내 신경을 건드린다면, 뭐, 나도 가만히 있을 수는 없지.

잔뜩 쌓인 스트레스를 푸는 수밖에. 내가 네 뒤를 탈탈 털어 볼까? 페플 규정을 엄격하게 적용하면 너도 아쉬운 부분이 많을 텐데. 아이템을 불법으로 거래했다는 증거가 나오면 어떻게 될까? 아, 맞다, 계정 압수야. 랭킹전이니 네임드니 다 바이바이, 안녕이란 거지. 지난 3년 동안 똥구멍이 찢어지도록 쌓아 올린 네 명성도, 능력도 모두 과거로 사라지는 거지. 그래도 좋아?"

영웅은 아무 말도 못 했다.

그 순간, 양현섭은 승리의 미소를 지었다. 그리고 속으로 생각했다. 그냥 찔러봤을 뿐인데, 진짜로 저 녀석이 돈을 받고 아이템을 판 모양이었다. 수수료와 세금을 피할 목적으로 페플 매매소를 거치지 않는 거래가 요즘 빠르게 늘어나고 있었다.

"애들 다 데리고 가. 다신 얼씬거리지 말고."

"……오늘 일은 잊지 않겠어요."

"나도 마찬가지야."

양현섭은 끝까지 의지를 보였다.

광장은 평소처럼 조용하고 산책하기 좋은 공간으로 돌아갔다. 살벌한 분위기를 자아내던 이방인들이 모두 사라지자 햇살을 즐기려는 NPC들이 광장으로 들어섰다.

마침 광장 중앙에 노바디가 나타났다.

양현섭은 노바디를 향해 다가갔다.

"내가 누군지는 알지?"

여전히 바보 같은 곰 인형 탈을 쓴 노바디는 한 걸음 물러서며 주변을 살폈다. 날아오는 화살 따위가 있는지 확인하는 것이다.

"다 갔다."

노바디는 여전히 말이 없었다.

"난 게임 매니저야. 라마간을 담당하고 있어. 너와 이야기를 나누고 싶은데."

양현섭의 말이 끝나지도 않았는데, 노바디는 몸을 돌려 걷기 시작했다. 양현섭이 따라가자 노바디의 걸음이 빨라졌다.

"그 녀석들이 왜 널 공격했는지 알고 싶지 않아?"

그 말이 마법처럼 노바디를 멈추게 했다.

노바디는 천천히 몸을 돌려 양현섭을 쳐다보았다. 그리고 양현섭이 다가오기를 기다렸다.

"네가 약해서야."

"……뭐라구요?"

드디어 노바디가 입을 열었다.

"자격도 안 되는 녀석이 그 귀한 아이템을 손에 넣었으니 그놈들 배알이 뒤틀린 거지. 생각해 봐, 네가 한 일이라고는 NPC들이 널 찾기 위해 그 귀한 아이템을 걸고 의뢰를 할 때까지 조용히 기다리다가 때가 되자 나타나서 아이템을 차지한 것뿐이야. 넌 아무런 노력도 하지 않고 열매를 딴 거지.

그러니 열심히 애를 써서 레벨을 올리고 사냥에 어마어마한 시간을 쏟아부은 놈들이 화가 날 수밖에.”

“나는…….”

노바디는 다시 입을 다물었다. 그 말이 옳다는 점을 느껴서였다.

“네가 여기 접속한 지 기껏해야 한 달밖에 안 됐다는 사실, 모르는 게 아니야. 난 여기서 벌어지는 일을 모두 알고 있으니까. 문제는 네가 보통 게이머와 다르다는 거야. 넌 몬스터를 한 번도 죽이지 않았지? 그저 산책하듯 돌아다니다가 운 좋게 NPC와 친해진 것뿐이야. 그 대가로 레어템을 얻었으니, 다른 게이머 입장에서는 황당한 거지.”

양현섭은 저 빌어먹을 인형 탈 때문에 노바디의 속내를 읽기가 어렵다고 생각했다. 보통 게이머의 경우 현실과 다른 얼굴을 택한다고 해도 어느 정도 표정은 드러나는데, 저 커다란 곰 인형 탈은 표정이라고 할 만한 게 아예 없었다.

“꼭 사냥을 해야 하나요?”

“그건 아니다.”

양현섭은 또 머리가 지끈 아팠다. 적당한 이야기로 설득할 수 있으면 좋으련만.

“저는 누구에게도 손 벌리지 않았어요.”

“아, 오해하지 마라. 널 탓하는 게 아니야. 넌 잘못한 게 없어.”

"플레이 방식이 다르다는 이유로 공격을 받아야 하나요?"
"……그, 그런 문제가 아니야."
"전 이해할 수 없어요."
양현섭은 설득의 기술 몇 가지를 떠올렸다. 상대방의 포지션에서 생각하라는 충고가 생각났지만 한숨부터 나왔다. 다른 게이머와 전혀 교류가 없는, 오히려 NPC와 친한 저 녀석의 머릿속이 어떤 구조인지 도대체 알아낼 방법이 없었다.
그때, 번개처럼 아이디어 하나가 뇌리를 스쳤다.
"너로 인해 칠건파가 다칠 수도 있다."
"……왜요?"
노바디에게서 머뭇거리는 기색이 느껴졌다.
"널 공격하는 놈들을 내가 막긴 했지만, 어디로 튈지 알 수 없는 놈들이라는 게 문제야. 게다가 네임드가 나섰어. 네임드 게이머가 무엇인지 너도 알지? 몰라? 영향력이 어마어마해. 수십 명, 때로는 수백 명의 게이머를 부를 수도 있는 놈이야. 그런 놈이 널 건드릴 수 없으면 자연스럽게 칠건파를 해치지 않을까? 이건 순전히 내 생각이지만 말이야."
네임드 게이머 영웅이 아무리 양아치 같고 간이 배 밖에 나온 놈이라고 해도 NPC를 공격할 리는 없다. 그랬다가는 라마간이라는 도시 전체를 적으로 상대해야 할 터였다. 양현섭은 노바디가 페플의 생리에 어둡다는 점을 공략하고 있었다.
"그, 그럴 수도 있겠네요."

양현섭은 속으로 쾌재를 불렀다. 드디어 저 무뚝뚝한 곰이 반응하기 시작했다. 미끼를 물었으니 이제 깔끔하게 낚아야 한다.

"방법은 딱 하나야. 네가 가진 그 아이템에 어울릴 만큼 강해지는 거야. 레벨을 올리는 거지. 그러면 놈들도 뭐라고 못 할 거야."

"아!"

노바디가 고개를 끄덕였다.

"내일부터 사냥터 이벤트가 시작되니까 부지런히 몬스터를 잡아. 그러면 돼. 그리고…… 야!"

노바디는 이미 몸을 돌려 멀어지고 있었다.

달려가서 조목조목 상세하게 레벨 올리는 방법, 직업을 선택할 때의 주의 사항을 알려 줄까 생각했지만 양현섭은 고개를 흔들었다. 게임 매니저가 지나치게 깊이 관여해서는 곤란한 상황이 벌어진다. 이번 소동은 이 정도로 마무리를 지어야 하리라.

잡화점 앞을 지나가는 노바디의 뒷모습을 보면서 양현섭이 중얼거렸다.

"제발 평범하게, 보통 게이머처럼 페플을 즐겨라. 부탁이다, 부탁. 그게 어렵다면 라마간을 떠나서 다른 도시로 가, 제발."

양현섭의 바람과 달리, 노바디는 망치를 쥔 겔란드 앞으로 가서 결심을 말했다.

"강해지고 싶어요."

겔란드는 말없이 노바디를 쳐다보았다.

"정말 강해지고 싶어요. 도와주세요."

사냥터로 나가서 몬스터를 잡으면 쉽게 레벨을 올릴 수 있다. 레벨이 올라가면 자연스럽게 퀘스트를 수행해야 한다. 쉬운 퀘스트 몇 번이면 더 빨리 레벨이 올라갈 터였다.

그런 방식, 다른 게이머들이 페플을 즐기는 방식, 페플 운영진이 정해 놓은 방식을 따르는 순간, 이 세계는 껍데기에 불과한, 가짜 세상이 되고 만다는 점을 노바디는 본능적으로 느끼고 있었다. 노바디에게 페플은 현실보다 더 진짜 같은 세상이었다.

노바디는 가짜 방식이 아니라, 진짜 방식으로 강해지고 싶었다.

"정말이냐?"

겔란드는 진지했다.

"네."

"힘들 거다. 후회할 거다."

"참을게요."

"죽고 싶을 만큼 고통스러울 텐데도?"

"하고 싶어요."

"따라오너라."

겔란드가 망치를 놓고 대장간 밖으로 나왔다.

"……어디로요?"

자신 있게 말했지만, 노바디는 살짝 겁이 났다. 겔란드의 방식은 게이머들의 방식과 다를 것이다.

"마음에 든다. 의외로 남자다운 구석이 있어서 말이야. 내가 너 때문에 밤잠을 설친 걸 생각하면…… 한참 부족해."

노바디는 겔란드의 일그러진 얼굴 너머에 있는 뜨거운 마음을 느낄 수 있었다.

겔란드는 광장으로 가서 마차에 올라탔다.

"형님?"

케람이 겔란드를 보고는 깜짝 놀랐다. 이방인들이 주로 마차를 이용하기 때문이다.

노바디가 겔란드 옆에 앉자 겔란드가 말했다.

"철림으로 가자."

"아, 네."

케람은 노바디를 보고는 마차를 출발시켰다.

가는 동안 겔란드는 말이 없었다. 노바디는 조금 불안했다. 겔란드가 수다스러운 사람은 아니지만 그래도 이토록 무거운 침묵으로 사람을 불편하게 만드는 사람과도 거리가 멀

었다.
"노바디."
"네, 대사형."
노바디는 사형이라는 호칭을 좋아했다. 왠지 모르게 무협 소설에 등장하는 인물이 된 듯한, 의리를 중시하는 강호무림의 일원이 된 기분이었다.
"이번 일로 네가 우리에게 얼마나 소중한지 알게 되었다. 나 혼자만의 생각이 아니야. 다들 널 걱정했다, 진심으로."
"……죄송해요."
"그래서 우리는 의논을 했고, 결정을 내렸다. 네가 날 찾아와서 강해지고 싶다고 말하지 않았다면, 우리가 널 반강제로 끌어들였을 거다."
"어떤 결정요?"
"우리가 젊은 시절에 익힌 몇 가지 절기를 네게 전수하기로 결정한 거야. 어떠냐, 기쁘지?"
그 말에 노바디는 할 말을 잃었다. 졸지에 일곱 명의 사부가 생긴 것이다.
"부담스럽냐?"
"……조금요."
"무슨 일이든 시간이 필요하다는 사실을 우리는 잘 알아. 그러니까 억지로 밀어붙여서 널 힘들게 할 생각은 없다. 넌 팔건이니까. 우리 동생이니까. 그러니, 사형들을 믿고 따라오너라."

"그럴게요."

마음이 편안해졌다. 그래, 퀘스트까지 의뢰해서 자신을 찾느라 페플을 뒤집어 놓았던 칠건파 사형들을 의지하자. 그러면 된다. 멀리까지 바라볼 필요는 없다.

마차는 철림 입구에 멈췄다.

밖으로 나온 노바디는 탄성을 터트렸다.

철림은 아무리 봐도 그 규모에 압도당하는 기분에서 벗어날 수 없는 곳이었다. 미국 세쿼이아 국립공원보다 몇 배나 울창하고 몇 배나 화려한 곳이 바로 철림이었다.

철림을 이루는 나무 철목은 다 자라면 대략 400미터에 이른다. 두께는 30미터가 넘고, 둘레는 100미터나 되었다. 수십 명이 손을 잡아야 철목을 에워쌀 수 있다는 뜻이다.

철림 중앙에 우뚝 서 있는 철목 '명왕목'은 높이가 1.3킬로미터이고 너비가 113미터였다. 크고 작은 나뭇가지들이 사방으로 뻗었는데, 곳곳에 나무로 만들어진 건물이 세워져 있었다. 명왕목은 한 그루의 나무가 하나의 마을, 혹은 도시를 이룰 수도 있음을 보여 주는 증거였다.

잊힌 고대의 도시 명왕은 이제 마물이라 불리는 몬스터로 가득한, 버려진 곳이었다. 마물의 레벨이 상당히 높아서 게이머들의 접근이 어려웠다. 다행히 명왕목 위로 올라가지만 않으면 마물이 게이머를 공격하지도 않았다.

케람에게 기다리라고 말한 겔란드는 노바디를 데리고 철림 안으로 들어섰다. 우뚝 솟은 철목 사이로 조그만 나무들과 풀들이 희미한 햇살을 차지하기 위해 몸을 비틀고 있었다.

겔란드는 비교적 작은 철목 앞에 멈춰 섰다. 그 철목은 높이가 3미터에 불과했다. 한창 자라는 어린 나무였던 것이다.

"사라겐의 수부, 가지고 있지?"

"여기 있어요."

노바디는 붉은 기운이 날에 감도는 손도끼를 꺼냈다.

"오늘부터 네가 할 일은 이 녀석을 베는 거다, 그 도끼로. 서두르는 게 좋을 거야. 철목의 성장 속도는 엄청나거든."

"……저 혼자서요?"

"난 대장장이야. 대장간을 오래 비울 수는 없지. 다른 사람들도 마찬가지야."

"네, 사형."

"이건 단순한 수련이 아니야. 난 지금 네게 부월공을 가르치는 거다."

겔란드가 갑자기 목소리를 죽여 속삭이는 순간, 노바디는 메시지 창을 볼 수 있었다.

-수라부월공을 획득하셨습니다.

"시작해라."

겔란드는 그 말을 남기고 철림을 떠났다.

혼자 남은 노바디는 한숨을 푹푹 쉬었지만 고집 센 칠건파

사형들이 생각을 바꿀 가능성보다는 손도끼를 휘둘러 3미터 높이의 철목을 쓰러뜨리는 게 더 확실하다는 사실을 인정할 수밖에 없었다.

탕.

사라겐의 수부로 철목을 때리자, 금속을 친 것처럼 울리는 소리가 퍼져 나갔다. 그리고 손도끼를 쥔 손이 진동으로 울렸다. 하마터면 사라겐의 수부를 놓칠 뻔했다.

"해보자. 여기서는 도망치고 싶지 않아."

노바디는 힘을 냈지만, 그날이 다 가기 전에 손바닥이 찢어졌다.

"어?"

소파에서 곯아떨어졌다가 겨우 눈을 뜬 김현은 손바닥을 보고는 깜짝 놀라서 몸을 일으켰다.

오른쪽 손바닥에 상처 자국이 남아 있었다. 손도끼 자루를 꽉 쥐고 그 단단한 철목을 쳤을 때 찢어졌던 손바닥의 상처와 흔적이 비슷했다.

고개를 갸웃거린 김현은 언제 다쳤는지 떠올렸지만 생각이 나지 않았다. 이런 우연이 있다니, 신기하기까지 했다.

샤워를 하려고 욕실로 가려던 김현은 신음을 흘렸다. 유독

오른쪽 팔이 욱신거렸다. 거울 앞에서 옷을 벗은 김현은 할 말을 잃었다. 오른팔 곳곳에 시퍼런 멍이 들어 있었다.

그때, 머릿속으로 소리가 들렸다.

'힘이 1 올랐습니다.'

김현은 몸을 돌려 뒤를, 방을 살폈다. 아무도 없었다. 컴퓨터는 꺼져 있었다.

처음 들었을 때는 긴가민가했지만 이번에는 분명했다. 그 목소리는…… 왠지 기계음 같았다.

누가 장난을 치고 있을까? 혹시 엄마가 전문가라 자부하는 정신과 의사들을 불러서 평가를 하고 있을까? 환청에 대한 반응 방식을 테스트하고 있을지도 모른다.

뜨거운 물로 몸을 씻으니 살 것 같았다.

밖으로 나온 김현은 시계를 보았다. 엄마는 이미 출근하고 없을 시간이었다. 방문을 열었다. 엄마의 마음이 담긴 밥상이 놓여 있었다. 밥상을 안으로 들이고 문을 잠갔다.

이제 기름진 고기 음식도, 우유도, 심지어 달콤한 크림이 듬뿍 든 빵도 마음껏 먹을 수 있었다. 어느새 건강해져 몸무게도 50킬로그램에 이르렀다. 앙상했던 어깨와 팔에는 근육이 자리를 잡고 있었다. 특히 오른쪽 팔은 그 변화가 눈에 보일 정도였다.

밥을 다 먹은 김현은 몸을 풀기 위해 푸시업을 했다. 의외로 쉬웠다. 다섯 개, 열 개, 스무 개…… 쉰 개를 했는데도 그리 힘들지 않았다. 오른쪽 팔이 근육통으로 약간 아플 뿐이었다.

소파에 앉았다.

믿기 힘들었다.

슬며시 미소가 걸렸다. 어릴 때부터 허약한 몸은 열등감의 원인이었다. 달리기도 느렸다. 힘은 더 약해졌다. 그러니 골목대장 노릇에 익숙한 아이들에게 휘둘리고 말았다.

밥상을 밖으로 옮긴 김현은 커넥터로 들어갔다. 오늘도 온종일 손도끼를 휘둘러야 하겠지만 왠지 모르게 기대가 되는 날이었다. 페플에 접속하기 직전, 김현은 손도끼의 각도와 세기를 다르게 해 봐야겠다고 생각했다.

자르크는 비서가 내려놓은 차를 한 잔 마신 후에 맞은편에 앉아서 허리를 꼿꼿이 세우고 있는 겔란드를 쳐다보았다.

"그 이방인에게 무공을 가르친다면서?"

"……네."

"그런 눈으로 쳐다보지 마라. 라마간에서 내가 모르는 일은 없으니까. 또 없어야 하고."

"도시에 피해가 가지 않도록 신경 쓰겠습니다."

거친 겔란드도 자르크 앞에서는 순한 양처럼 행동했다.

겔란드는 시장의 젊은 시절을 알고 있었다.

나이가 들어서 점잖게 변했지만 한창 시절의 자르크는 겔란드 못지않은, 오히려 겔란드보다 더 막나가는 인물로 그 명성이 룬트란 왕국 전역에 퍼져 있었다. 비교적 규모가 작은 라마간이 다른 도시들 사이에서 독자적인 영역을 확보한 과정에서 자르크는 과거의 명성이 헛것이 아님을 보여 주었다.

"이미 피해가 생겼다면?"

"……죄송합니다."

"허허, 그냥 해 본 말이야. 그리고 사내라면 가끔은 손해를 무릅써야 할 때도 있지. 그보다 왜 그 녀석을 철림으로 데려간 거냐? 수라부월공이라면 대장간에서도 가르칠 수 있을 텐데."

"그건……."

겔란드는 머뭇거렸다.

"그 예언 때문이냐? 그 녀석이 그만한 재목이라고 생각하는 거냐? 이 세계에 갑자기 나타난 이방인들 중에는 드래곤이나 신선보다 강한 자들도 있다. 그 조용하고 의지가 없어 보이는 녀석이 저 하늘에 떠 있는 태양 같은 놈들을 이길 수 있다고 생각하는 거냐?"

"가능성은 있습니다."

"근거는?"

자르크의 눈이 날카롭게 빛났다.

"이방인이되 이방인이 아니다. 이방인이 아니되 이방인이다."

겔란드는 예언의 일부분을 읊었다.

"음, 확실히 그 녀석은 이방인이지만 이방인이 아닌 분위기를 풍기고 있긴 하다. 그렇다고 예언에 등장하는 명왕이라고 볼 수는 없지."

"그래서 철림으로 데려간 겁니다."

"만약 그 녀석이 철목을 쓰러뜨린다면?"

"명왕일 가능성이 미약하게나마 조금 높아지는 거지요."

"후후, 재미있군."

자르크의 몸에서 긴장이 풀어졌다. 다시 차를 한 모금 마신 시장은 수염을 어루만졌다. 그런 다음, 등을 소파에 기대며 겔란드를 쳐다보았다.

"예언에 따르면, 명왕이 세계를 파괴한다."

"그와 동시에 세계를 창조한다고도 나와 있습니다."

"넌 어릴 때부터 감이 좋았지. 지진도 미리 알아차리고 사람들을 대피시켰으니까. 뭐, 헛소리인 경우도 많았지만. 좋다, 이번엔 널 믿어 보마. 대신, 누구에게도 그 의도를 발설하지 마라. 칠건파 동생들에게도. 명왕의 재림 이야기가 퍼지면 신전 기사단이 움직일 게야. 그러면 네가 아끼는 그 녀석을 두 번 다시 못 볼지도 몰라. 알겠느냐?"

"네, 시장님."

시청 밖으로 나온 겔란드는 한숨을 내쉬었다. 자르크는 앞에 서는 사람을 불편하게 만드는 묘한 재주를 가지고 있었다. 겔란드조차도 그 분위기 앞에서는 몸이 움츠러들었다.

차라리 잘된 일이었다. 혼자 가지고 있기엔 그 비밀은 너무나 무거웠다. 시장이 알게 되었으니, 문제가 생기면 찾아가서 의논을 할 수도 있으리라. 겔란드는 예전에도 그랬던 것처럼, 직감이 그저 망상으로 끝날 수 있음을 잘 알았다.

철목은 상승의 무공을 익힌 겔란드조차도 쓰러뜨릴 수 없는 기이한 나무였다. 내공을 주입하여 도끼를 휘두르면 철목은 마치 고수처럼 반탄력을 발휘해 도끼는 물론 그 도끼를 쥔 사람까지 날려 버린다. 세게 때릴수록 튕겨 나오는 힘도 강해진다.

철목도 난공불락의 요새는 아니었다. 당대에도 철목을 검으로 베어 버린 실력자가 있었다. 바로 검제 남궁현도였다.

평범한 장검을 휘둘러 깨끗하게 잘라 버린 철목은 높이 10미터 남짓한, 한창 성장 중인 나무였다. 검제조차도 성장을 마친, 그래서 철갑을 두른 철목을 벨 수는 없었다. 시도조차 하지 않았다.

주먹으로 철목을 부러뜨린 사람도 있었다. 무적권왕 만천이 백보신권으로 철목을 치자 철목이 둘로 부러진 장면을 목격한 사람들 덕분에 그 이야기가 왕국 곳곳으로 퍼져 나갔다.

천재 중에서도 천재라 불리는 그들에 비하면 노바디는……

평범한, 어쩌면 평범 이하에 속하는 이방인이었다. 그럼에도 겔란드는 밤마다 잠을 방해하는 그 기이한 직감을 떨쳐 낼 수가 없었다.

아무것도 알려 주지 않고 철목 앞에 노바디를 세운 것은, 노바디의 역량을 확인함으로써 그 끈질긴 직감을 없애고 편안한 잠자리를 되찾기 위해서였다.

물론 노바디가 기적을 일으켜 그 직감이 옳았다는 점을 보여 주면 상상도 못 할 만큼 기쁠 것이다.

"힘들 거야. 그래, 힘들어."

겔란드는 고개를 흔들며 대장간으로 향했다.

단 사흘 만에 철목은 1미터가 더 자랐다.

노바디는 마음이 급했다. 키가 커질수록 지름도 두꺼워질 뿐 아니라 철목을 둘러싼 껍질도 단단해질 터였다. 휘두른 손도끼를 놓치는 일이 생겼다. 철목을 때린 손도끼는 빙글빙글 돌며 노바디의 팔을 스쳤다.

도끼가 워낙 날카로워 옷은 물론 피부까지 잘렸다. 꽤 깊은 상처가 났지만 약초상 주인 콜마 육사형이 가져온 약은 효능이 탁월했다. 바르는 순간 시원한 느낌이 퍼져 나가더니 서너 시간 만에 상처는 거의 아물어 버렸다.

노바디는 손도끼에 마음을 쏟았다.

어떻게 휘둘러야 타격력을 높일 수 있을까?

어떤 각도가 좋을까?

얼마나 세게 쳐야 철목을 부러뜨릴 수 있을까?

잠을 자기 위해 접속을 끊을 때도, 밥을 먹을 때도, 심지어 소파에 누워서 꿈을 꿀 때도 그 생각을 놓지 않았다.

균형을 위해서 왼손도 사용했다. 왼손으로 손도끼를 쥘 때는 더 조심해야 했다. 악력이 약해서 도끼를 자주 놓쳤던 것이다.

칠건파 사형들은 가끔 철림으로 찾아와서 이런저런 도움을 주고 돌아갔다.

파게레는 회백색 구슬이 든 유리병을 손에 쥐여 주었다. 기력이 떨어질 때 한 알씩 먹으면 힘이 날 거라는 말도 덧붙였다. 잡화점을 운영하는 앙구스는 회복력에 도움이 되는 팔찌를 슬쩍 주머니에 찔러주고 가 버렸다. 콜마는 직접 수십 종류의 약초를 빚어서 만든 단약을 주었다. 베쿠는 당연히 담근 술을 항아리째 놓고 갔다.

손도끼를 휘두르기만 했는데도 레벨이 올랐다. 초반 레벨업은 몬스터 사냥과 퀘스트 수행 없이도 가능한 모양이었다.

힘은 13으로 올랐지만 더 이상의 증가는 없었다. 힘, 명성 등 속성에 별로 관심이 없었던 노바디는 그저 도끼를 휘둘러 단단한 나무를 쓰러뜨리는 일에 집중했다.

날이 어두워지도록 도끼를 휘둘러도 철목에는 흠집 하나 생기지 않았다.

지쳐서 주저앉은 노바디는 철목을 노려보았다.

이 거대한 숲을 이루는 철목은 너무나 단단해서 어떤 게이머도 관심을 갖지 않는 나무였다. 어떠한 퀘스트에도 철목이 언급되지 않았다. 가공도 어려워서 저절로 부러진 철목의 나뭇가지도 쓸모가 없었다.

겔란드는 왜 이 철목을 도끼로 자르라고 말했을까?

얼마나 힘든 일인지 모르는 게 아닐까?

열흘이 지났다.

노바디는 여전히 철목 앞에서 사라겐의 수부를 휘두르고 있었다. 탕, 탕 금속 부딪치는 소리가 숲 너머로 퍼져 나갔다.

하루에도 몇 번씩 이런 수련은 의미가 없다는 생각이 노바디를 괴롭혔다. 그럴 때마다 손도끼를 축 늘어뜨리고 숨을 헐떡이며 휴식을 취했다. 그리고 다시 도끼를 들고 훌쩍 커버린 철목을 때리고 또 때렸다.

철목 곳곳에 마련된 사냥터로 오가던 게이머들이 노바디를 발견하고 가끔은 다가오기도 했다. 노바디는 누구와도 말을 섞지 않았다. 그저 손도끼를 들고 철목을 칠 뿐이었다.

게이머들은 노바디를 비웃었다. 때로는 노골적으로 욕을 퍼붓기도 했다. '운빨 사나이'라 불리기도 했고, NPC를 등쳐 먹은 사기꾼이라는 소리도 들었다. 노바디는 다 무시하고 도끼와 철목에만 집중했다.

수천수만 번 찍힌 철목에는 여전히 흠집도 생기지 않았다.

한 달이 흘렀다.

3미터였던 철목은 어느새 15미터나 자랐다. 밑동도 두꺼워져 두 팔을 벌려야 겨우 안을 수 있었다. 노바디는 철목을 올려다보며 한숨을 쉬었지만 도끼질을 멈추지는 않았다.

이 세계는 노바디에게 유일한 희망이었다. 현실에서 실패하여 방에 처박혔으니, 여기서만큼은 아무리 힘이 들어도 포기할 수 없었다.

노바디의 목적은 벌목이 아니었다. 끈기였다. 인내심이었다. 한 달이나 도끼를 휘두른 끝에 도달한 결론이었다. 겔란드의 의도는 철목을 베는 게 아니라고 확신한 것이다.

노바디는 겔란드가 웃으며 찾아와서 수고했다고, 그 정도 지구력이면 수라부월공을 익힐 수 있다고 말할 때까지 버틸 생각이었다.

그때, 이상한 소리가 들렸다.

분명히 도끼와 철목이 부딪쳐 난 소리인데, 여태 듣지 못한…… 묘하게 울림이 있는 소리였다.

다시 듣고 싶어서 여러 차례 철목을 내리쳤지만 둔탁한 소리만 났다. 도끼를 휘두르는 힘을 달리해도 마찬가지였다. 수십 번이나 생각을 짜내어 도끼질을 했지만 결과는 같았다.

"휴우."

짜증이 난 노바디는 장난스럽게 도끼를 던졌다. 빙글빙글 날아간 손도끼가 철목에 닿자, 아까보다 더 깊고 맑은 소리가 '캉' 들렸다.

눈이 커졌다.

땅에 떨어진 도끼를 주워 같은 방식으로 던졌다. 기대와 달리, 수만 번 들었던 소리가 날 뿐이었다. 열 번 넘게 던져도 그 소리는 달라지지 않았다.

가볍게 던져서 그런 소리가 났으니, 도끼질할 때의 힘은 중요하지 않다고 노바디는 판단했다. 혹시 도끼가 때리는 철목의 위치가 그 소리와 관련이 있을까?

노바디는 위로, 아래로 위치를 옮기며 도끼질을 했다. 백 번 가까이 도끼를 휘둘렀지만 그 소리를 들을 수 없었다.

짜증이 솟구쳤다.

혹시나 해서 도끼를 던졌지만 이번에는 영롱한 소리가 나지 않았다.

날이 어두워지고 있었다. 울창한 숲에서는 해가 훨씬 빨리

떨어진다. 곧 어둠이 숲을 덮을 것이다. 낮에는 안전한 이곳도 밤이 되면 몬스터가 출몰하는 사냥터의 일부가 된다. 접속을 끊거나 라마간으로 돌아가야 할 시간이 코앞에 와 있었다.

도끼를 줍기 위해 철목 옆으로 간 노바디는 몸을 숙이다 균형을 잃었다. 엉겁결에 손을 뻗어 철목을 잡았는데, 진동이 느껴졌다. 철목 전체가 도끼가 가한 충격으로 떨리고 있었다.

'이거야!'

노바디는 눈을 감고 그 진동에 집중했다. 강해지다가 약해지는, 그러면서 복잡해지는 묘한 흐름이 진동에 담겨 있었다. 아름답고 신기하지만 눈으로는 볼 수 없는 춤 같았다.

철목은 꽤 오랫동안 흔들렸다.

도끼를 손에 든 노바디는 철목을 세게 쳤다. 그런 다음 왼손을 뻗어 철목 위에 올렸다. 깊고 힘 있는 떨림은 천천히 반복되었고, 약간은 가벼운 진동은 빠르게 이어졌다. 서로 종류가 다른 목소리들이 철목 안에서 부딪치고 있는 것만 같았다.

노바디는 그중 느리지만 강한 흐름을 포착했다.

혹시나 하는 마음으로 그 흐름이 강해진 순간을 노려서 도끼를 내리쳤다.

캉.

그 맑은 소리가 청아하게 울려 퍼졌다.

반대로 흐름이 약해진 순간 도끼를 때리자 둔탁한 소리가 났다. 흐름과 상관없이 도끼질을 하자, 약간 다르지만 전체적으로는 무거운 소리가 흘러나왔다.

노바디는 그 깊고 무거운 흐름을 느끼며 도끼로 철목을 때렸다. 강해진 순간을 노려서 치자 소리는 깨끗하게 커졌다. 한 번 더 때리자 가슴마저 시원하게 만드는 소리가 사방으로 퍼져 나갔다.

노바디는 신이 나서 그 흐름을 고려해서 도끼를 휘둘렀지만, 곧 도끼가 철목을 칠 때마다 그 흐름이 달라진다는 사실을 깨달았다. 주기적으로 때려서는 소리를 키울 수 없다는 뜻이었다.

손을 대지 않고서는 그 흐름을 감지할 수가 없었다. 노바디는 오른손으로 도끼를 쥐고, 왼손은 언제든지 철목을 만질 수 있도록 자세를 취했다. 빨리 그 흐름을 찾아낼수록, 빨리 강해지는 순간에 도끼를 칠수록 흘러나오는 소리가 커진다는 사실도 곧 알 수 있었다.

철림에 밤이 찾아왔다.

오늘은 다행히 달이 꽤 밝았다.

노바디는 접속을 끊는 대신 도끼질을 계속했다. 몬스터가 다가와 공격한다면, 뭐, 죽으면 그만이다. 한 달이나 고생해서 찾아낸 실마리를 내일 아침까지 기다리고 싶은 마음은 조금도 없었다.

소리가 점점 커졌다.

그럴수록 철목의 진동도 강해졌다.

철목을 일부러 강하게 때릴 필요는 없었다. 중요한 것은 힘이 아니라 타이밍이었다. 정확한 타이밍에 철목을 친다면 마치 철목이 스스로 힘을 보태어 진동하는 것만 같았다.

귀가 먹먹해질 만큼 소리가 커지는 순간, 그 단단한 철목의 나뭇가지가 툭 부러졌다. 강철처럼 무거운 그 나뭇가지는 아래로 떨어지며 이끼 낀 땅바닥에 푹 박혔다.

노바디는 멈추지 않았다. 신경을 곤두세워 그 깊고 강력한 흐름을 쫓았다. 그 기운이 강해질 때마다 도끼로 철목을 내리쳤다.

저 위쪽의 나뭇가지들이 후드득 떨어지는 바람에 하마터면 정수리에 뾰족한 철목 가지가 꽂힐 뻔했다. 그 나뭇가지를 피하느라 흐름을 놓쳤고, 그 강력한 소리도 잦아들었다.

"여기서 포기할 수는 없어."

노바디는 눈을 감았다. 재수가 나빠서 철목 가지가 떨어져 맞는다면 어쩔 수 없다.

그 흐름은 깊이 숨어 있었다. 서로 다른 진동 아래에 가라앉은 그 흐름에 따라서 도끼로 치자 다시 철목이 소리를 내기 시작했다.

노바디는 어둠 너머에서 춤추는 힘들을 느낄 수 있었다. 수십 개의 크고 작은 힘들이 일정한 형태와 질서를 갖추며 중앙에 우뚝 선 거인 주위를 돌고 있었다. 그 춤의 방식은 노바디가 도끼로 철목을 칠 때마다 달라졌다. 자유로우면서도 혼돈이 뒤섞인 아프리카 원주민의 군무 같은 움직임이 그 힘들에게서 느껴졌다.

노바디는 이제까지 그 거인의 춤에 맞추어 도끼를 쳤다. 그러나 전체의 흐름을 감지하자 셀 수도 없는 힘들의 춤이 한꺼번에 강해지는 순간을 놓치지 않았다.

쾅.

어마어마한 힘이 폭발했다.

노바디는 뒤로 튕겨 나가 또 다른 철목에 부딪혀 아래로 떨어졌다. 엎드린 자세로 고개를 든 노바디는 하얗게 빛나는 철목의 표면에 금이 가는 모습을 볼 수 있었다. 섬광은 철림을 대낮처럼 밝게 만들었다. 그 빛이 힘을 잃는 순간, 철목은 조각조각 부서지며 아래로 무너졌다.

노바디는 아무 말도 못 했다. 메시지 창이 나타났는데도 그 내용보다는 땅바닥에 흩어져서도 빛을 뿜는 철목 조각들을 바라볼 뿐이었다.

–철목의 씨앗을 얻었습니다.

–철목의 잎사귀를 얻었습니다.

–철목 목재 10개를 얻었습니다.

–힘이 10 올랐습니다.

–지혜가 10 올랐습니다.

–레벨이 올랐습니다.

"이얏호!"

노바디는 누워서 소리를 질렀다. 태어나서 이렇게 기쁜 적은 없었다. 아마도 이렇게 끈기를 발휘한 적이 없어서일 것이다.

쿵쿵 무거운 것이 달려오는 소리가 들렸다.

갑자기 몰려든 공포에 몸을 일으킨 노바디는 검붉은 눈을 가진 거대한 윤곽을 볼 수 있었다. 철목의 조각이 뿜는 빛 덕분에 그 형체가 보였다. 털까지 붉은 곰이었다.

곰이 몸을 일으켜 앞발을 내밀며 섰다.

공격 자세였다.

뒷걸음치는 노바디를 곰이 앞발로 후려치려는 순간, 겔란드가 어둠을 뚫고 나타나 어깨로 곰의 옆구리를 들이받았다. 곰은 신음을 흘리며 나가떨어졌다. 겔란드는 어느새 손에 든 망치로 그 곰의 뒤통수를 내리쳤다. 곰은 울부짖으며 달아났다.

"괜찮냐?"

"……네."

고개를 끄덕이는 노바디.

"해냈구나."

겔란드는 철목 조각을 하나 집어 들었다.

대장장이라면 누구나 철목을 최고의 재료로 치지만 철목을 베고 적당한 크기로 잘라서 옮길 수 있는 나무꾼이 없다는 게 문제였다. 이제 부서진 철목이 생겼으니, 어마어마한 열기를 가해 질 좋은 무기나 도구를 만들 수 있을 것이다.

대장장이로서의 기쁨은 금세 사라졌다.

저 녀석은 한 달 만에 아무런 도움도 받지 않고 철목을 쓰러뜨렸다. 사실 큰 기대를 걸지는 않았다. 이방인에게서 끈기를 기대하기는 어렵기 때문이다. 라마간에서 접한 이방인은 모두 바빴다. 어떻게든 빨리 결과를 얻어 낼 수 있다면 방법 따위는 개의치 않았다.

아무리 생각해도 저 녀석은 이방인이 아니다. 이방인이라면 절대 철목을 이런 식으로 무너뜨리지 못했을 테니까.

겔란드는 가슴이 터져 나갈 것만 같은 기분에 사로잡혔다.

예언의 일부가 성취되었다. 이방인이되 이방인이 아닌 자로 인하여 철목이 불타오른다. 직접 보지 않았다면 하얗게 빛나는 철목을 상상조차 할 수 없었을 것이다. 겔란드는 노바디가 철목을 어떻게 무너뜨렸는지 그 방법을 알 수 없었다.

"대체 정체가 뭐냐?"

"……전 노바딘데요."

"네가 무슨 짓을 했는지 아느냐?"

"철목을 쓰러뜨렸어요."

"휴우, 그래."

빙긋 웃던 겔란드의 얼굴이 딱딱하게 굳었다. 이 일을 숨겨야 한다. 신전 기사단이 알아차리면 분명히 움직일 것이다.

"밤이 늦었다. 돌아가거라."
"네?"
"어서."
"……알았어요."
노바디가 접속을 끊자, 겔란드는 라마간으로 돌아가 칠건파를 모았다.
그들에게 굳이 설명할 필요는 없었다. 조각난 철목을 본 순간, 그들 역시 예언을 떠올렸다. 그제야 그들은 노바디가 철목을 이 꼴로 만들었다는 사실을 깨닫고 할 말을 잃었다.
"날이 밝기 전까지 이곳의 흔적을 지워야 한다."
겔란드가 말했다.
그들은 침묵 속에서 움직이기 시작했다.

이상한 녀석

아끼는 와이번 '샤넬' 위에 선 윤태희는 저 아래 분지에 자리 잡은 라마간을 내려다보았다. 중간 규모의 도시로 페플 세계 초창기까지 그 역사가 거슬러 올라간다는 점을 제외한다면 그리 특별한 게 없는 곳이었다.

프리랜서 기자이자 블로거인 윤태희는 몇 번 도시의 역사와 특징, 구조를 취재하기 위해 라마간에 들렀지만 그 인상은 평범했다. 빛의 도시 엘루마나 죽음의 도시 문두크가 훨씬 더 매력적이었다.

"이런 곳에서 재미있는 일이 벌어지고 있다니, 의외야."

바람에 갈색 머리카락이 흩날렸다.

윤태희는 수첩을 꺼내어 아래의 풍경에서 느껴지는 바를

간략하게 적었다. 나중에 다시 보면 몇 개의 단어만으로 저 분위기가 고스란히 살아날 것이다.

"샤넬, 내려가자."

윤태희의 말에 와이번은 기분 좋게 울음을 터트리며 라마간으로 하강하기 시작했다.

처음 페플에 접속한 건 무려 7년 전이었다. 막 대학생이 된 윤태희는 아버지를 졸라서 페플 커넥터를 선물로 받아 냈다. 겨울 내내 페플에 푹 빠져 있던 윤태희는 퀘스트를 수행하느라 입학식까지 빠졌다. 화가 난 아버지가 커넥터를 압수하려 했지만, 윤태희는 오히려 아버지를 설득하여 페플이 곧 미래라는 사실을 확신시켰다.

그 열변에 마음이 움직인 아버지는 기존 사업체를 정리하고 페플 내부를 돌아다니며 새로운 사업을 구상했고, 그 창업은 곧 엄청난 부로 돌아왔다. 아버지는 딸 자랑을 할 때마다 그 선택의 순간을 사람들에게 들려주었다.

학교 수업을 몇 번 나간 윤태희는 구태의연한 수업 내용에 실망했다. 그 해가 지나가기도 전에 자퇴서를 학과 사무실에 던졌다. 부모님께는 당분간 비밀로 한 윤태희는 마음에 맞는 사람들을 모아서 본격적으로 페플 내에서의 세력을 만들기 시작했다.

윤태희에게 페플은 단순한 온라인 게임이 아니었다. 콜럼버스가 신세계를 발견했을 때의 충격을 윤태희는 페플을 돌

아다니면서 느낄 수 있었다. 언젠가 페플이 현실을 집어삼킬 거라고 당시에도 생각했다. 그 강렬한 확신은 윤태희가 대담하게 행동할 수 있도록 만드는 근원이었다.

페플은 오픈 플랫폼이었다. 관련 기술이 모두 공개되었는데, 그 결정에 윤태희는 쌍수를 들고 환영했다. 플랫폼이 공개되었으니 누구나 페플을 구축할 수 있다는 뜻이고, 그로 인해 전 세계적으로 그 플랫폼이 채용될 것은 불 보듯 뻔한 사실이었다.

페플을 설계하여 구축하고 현실로 내놓은 사람들은 윤태희가 보기에 천재였다. 뉴턴, 아인슈타인 같은 천재들은 세상을 바꿔 버린다. 세계를 바라보는 관점, 사람들 자신을 평가하는 기준이 그 천재들의 업적으로 인해 완전히 달라지는 것이다.

페플은 단기간에 정치, 경제, 사회, 문화, 예술 등 다양한 영역에 어마어마한 영향력을 발휘했다. 정부는 페플 플랫폼을 행정 관련 업무에 접목했다. 기업들은 앞을 다투어 페플 내에 사무소나 지점을 개설했다. 평론가들은 페플의 잠재력을 높이 평가하는 칼럼을 쏟아 냈고, 생각이 남다른 예술가들은 페플을 활동 무대로 삼았다.

급격한 변화에는 항상 반작용이 따른다. 페플을 공격하는 사람들도 만만치 않았다. 그들이 걸고넘어지는 문제는 바로 보안이었다. 인터넷 서비스를 담당한 회사들이 해킹으로 몸살을 앓았기에 같은 문제로 페플 역시 위험하다는 게 그들의 주장이었다.

페플 그룹은 그 장벽을 애써 뛰어넘거나 무너뜨릴 필요가 없었다. 페플이 내놓은 수준 높은 기술에 관심을 보인 세계 곳곳의 프로그래머, 엔지니어 등이 나섰다. 그들 중 일부는 악의를 가진 해커였으나, 소수의 파괴자가 다수의 창조자를 이길 수는 없었다.

수만 명에 달하는 고급 개발자들의 가세로 페플 플랫폼의 안정성은 급격히 높아졌다.

기존 인터넷 포털이나 검색 사이트와의 비교 검증이 진행되고 페플이 우수하다는 점이 객관적으로 증명되자, 적대자들은 게임 중독이라는 또 다른 무기를 손에 들었다.

매력적일수록 중독 가능성도 높아지며, 가상 세계는 현실을 잊고 살도록 만드니 그 위험성을 간과할 수 없다는 그들의 주장은 언론 덕분에 힘을 얻었다. 특히 학부모가 열렬히 그 주장을 옹호했다.

사실, 중독 문제를 거론한 순간부터 반대론자들은 그 힘을 잃기 시작했다. 개인의 자유라는 덕목이 사람들 입에 오르내렸던 것이다. 중독은 개인의 선택으로 인한 결과라는 주장을 하는 철학자, 사회학자 등이 나타났다. 또한 페플이 출범한 지 얼마 안 되는 상황이어서 중독이 실제로 일어나고 있는지에 대한 검증도 쉽지 않았다.

갖가지 암초와 장애물, 함정과 덫을 힘겹게 뚫고 오늘에 이른 페플은 눈부시게 아름답고, 가끔은 놀랍도록 복잡한 세계로 성장해 있었다. 윤태희는 이 세계를 보다 더 깊이 사람들에게 보여 주고 싶었다. 단순한 게임 공간 이상이라는 표현의 뜻을 사람들도 느끼기를 원했다.

초보자나 레벨이 낮은 게이머가 주로 돌아다니는 라마간에서 와이번을 보기란 그리 쉽지 않다. 광장에 있는 사람들이 고개를 들어, 날개를 펼친 채 천천히 내려앉는 와이번을 쳐다보았다. 청록색 날개를 접으며 와이번이 부드럽게 착지하자 여기저기서 탄성이 터졌다.

'촌스럽긴.'

와이번에서 내린 윤태희는 힐끔거리는 시선을 즐겼다. 한때는 부담스러워 현실과 다른 얼굴과 몸매로 바꾸기도 했으나, 지금은 생각이 달랐다. 현실과 이곳 페플을 하나로 묶으려면 하나의 정체성이 필요했다.

"와, 윤태희다!"

"정말?"

"봐, 맞잖아."

게이머들이 수군거렸다.

윤태희는 옷차림을 살폈다. 청바지에 면 티, 가슴을 강조하는 조끼는 자기가 봐도 괜찮았다. 거기에 야구 모자를 써서 자연스러우면서도 스포티한 매력을 살렸다.

상큼한 기분은 누군가의 말 때문에 망가졌다.

"검제의 여자니까, 검술도 엄청나겠지?"

벌써 2년이나 지났는데도 그 꼬리표는 떨어질 생각이 없었다.

좋은 감정을 가지고 검제라 불리는 게이머를 만났다. 페플은 물론 현실에서도 데이트를 즐겼다.

남녀 사이는 언제 어떤 일이 벌어질지 모른다지만, 윤태희는 검제 그 개자식이 양다리를 걸칠 거라고는 상상도 못 했다. 쪽팔려서 다른 사람들에겐 말할 수 없지만, 그 사실을 알게 된 날 메시지 한 통으로 관계를 정리했다. 검제가 몇 번이나 찾아왔지만 윤태희는 개자식을 남자 친구로 둘 마음은 조금도 없었다.

겔란드의 대장간은 광장에서 그리 멀지 않았다. 거기까지 가는 동안 윤태희는 그동안 이곳에서 벌어진 일을 머릿속으로 정리했다.

NPC가 게이머를 찾기 위해 레어 아이템을 걸고 의뢰를 맡긴 일은 페플 역사상 처음이었다. 그 때문에 라마간의 밸런스가 무너지기 직전에 이르렀다. 다행히 노바디라는 게이머가 다시 나타남으로써 균형은 회복되었지만 또 다른 문제가 터졌다.

"욕심이 문제야."

윤태희는 페플의 정의, 균형 어쩌고 지껄이던 네임드 게이

며 영웅을 떠올렸다. 이곳에 오기 전 만난 그 양아치는 검제보다 더 천박하고 제멋대로인 마초 개새끼였다.

"저, 실례합니다."

윤태희는 어깨가 떡 벌어진 겔란드를 향해 다가갔다.

"당신에게 줄 무기는 없어."

"그게 아니라……."

"필요한 게 있다면 무구점에 가 보시오."

겔란드는 차갑게 쏘아붙였다.

왜 이토록 냉대하는지 고민하던 윤태희는 곧 그 이유를 알아차렸다.

노바디가 얻은 아이템처럼 귀중한 레어템이 탐난 게이머들이 여기 대장간으로 몰려와 겔란드에게 들러붙은 모양이었다. 친하지도 않은데 친한 척하는 놈들을 상대하다 보면 자신도 모르게 퉁명스럽게 변하기 마련이다.

윤태희는 작년에 '페플 10대 NPC'라는 제목의 기사를 블로그에 올렸다. 그 기사는 곧 게임 전문 방송과 여러 매체에 인용되었다. 페플 세계를 구석구석 돌아다니며 만난 독특한 NPC 열 명을 소개한 그 기사가 실리자, 엄청난 사람들이 그 NPC를 만나기 위해 움직이기 시작했다.

귀찮다는 이유만으로 자신을 찾아온 게이머 수십 명을 파이어 브레스로 녹여 버린 드래곤이 떠올랐다.

인터뷰를 위해 무려 반년이나 공을 들인 후에야 만날 수 있었던 그 레드 드래곤 헤라는 대단히 오만하면서도 지혜로웠다.

원활한 인터뷰를 위해서 헤라가 NPC라는 사실을 윤태희는 애써 잊었다. 그랬더니 대화가 편안해졌다. 절대 강자라 할 수 있는 드래곤의 고충에 대해서도 처음으로 알 수 있었다.

"저는 호기심이 많은 사람이에요. 제가 알고 싶은 건, 칠건파…… 이제는 팔건파겠지요, 아무튼 남자들 사이에 오가는 끈끈한 정에 대해 듣고 싶어서 찾아왔어요."

"그런 게 왜 궁금하지?"

"저는 신문기자니까요."

프리랜서 기자니 블로거니 따위의 설명은 생략했다. NPC는 이 세계에 속한 것만 이해할 수 있었다. 페플에서도 신문은 본래의 역할을 수행하고 있었다. 발행된 신문은 페플 곳곳으로 퍼져 나가며 정보를 소문과 함께 퍼트리고 있었다.

"신문기자? 그러면 기사로 내려고?"

솔깃한 모양이었다.

"오랜 세월이 흘렀는데도 그렇게 서로를 믿을 뿐 아니라, 새롭게 들어온 막냇동생을 위해서 그 귀한 물건을 선뜻 내놓을 수 있다니, 깜짝 놀랐어요. 전 남자들만의 그 의리를 글로 써 보고 싶어요."

"음."

겔란드는 망치를 내려놓고 생각에 잠겼다. 화로의 불이

열기를 잃어 가고 있었지만 겔란드는 그쪽은 쳐다보지도 않았다.

"천천히 생각해 보세요. 그리고 이건, 제가 레드 드래곤 헤라를 만나고 쓴 글이에요."

윤태희는 항상 들고 다니는 종이를 꺼내어 겔란드에게 내밀었다. 레드 드래곤이라는 이름을 듣자 겔란드의 눈이 커졌다. 룬트란 왕국의 수호신이자 가끔은 재앙의 원인인 헤라를 모르는 사람은 없다.

밥이 익었다 싶어도 뜸이 들 동안 조금은 기다려야 그 맛이 좋아진다. 윤태희는 겔란드 스스로 마음을 먹도록 하루 정도는 기다려야 한다는 사실을 잘 알았다.

가까운 여관으로 가서 방을 구했다. 방으로 들어간 윤태희는 완벽하게 저장을 한 다음 접속을 끊었다.

방에서 나와 대리석이 깔린 거실을 가로지른 윤태희는 통유리창 너머 도시를 내려다보았다. 페플이 원시적인 아름다움을 품고 있다면 저기 펼쳐진 도시는 과학과 기술이 일궈낸 문명이 만들어 낸 예술 작품이었다. 둘 다 포기할 수도 없고, 포기해서도 안 된다.

기다란 가죽 소파를 지나쳐 서재로 들어섰다. 커다란 모니터 한쪽이 깜박거렸다.

흥신소에 의뢰한 일에 대한 보고서가 도착한 모양이었다.

현실과 페플은 상당히 많이 닮아 있었다. 페플에 퀘스트가 있는 것처럼 현실에서도 흥신소를 통하면 적당한 돈으로 무엇이든 알아낼 수 있었다.

윤태희는 그 보고서를 프린터로 뽑았다. 종이 특유의 감촉을 느끼며 읽는 것을 좋아했다.

보고서를 들고 소파로 가서 앉은 윤태희는 종이를 넘기며 훑었다.

"김현? 열여덟 살?"

10대의 페플 사랑이 얼마나 강렬하고 치명적인지 잘 알기에 윤태희는 조금도 놀라지 않았다. 그러나 다음 장을 읽은 윤태희는 고개를 갸웃거렸다.

김현은 거의 4년 가까이 집 밖으로 나가지 않은, 그래서 한때는 정신과 의사가 집에 출입하게 만들었던 아이였다.

거금을 들일수록 정보는 더 세밀해진다.

윤태희는 김현이 은둔형 외톨이라는 사실까지 알아냈다. 그 부분을 읽는 순간, 초대형 특종이라고 확신했다.

현실의 무게에 짓눌려 스스로 가둬 버린 히키코모리가 페플에서 자유를 만끽할 뿐 아니라, 그 세계의 일부인 NPC와 친해지며 성장한다는 이야기는 그 자체로 마음을 끌어당기는 매력적인 스토리였다.

당장 이 사실을 터트릴 생각은 없었다. 재료가 좋을수록 음식은 맛있다. 더 맛있게 먹으려면 천천히 요리해야 한다.

적당한 허기를 느끼면서 음식이 완성될 때까지 기다리는 과정을 통해야만 그 맛을 제대로 즐길 수 있다.

윤태희는 김현과 친해질 필요성을 느꼈다. 친절한 누나로 다가갈까, 아니면 매력적이고 섹시한 연상녀가 좋을까?

실로 오랜만에 가슴이 두근거렸다.

“이걸 어쩌죠? 또 깨졌네요.”

안진후는 부드럽게 말했다.

바닥에 떨어져 박살이 난 유리컵 조각을 줍던 메이드의 손이 떨렸다. 두툼한 카펫 사이로 들어간 유리 조각에 손가락 끝이 베여 핏방울이 뚝뚝 떨어졌지만 거기에 정신을 쓸 여유는 없었다.

“어, 피가 나네.”

안진후는 웃으며 손수건을 꺼내어 메이드의 다친 손가락을 감쌌다. 매끄러운 손수건에 피가 스며들었다.

“괜찮아요, 도련님.”

메이드는 뒤로 물러섰다.

“괜찮긴 뭐가 괜찮아요.”

환한 미소를 지으며 다가선 안진후는 피가 멎은 손가락 끝에서 유리 조각을 뽑아냈다.

"이제 괜찮네요. 전 친구 만나러 갈 테니까, 정리 좀 부탁해요."

안진후는 손을 흔들며 방을 나섰다.

길게 숨을 내쉰 메이드는 천천히 유리 조각을 모았다.

처음 이 저택 같은 집에 왔을 때, 1층을 맡은 메이드 언니에게 막내 도련님을 조심하라는 충고를 들었다. 그 말을 할 때 언니들의 얼굴에는 공포 비슷한 감정이 어려 있었다. 3층을 담당하도록 결정이 났을 때, 다들 신입 메이드를 걱정스러운 눈으로 쳐다보았다.

잔뜩 겁을 먹은 메이드는 하루 만에 안진후가 굉장히 잘생겼고 점잖으며 때로는 귀엽다는 사실을 깨닫고 마음을 풀었다. 열여덟 살이지만 검정고시로 고등학교 졸업장까지 해결해 버린 안진후는 페플을 즐기는 평범한 청소년이었다.

페플 그룹 회장의 막내아들, 즉 재벌 2세 특유의 오만함은 안진후에게서 찾기 힘들었다. 왜 선배들이 안진후를 두려워하는지 도저히 알 수가 없었다. 가끔은 밖에서 치즈 케이크를 사 와서 방 청소 등으로 고생한다고 덧붙이며 메이드에게 건네기도 했다.

안진후가 본색을 드러낸 것은 열흘 후였다.

침대보를 갈아 끼우던 메이드는 칼날에 손을 다쳤다. 커터 칼날이 조각조각 나뉜 채 침대보 아래에 숨겨져 있었던 것이다. 언니들은 안진후의 짓이라고 알려 줬지만 신입 메

이드는 그럴 리 없다고 속으로 생각했다. 그 확신은 이틀 만에 깨졌다.

안진후의 방에 들어서기가 겁났다. 어디서 무엇이 튀어나올지 알 수가 없었다. 몇 번이나 일을 그만둬야겠다는 생각을 했지만 실행에 옮길 수는 없었다. 이곳만큼 페이가 좋고 일하는 시간이 자신에게 맞는 일은 찾기 어려웠던 것이다.

진공청소기를 쥐는 순간, 감전으로 정신을 잃었다.

창문을 열어 환기를 시키려는데 옆 책장에 있던 책들이 한꺼번에 쏟아져 병원으로 실려 갔다.

욕실에서는 세 번이나 넘어졌다.

안진후는 듣던 대로 천재였다. 그 타고난 재능을 사람 괴롭히는 데 사용하고 있었다.

마당을 가로질러 대문 밖으로 나온 안진후는 고개를 돌려 저택이라고 불릴 만한 집 3층을 올려다보았다.

핸드폰을 꺼낸 그는 단축키를 눌렀다.

통화음이 세 번 울리는 순간, 3층 창문이 와장창 깨지며 유리 조각이 아래로 쏟아졌다. 그와 동시에 창문 밖으로 허연 연기가 흘러나왔다. 조용했던 집 곳곳에서 화재 경보가 울렸고, 그 메이드의 비명이 날카롭게 공기를 흔들고 있었다.

"감히 엄마를 욕해?"

안진후는 주머니에 손을 찔러 넣고 천천히 걸었다.

괜찮은 사람이라고 착각했다. 다른 메이드와는 다르다고 형들 앞에서까지 장담했다. 그러나 사람 속은 알 수 없다던 형들 말이 옳았다.

한동안 집에는 들어갈 수 없다. 최대한 숨겼지만 전문가가 방을 들여다보면 메이드를 괴롭히기 위해 안진후가 설치한 장비를 찾아낼 터였다. 아버지의 재력 덕분에 경찰이 나설 리는 없지만, 잠잠해질 때까지는 한동안 쥐 죽은 듯 조용히 있어야 한다.

오라는 곳은 많지만 가고 싶은 곳은 하나뿐이었다.

택시를 탔다.

한참 생각을 하니, 택시가 멈췄다.

요금을 내고 택시에서 내린 안진후는 빌딩처럼 우뚝 솟은 페플파크를 올려다보았다. 주상 복합으로, 페플 그룹이 건설에 참여한 최초의 건물이기도 했다.

엘리베이터를 타고 올라가는 동안 안진후는 늘어지게 하품을 했다. 헤어진 남자 친구의 동생이 찾아오면 어떤 표정을 지을까? 뭐, 문전박대를 당한다고 해도 걱정할 필요는 없다. 안 되면 호텔로 가서 묵으면 그만이다.

초인종을 눌렀다.

– 너, 뭐야?

다행히 누나는 집에 있었다. 페플에 접속해 있었다면 한참 기다려야 했을 것이다.

"일단 문이나 열어."

―또 사고 쳤지?

"배고파."

문이 열렸다.

안으로 들어가자 라면 냄새가 코로 스며들었다. 배가 요동쳤다. 외투를 벗어 던지고 서둘러 식탁으로 향했다.

"이건 내 거야. 먹고 싶으면 직접 끓여서 먹어."

"한 젓가락만."

안진후는 이미 젓가락을 손에 들고 있었다.

"지난번에 한 젓가락만 먹는다고 했다가 다 먹어 치웠잖아. 국물까지."

"그땐 뱃가죽이 등에 달라붙었어."

"에이."

윤태희는 냄비째 안진후에게 넘기고 다시 주방으로 가서 또 다른 냄비를 꺼냈다. 이번에는 두 개를 한꺼번에 끓일 수 있는 큰 놈을 택했다. 안진후 저 녀석은 사고를 치면 식욕이 왕성해지는 괴상한 녀석이었다.

라면을 찬장에서 꺼내면서 윤태희가 물었다.

"메이드가 엄마 욕을 한 거야?"

안진후는 총각김치를 입에 문 채로 라면 면발을 흡입하면서 고개를 끄덕였다.

"대체 몇 번째야?"

안진후가 손을 들어 엄지만 접었다. 네 명이라는 뜻이다.

물이 끓기를 기다리던 윤태희는 안진후를 힐끔 쳐다봤다. 지나치게 똑똑해서 문제인 아이였다.

따지고 보면 진짜 문제는 부모였다. 첫째 안형준, 둘째 안택현, 막내 안진후는 모두 엄마가 달랐다. 다행히 형제들 사이의 우애는 좋았지만 엄마 이야기에 예민할 수밖에 없었다.

사람들은 대부분 뒷담화를 즐긴다. 메이드 같은 여자들이 모이면 이런저런 이야기가 흘러나온다. 사실이 아니어도 좋다. 그 시간 동안 자극적인 내용으로 피곤을 잊을 수만 있으면 오케이다. 그 이야기와 직접적으로 관련이 있는 사람들의 마음 따위는 상관하지 않는다.

"누나."

"왜?"

"맨날 라면만 먹지 마."

"……이번 달 들어 처음 먹는 거야."

"현관 옆에 라면 봉지가 쌓여 있던데."

"그, 그건 지난달 거야."

"확실해?"

안진후는 샅샅이 뒤져서 증거를 찾을 기세였다.

"줄일게. 줄이면 되잖아."

"그러다가 위장 상해. 늙어서 고생할 수도 있어. 좋아하는 라면을 못 먹는다고 생각해 봐. 끔찍하잖아."

"닥치고 라면이나 먹어."

윤태희는 끓는 물에 면을 넣고 수프도 투하했다. 파를 꺼내어 가위로 잘라서 넣었고, 계란도 하나 곁들였다. 이유는 모르지만 라면을 끓일 때는 그 어떤 걱정도 사라진다. 어쩌면 이런 여유 때문에 라면을 즐기는지도 몰랐다.

"더 먹을 거지?"

"두말하면 잔소리."

안진후는 기다리고 있었다.

두 사람은 후후 불어 가며 라면을 맛있게 먹었다. 둘 다 남들 부러워하는 부자면서도 라면을 유독 좋아했다.

"커피는 내가 끓일게."

안진후가 나섰다.

윤태희는 웃으며 거실로 나와 소파에 앉았다. 날이 어두워졌고, 도시의 야경이 통유리 너머로 펼쳐졌다. 저 풍경이 아니었다면 비싼 돈 주고 페플파크에 들어오지 않았을 것이다.

안진후는 종이컵에 믹스 커피를 타서 가져왔다. 평소에는 아메리카노나 카페 라떼를 마시지만, 라면을 먹은 후에는 둘 다 믹스 커피를 선호했다.

"맛, 죽인다."

윤태희였다.

"큰형은 아직 미련이 남은 눈치던데."

"그런 개자식은 필요 없다고 전해 줘."

"알았어."

안진후는 깔깔 웃었다.

윤태희와 함께 있으면 매번 즐겁고 마음이 편했다. 큰형 안형준이 한때 윤태희와 교제했던 사이라는 사실, 이제는 그 관계가 끊어졌다는 사실을 잘 알지만 안진후는 일부러 무시했다. 이렇게 좋은 누나를 잃고 싶지 않았다.

뜨거운 커피가 식기 전에 다 마셔 버린 윤태희가 자세를 고쳐서 앉았다.

"너, 알바 안 할래?"

"나 돈 많아."

어릴 때 상속받은 돈 외에 직접 번 돈도 그 규모가 상당했다. 페플 관련 특허 몇 건은 로열티만 해도 1년에 수억 원에 달했다. 안진후는 자타가 공인하는 페플 프로그래머이자 해커였다.

"레드 드래곤 헤라의 한정판 피규어, 어때?"

"음."

전 세계에 딱 백 개 있는 그 피규어를 떠올린 안진후의 마음이 흔들렸다. 돈을 주고도 구할 수 없는 물건이었다.

"싫으면 말고."

"좋아. 뭔데?"

윤태희는 빙긋 웃으며 라마간에서 벌어진 일을 안진후에게 설명했다. 초보자들이나 기웃거리는 룬트란 왕국의 도시 라마간 때문에 심드렁했던 안진후의 눈이 서서히 빛났다.

“잠시 페플을 쉬고 있었는데 그런 일이 있었다니. 전혀 몰랐어.”

“어때?”

“내가 뭘 하면 되는데?”

“그 녀석과 친해지는 거지. 노바디 말이야.”

“그런 다음에?”

“가능하면 팔건파를 구건파로 만들어 봐. 타고난 천재, 최연소 멘사 가입, 세계 해킹 대회 우승자인 너라면 할 수 있을 거야.”

노바디가 칠건파를 팔건파로 확장시킨 것처럼, 안진후로 하여금 구건파의 일원이 되라는 요구였다.

“너무 간단하잖아.”

안진후는 자신만만했다.

“그럴까?”

윤태희의 표정은 의미심장했다.

“구건파가 되는 순간, 그 피규어는 내 거야.”

“오케이.”

“내 커넥터 아직 저 방에 있지?”

“당장 접속하려고?”

"후후, 헤라야, 조금만 기다려라."

안진후는 콕핏형 커넥터가 있는 게스트 룸으로 들어갔다.

며칠 전에 뚜껑을 딴 와인을 유리잔에 따른 윤태희는 피식 웃었다. 제아무리 안진후가 천재라 불려도 라마간에서 꽤 고생을 할 것이다. NPC를 상대한다는 게 얼마나 어려운지 뼈저리게 경험한다면 천재의 머리에서 어떤 전략이 흘러나올까?

누구보다 페플 내부의 구조, 시스템의 설계 방식을 잘 알기에 안진후는 NPC를 살아 있는 사람처럼 대하기 힘들 터였다. 안진후는 NPC를 상대로 다양한 방식의 해킹을 시도할 테고, 번번이 실패할 것이다.

"이럴 줄 알았다면 내기를 할걸."

윤태희는 포도주 잔을 들고 자기 방으로 향했다. 안진후의 실패담을 직접 보기 위해서였다.

노바디는 사라겐의 수부를 손에 쥔 채 털이 붉은 곰을 노려보고 있었다.

수부를 잡은 손에 힘이 들어갔다. 긴장을 풀어야 한다는 사실도, 부드럽게 도끼를 쥐어야 한다는 사실도 알고 있지만 뜻대로 되지 않았다. 귀여움과는 거리가 먼, 맹수 같은 붉은 곰의 기세 때문이었다.

움직일 때마다 출렁이는 근육이 엄청나게 컸다. 저 두꺼운 앞발이 스치기만 해도 피부가 뜯겨 나갈 것이다.

이 세계 페플이 가상현실이라는 생각을 버린 지는 오래되었다. 그에게 이곳은 유일한 현실이었다.

붉은 곰이 다가왔다.

한 걸음 뒤로 물러선 노바디는 맹부단월을 떠올렸다. 겔란드가 가르쳐 준 유일한 초식 맹부단월은 앞으로 내민 발로 땅을 세게 차면서 도끼를 내리치는 동작이었다.

간단하게 보였지만 겔란드의 시범을 보자 맹부단월은 더 이상 평범하지 않았다. 별로 힘을 준 것 같지도 않은데 도끼질 한 번에 강철 방패가 종이처럼 찢어졌다.

갑자기 붉은 곰이 포효하며 뒷발로 일어섰다. 기다란 발톱이 앞발 끝에서 튀어나왔다.

노바디는 용기를 내어 곰 안쪽으로 파고들며 맹부단월을 펼쳤다. 강철 방패가 찢어진 것처럼 붉은 곰의 배에 상처가 나기를 바랐지만, 결과는 완전히 빗나갔다. 붉은 곰은 앞발로 배 부분을 문질렀다. 도끼 때문에 간지러웠던 것이다.

다음 순간, 곰의 앞발이 노바디를 때렸다.

노바디는 죽었다.

철목을 무너뜨린 환희는 하루 만에 사라졌다.

겔란드가 알려 준 맹부단월을 머릿속으로 기억하며 사냥터에 이른 노바디는 하루 만에 열아홉 번 죽었다.

겔란드는 붉은 곰을 상대로 맹부단월만 사용하라고 못을 박았다. 사형인 동시에 사부인 겔란드의 명령을 노바디는 어길 생각이 없지만, 이러다가는 죽는 데 익숙해질 것 같아서 걱정이었다.

죽으면 경험치를 잃고 레벨도, 속성도 하락한다. 물론 처음 주어진 수치 아래로 떨어지지는 않는다.

노바디는 상태 창을 열었다.

레벨은…… 1이었다.

페플에 처음 접속해서 상태 창을 열면 단 세 개의 속성을 볼 수 있다.

힘, 지혜, 명성.

캐릭터가 성장하면 새로운 속성이 추가되는데, 게이머의 선택에 따라서 나타나는 속성도 있고 영영 볼 수 없는 속성도 있다. 마법을 배우면 마력 속성이 생긴다. 무공을 익히면 내공 속성이 나타난다.

경험치는 퍼센트로 표시된다. 초반에는 몬스터 하나를 죽이면 30%가 차오르지만 레벨이 올라갈수록 그 비율은 낮아

진다. 레벨이 올라가면 사냥터를 옮겨야 하는 이유가 거기에 있다. 아무리 몬스터를 잡아도 기껏해야 0.1% 경험치가 올라간다면 그 노가다를 견뎌 낼 게이머는 없을 것이다.

힘은 10, 지혜도 10, 명성은 271인데 레벨은 여전히 1이라니. 페플 어디에도 이런 게이머는 없다.

그래도 노바디는 포기할 마음은 없었다. 철목을 쓰러뜨린 경험 덕분이었다. 맹부단월로만 붉은 곰을 상대하라는 겔란드의 말에 숨겨진 비밀을 찾아낸다면, 그때처럼 어마어마한 희열을 느낄 수 있을 것이다.

철림 입구에서 되살아난 노바디는 잠시 거대한 철목 아래에 털썩 주저앉았다.

대사형의 맹부단월은 그토록 위력적인데 왜 내가 하면 그 모양일까?

아예 수련한 적도 없는, 그래서 상태 창에도 나타나지 않는 내공이 그 원인은 아니었다. 겔란드 역시 내공 없이 도끼를 휘둘렀다고 밝혔다. 겔란드가 거짓말을 했을 리는 없다.

도끼를 쥐는 팔 힘이 달라서일까?

아니다. 사형은 최대한 도끼를 부드럽게, 힘을 주지 않고 잡아야 한다고 설명했다.

노바디는 천천히, 여유를 가지기 위해 잠시 눈을 감았다. 이유는 몰라도 눈을 감으면 마음이 진정된다. 생각도 맑아진다. 머릿속이 명료해진다. 철목을 쓰러뜨린 그 독특한 방식처럼, 맹부단월에도 비밀이 숨겨져 있음이 틀림없었다.

그 비밀을 알아내면 문제는 해결될 것이다.

노바디는 겔란드의 동작을 떠올렸다. 발을 앞으로 내디딜 때 그 소리가 묵직하고 컸다. 땅을 구르는 발에 강한 힘이 필요하다는 생각이 들자, 노바디는 몸을 일으켰다.

"어?"

놀란 노바디는 뒤로 넘어졌다.

바로 앞에 낯선 게이머가 앉아 있었다. 대단히 잘생긴 엘프였다.

귀가 뾰족하고 팔다리가 늘씬한 엘프는 숲의 정령이라 불리기도 했다. 엘프라는 종족으로 페플에 접속하면 라마간이 아니라 빛의 도시 엘루마의 숲에서 플레이가 시작된다.

혹시 공격하지 않을까 싶어서 일어서면서 뒤로 물러선 노바디는 상대가 가만히 있자, 모른 척하며 몸을 돌려 사냥터로 향했다.

그 엘프가 따라왔다.

가끔 이상한 게이머들이 쫓아와서 공격을 하거나 욕을 퍼붓고 사라졌던 순간을 떠올린 노바디는 아예 눈길도 주지 않았다. 동쪽 사냥터로 들어서자 그 엘프를 살필 여유마저 사라졌다.

이곳에서의 죽음은 레벨 하락에 불과하지만, 노바디는 그

죽음을 끔찍이 싫어했다. 그에게 이 세계는 현실이다. 노바디에게 이곳에서의 죽음은…… 처절한 패배를 뜻했다.

한 번의 패배가 계속 쌓이면 절망의 늪이 완성된다. 그 늪에 빠지면 영원히 헤어 나올 수 없을지도 모른다.

수풀을 헤치고 붉은 곰이 나타났다.

입술이 바싹 마르는 느낌이었다.

노바디는 사라겐의 수부를 들어 올렸다. 그러면서 맹부단월의 동작을 머릿속으로 더듬었다. 아직 그 비밀을 알아내지 못했지만 붉은 곰을 상대하면 더 빨리 깨달을지도 모른다.

달려오는 붉은 곰의 품으로 달려들며 땅을 세게 굴렀다. 그와 동시에 사라겐의 수부를 휘둘렀다. 도끼는 붉은 곰의 배에 박혔다. 그러나 너무 얕았다. 붉은 곰이 포효하여 앞발로 할퀴자, 노바디는 그 자리에서 즉사했다.

"휴우."

다시 철림 입구였다.

이전보다는 나아졌지만 그래도 붉은 곰을 한 번에 죽이려면 한참 멀었다는 사실은 달라지지 않았다. 무작정 부딪친다고 해서 해결될 문제가 아니었다.

사라겐의 수부를 손에 쥐고 몸을 돌린 노바디는 눈살을 찌푸렸다. 그 엘프가 서 있었다. 가만히 서서 이쪽을 바라볼 뿐, 아무 말도 하지 않았다. 욕을 퍼붓지도, 사납게 노려보지도 않는다.

이상한 녀석이었다.

세상은 넓고 '또라이'는 많다.

노바디는 철림 안으로 들어섰지만 사냥터로 가지는 않았다. 커다란 철목 아래 빈터로 가서 앉았다. 혹시나 해서 고개를 돌리자 그 엘프가 따라와 3미터 남짓 떨어진 바위에 걸터앉더니 이쪽을 쳐다본다.

짜증이 났지만 드러내고 싶지는 않았다. 감정을 내보인 순간, 왠지 패배한 느낌이 들 것 같았다.

눈을 감았다. 맹부단월의 동작을 생생하게 떠올리려고 애를 썼다. 군더더기 하나 없는 겔란드의 맹부단월은 살펴볼수록 감탄이 나올 만큼 완벽한 동작이었다.

라마간으로 돌아가서 겔란드에게 그 비밀을 물어볼 수도 있다. 그런 충동을 몇 번이나 느꼈다. 그러나 노바디는 꾹 참았다. 혼자 해결해야 팔건파의 일원 자격이 있다, 그렇게 생각했다.

철목을 쓰러뜨린 것과 맹부단월을 배운 것, 분명히 관계가 있다는 생각이 들었다. 철목은 힘으로 무너뜨릴 수 없다. 그 내부에 깃든 오묘한 흐름의 결을 알아내야 비로소 가능해진다. 그렇다면 맹부단월도 그 흐름을 포착하는 공격법이 아닐까?

철목은 가만히 있는, 움직일 수 없는 나무였다. 그래서 손

을 얹어서 그 흐름을 마음껏 느낄 수 있었다.

붉은 곰은 아니었다.

눈을 뜬 노바디는 몸을 일으켰다. 그 엘프는 노바디를 따라왔다. 엘프에게서 관심을 끊은 노바디는 쉬지 않고 달려서 라마간에 이르렀다. 광장을 가로지른 그가 도착한 곳은 약초 상점이었다.

"무슨 일이냐?"

콜마가 두꺼운 가죽으로 만든 앞치마를 한 채로 다가왔다.

"잠재우는 약이 필요해요, 콜마 육사형."

"이유는?"

"붉은 곰을 살펴보고 싶어서요."

"음, 기다려라."

다양한 약초를 냄비에 넣고 끓이는 냄새가 안쪽 부엌에서 흘러나왔다. 창고로 갔다가 돌아온 콜마는 불어서 침을 날릴 수 있는 기다란 대나무 관과 침이 열 개 든 조그만 나무 상자 그리고 검은 액체가 든 약병을 탁자에 내려놓았다.

"수령제다. 이것 한 방이면 붉은 곰도 하루는 깨어나지 못할 거다."

"감사합니다, 육사형."

"그런데 저기 밖에서 이쪽을 힐끔거리는 녀석은 뭐냐?"

그 말에 몸을 돌린 노바디는 고개를 흔들었다.

"아까 철림에서 본 이방인인데 계속 따라다녀요."

"내가 쫓아 줄까?"

"아니에요. 따지고 보면 잘못한 건 없거든요. 공격하지도 않고, 욕을 하지도 않았으니까요. 제가 알아서 할게요."

노바디는 사형에게 쓸데없는 짐을 지우고 싶지 않았다.

"사람들 앞에서 철목을 쓰러뜨리면 안 된다."

콜마가 낮게 속삭였다.

"네, 육사형."

대나무 통과 침, 약을 챙겨 약초상 밖으로 나온 노바디는 만나는 사형마다 같은 말을 해서 조금은 이상하다고 생각했다. 다들 더는 철목을 쓰러뜨리면 안 된다고 덧붙였던 것이다. 그 희열을 다시 맛보고 싶지만 사형들의 말을 어길 수는 없었다.

철림으로 가는데, 역시 그 엘프가 따라왔다.

'참 할 일 없는 게이머야.'

철림 사냥터에 이른 노바디는 침에 약을 발라 대나무 통에 끼우고 붉은 곰이 나타나기를 기다렸다. 얼마 못 있어 붉은 곰 한 마리가 나타났다. 노바디는 기다리지 않고 훅 불어 침을 날렸다. 침은 가슴과 목 사이에 박혔다.

잠시 후, 붉은 곰이 축 늘어졌다.

노바디는 조심스럽게 다가갔다. 가끔 신음을 흘리며 잠꼬대 비슷한 것을 할 뿐이었다.

붉은 곰 옆에 선 노바디는 손을 뻗었다. 억센 털 아래에 단

단한 피부가 느껴졌다. 그 피부는 약간의 온기와 오르락내리락하는 떨림을 품고 있었다. 맥박 비슷한 것도 손을 통해 느껴졌다.

용기를 내어 눈을 감았다.

처음엔 철목에서 감지했던 그 흐름 같은 것을 찾지 못했다. 나무와 곰은 다를 수밖에 없다고 결론을 내리기 직전, 희미한 흐름이 느껴졌다. 뻣뻣한 털도, 살아 있는 생물 특유의 체온과 심장박동도, 호흡으로 인한 움직임도 잊어버리고 그 흐름에 집중했다.

몇 번이나 놓쳤다.

가느다란 실 같은, 머리카락보다 얇은 그 기운을 좇느라 어디에 있는지조차 잊었다.

갑작스러운 소나기에 정신을 차린 노바디는 주위를 살폈다. 눈이 커졌다. 붉은 곰 몇 마리가 노바디를 중심으로 원을 그리며 쓰러져 있었다. 그중 한 마리는 이제 막 엘프가 휘두른 검에 맞고 넘어지고 있었다.

피를 털어 버린 검을 우아한 동작으로 검집에 집어넣던 엘프의 시선이 노바디에게로 향했다.

노바디는 천천히 고개를 숙였다. 고맙다는 뜻이었다.

"뭘 하는지 모르겠지만 계속해도 돼."

엘프가 말했다.

게이머의 도움은 바라지 않지만, 노바디는 이 순간을 놓치고 싶지 않았다. 그래서 한 번 더 고개를 숙인 다음, 다시 약에 의해 잠이 든 붉은 곰의 몸에 손을 올렸다.

집중은 파고드는 정신 행위다. 운이 좋으면 10분 만에 완벽한 집중에 이를 수도 있지만, 가끔은 몇 시간이 흘러야 원하는 상태로 몰입할 때도 있다. 노바디는 갖가지 방해물과 함정을 피해 깊고 고요한 곳으로 내려가는 데 오랜 시간이 걸렸다.

거추장스러운 것을 잊었다.

페플이라는 가상 세계도, 자기가 은둔형 외톨이라는 사실도, 심지어 붉은 곰에 손을 대고 있다는 것도 망각했다.

오직 그 흐름, 그 오묘한 춤에 집중하고 또 집중했다.

노련한 광부가 지하 깊숙이 파고 들어가 금맥을 탐색할 때처럼 어마어마한 끈기와 날카로운 직감이 발휘되었다. 무엇인지조차 모르면서도 아래로, 아래로 파고들었다. 노바디는 멈추지 않았다.

마침내 그 바닥, 중심에 이르렀다.

영롱한 빛무리가 보이는 것만 같았다. 소리와 빛이 하나로 어우러져, 소리가 달라지면 빛의 색깔과 강도에 변화가 생겼다. 완벽하면서도 혼란스럽고, 정돈된 상태인 듯하면서도 어딘지 모르게 무질서한 춤은 너무나 매력적이어서 눈을 뗄 수가 없었다.

철목 내부에서 감지한 그 춤, 그 흐름과 비슷했다.

노바디는 눈을 떴다.

붉은 곰은 거칠게 숨을 내쉬며 자고 있었다.

도끼를 들었다. 가볍게 내리쳐도 붉은 곰을 죽일 수 있지만 죽여야 할 이유를 찾지 못했다. 다른 게이머들처럼 사냥으로 레벨을 올릴 마음은 전혀 없었다.

노바디는 도끼로 붉은 곰의 가슴을 가볍게 쳤다. 흐릿한 빛이 가슴에서 몸 전체로 퍼져 나갔다. 그 기운은 침이 심어 놓은 수령제를 없애 버렸다. 붉은 곰이 깨어났다.

붉은 곰은 그 짙고 무시무시한 눈으로 노바디를 내려다보았다.

노바디는 흔들림 없이 붉은 곰을 올려다보았다.

그때, 메시지 창이 나타났다.

-라마간의 붉은 곰을 길들였습니다. 이름을 선택하세요.

노바디는 깜짝 놀랐지만 야생 특유의 기운이 서서히 사라지는 붉은 곰의 눈을 바라보며 무슨 일이 벌어졌는지 깨달았다.

"라드."

마치 입이 저절로 벌어진 것 같았다.

붉은 곰 라드가 앞발을 내밀었다. 발톱은 그 끝만 조금 보였다.

노바디는 손을 내밀어 그 앞발을 만졌다. 의외로 발바닥은 부드러웠다. 노바디가 일어서자 라드가 어깨를 아래로 내렸다. 올라타라는 뜻이었다.

노바디는 조심스럽게 라드에게 올라탔다.

라드는 달리기 시작했다.

그 광경을 지켜보던 엘프 벨란데르는 할 말을 잃었다. 직접 봤는데도 믿을 수가 없었다. 수십 번 붉은 곰에게 당해서 죽은 게이머가…… 무기 한번 휘두르지 않고 그 곰을 길들여? 말이 안 된다.

이제야 왜 태희 누나가 이 일에 자신을 끌여들였는지 알 것 같았다. 확실히 이곳에서는 재미있는 일이 벌어지고 있었다.

엘프는 휘파람을 불었다. 엘루마에서 1년이나 공을 들인 끝에 얻은 백색의 늑대 융페르가 나타났다.

단숨에 융페르에 올라탄 벨란데르는 어느새 시야에서 사라진 붉은 곰을 뒤쫓기 시작했다.

우리는 널 믿는다

손이 저릿저릿했다.

그 흥분, 감동이 아직도 몸에서 빠져나가지 않고 안쪽에서 서서히, 때로는 휘몰아치는 소용돌이처럼 맴돌고 있었다. 김현은 소파에 누워 어두컴컴한 천장을 올려다보았다. 숨소리가 평소보다 크게 들렸다. 몸의 세포가 하나하나 깨어 있는 느낌이었다.

웃음이 피식 삐져나왔다.

붉은 곰 라드를 데리고 라마간으로 들어서자 한바탕 난리가 벌어졌다. 시청 소속 경비대가 출동했다. 광장에 있던 사람들, 특히 엄마들이 아이들을 데리고 달아났다.

그런 반응을 전혀 예상 못 했던 노바디는 경비대에 붙잡혀 하마터면 감옥에 갇힐 뻔했다. 곤트 남작 저택에 돼지고기를 가지고 가던 파게레가 그 장면을 보고 끼어들어 경비대를 말렸다. 파게레가 보낸 사람이 겔란드를 데려오자 소동은 끝이 났다.

노바디는 라드를 대장간 뒤쪽 공터로 데려가 쇠사슬을 목에 두르고, 그 쇠사슬을 튼튼한 나무에 묶어야 했다. 겔란드는 그 모습을 지켜볼 뿐 말이 없었다. 노바디가 대장간으로 들어선 후에야 입을 열었다. 붉은 곰은 라마간에 들어올 수 없고, 들어온 적도 없다는 내용이었다.

노바디는 자기가 한 일로 도시 전체가 떠들썩해졌다는 사실에 묘한 기쁨을 느꼈다.

현실에서 그는 존재감이 없는, 어쩌면 스스로 존재감을 없애 버린 사람이었다. 이곳 페플에서는 아니었다. 게이머들까지도 놀란 눈으로 노바디 옆에서 엉덩이를 씰룩거리며 걷는 붉은 곰을 바라보고 있었다. 노바디는 왠지 모르게 어깨에 힘이 들어갔다.

오늘만큼은 주인공이 된 것만 같았다.

주인공.

가슴 떨리는 단어였다.

그 기분은 빠르게 가라앉았다.

소파와 책상 옆에 놓인 스탠드에서만 빛이 뿜어져 나왔다. 두꺼운 커튼에 막힌 창문은 거기 있는지도 알기 어려웠다.

어둠이 퍼져 있는 방을 수천 권의 책들이 꽂힌 책장이 에워싸듯 서 있었다. 하도 읽어서 손때가 묻은 만화책, 소설책, 기타 헌책들은 김현이 주인공이 아니라 겁쟁이에 불과하다는 사실을, 엄마에게 짐이 되는 은둔형 외톨이라는 사실을 알려 주고 있었다.

페플에서 아무리 영향력을 발휘한다고 해도, 이곳에서의 삶은 조금도 달라지지 않았다.

김현은 고개를 들어 문을 쳐다보았다. 저 문을 열고 밖으로 나간다는 생각을 하는 순간 이마에 식은땀이 흐르고 가슴이 요동친다. 두려움의 원인은 그 자신도 몰랐다. 어쩌면 잊어버렸는지도 모른다.

한 달이나 걸려서 철목을 쓰러뜨렸다.

수십 번 죽은 후에야 맹부단월의 비밀을 알아냈다.

페플에서 끈기의 위력을 배운 김현은 용기를 내어 몸을 일으켰다. 문밖으로 나가지 못해도 된다. 현기증이 몰려와 기절해도 좋다. 공포에 시달려 악몽을 꿔도 괜찮다.

아무것도 하지 않고 포기한 상태에 만족하는 것보다는 나으니까.

한 걸음씩 문으로 걸어갔다.

밥상을 들이거나 내놓을 때와는 달리 몸이 먼저 반응했다. 땀이 흘러내렸다. 호흡이 거칠어졌고, 손가락 끝이 저렸다. 발바닥은 쿡쿡 쑤시기까지 했다. 그래도 김현은 천천히, 쉬지 않고 문으로 다가섰다.

문이 코앞에 있었다.

손을 올려 차가운 금속 손잡이를 잡았다.

묘한 기분이 들었다. 무섭고 두려운데…… 그 아래에 흥분이 숨어 있었다.

'흥분? 난 미친 거야.'

오른손으로 손잡이를 쥔 채 왼손을 펴서 문에 올렸다. 무의식적인 행동이었으나 곧 그 의미를 알 수 있었다.

철목을 쓰러뜨릴 때처럼, 붉은 곰을 길들일 때처럼 이 문도 같은 방식으로 이기고 싶었던 것이다. 김현에게 저 문은 철목이나 붉은 곰 같은, 극복해야 할 대상이었다.

길게 숨을 내쉬었다.

일부러 느리게 숨을 들이마셨다.

그리고 눈을 감았다.

마음은 손가락 끝, 손바닥에 온전히 집중했다. 누군가 나무로 만든 문에 쇠 손잡이를 달았다. 다른 누군가가 페인트를 칠했다. 광택이나 감촉을 위해 다른 액체도 발랐을 것 같았다.

그토록 잊으려 애를 썼던, 망각의 늪으로 밀어 넣었다고 확신했던 얼굴이 갑자기 떠올랐다.

이름도 생각났다.

이기용.

숨이 끊겼다.

손과 발에 경련이 일었다.

정전으로 불이 나가는 것처럼, 김현은 정신을 잃고 그 자리에 쓰러졌다.

눈을 뜬 김현은 쏟아진 만화책과 넘어진 책장 아래 깔린 자신을 발견했다. 어떤 일이 벌어졌는지 곧 기억이 났다. 문 밖으로 나가려고 시도했다가 다시 광증이 도진 것이다. 살기 위해 무의식중에서도 문에서 멀어졌고, 그러다가 책장을 잡아당겨 이 꼴이 된 것이다.

엄마가 안으로 들오지 않아서 다행이다. 엄마가 봤다면 또 멍청한 의사들이 집으로 찾아왔을 테니까.

몸은 물에 젖은 이불처럼 무거웠다. 겨우 소파에 앉았는데, 힘이 들어서 10분 동안은 그저 헐떡거리기만 했다.

문을 바라보았다.

문은 살아 있는 것만 같았다. 오만한 표정으로 '넌 안 돼.'라고 지껄이는 것처럼 느껴졌다.

팔다리에 힘이 조금씩 돌아오자 김현은 다시 일어섰다.

페플에서 배운 지혜를 현실에서 까먹을 수는 없다. 천천히 문을 향해 걸어갔다. 다리가 통나무처럼 제대로 굽히지 않았지만, 포기할 수는 없었다. 또 쓰러진다고 해도 계속 시도할 생각이었다.

문 앞에 이른 김현은 손을 들어 손잡이를 잡기 직전, 다시 한 번 정전을 경험했다.

철목으로 만든 갑옷을 착용한 라드는 한결 멋있어졌다. 여전히 빳빳한 털과 검붉은 눈, 예리한 이빨로 맹수 특유의 기세를 지니고 있지만, 갑옷 덕분에 누가 봐도 야생이 아닌, 주인이 있는 곰처럼 보였다. 사흘이나 공을 들여 처음으로 웅갑을 만든 겔란드는 노바디의 반응이 시원찮다는 사실을 조금 전부터 느끼고 있었다.

"무슨 일, 있는 거냐?"

"……아니에요, 대사형."

"말해 봐. 혹시 여자 문제?"

"그랬으면 좋겠어요."

노바디는 희미하게 웃었다.

"소개시켜 줄까? 시장님의 손녀가 꽤 예뻐. 성격은 지랄 같지만, 뭐 몇 대 때리면 괜찮아질 거다."

"아니, 아직은 그럴 생각 없어요."

겔란드는 말과 행동이 완전히 같은 사람이라서 노바디는

손사래를 쳤다.

"너보다 내가 오래 살았다. 그러니 도움이 될 가능성도 더 높지 않을까."

겔란드는 진지했다.

그 태도를 본 노바디는 마음을 가득 채운 고민의 일부를 입으로 털어놓았다.

"……두려움을 이길 방법이 있을까요?"

"두려움?"

"무서워서 도저히 할 수 없는 게 있는데, 아무리 애를 써도 안 돼요."

"음."

겔란드는 무엇이 두려운지, 왜 무서운지 묻지 않았다.

그 질문에 답할 수 있으면 두려움은 실체를 가지게 되고, 대부분 거기서 해결책을 찾을 수 있다. 유령 같은 공포야말로 진짜 공포라는 사실을 겔란드는 잘 알고 있었다.

"라드는 내게 맡겨 두고, 가쿨라를 찾아가 봐라."

"가쿨라 사사형요?"

"그 녀석이라면 네게 조언을 해 줄 수도 있을 거다."

"아, 네."

벌떡 일어나 가쿨라가 운영하는 서점으로 달리던 노바디는 다시 대장간으로 돌아왔다.

"라드에게 딱 맞는 갑옷을 만들어 주셔서 감사합니다. 대사형.”

“참 빠르다.”

“……죄송해요.”

“어서 가 봐라.”

겔란드는 웃으며 손을 흔들었다.

서점으로 달리는데 그 녀석이 따라붙었다. 철림의 사냥터에서부터 줄기차게 쫓아다니던 그 엘프였다. 이제는 놀랍지도 않았다. 그저 한숨을 내쉰 후에 무시할 뿐이었다.

가쿨라는 서점에 없었다.

노바디는 안으로 들어가 어떤 책이 있는지 구경하면서 가쿨라를 기다렸다.

신화와 전설을 담은 낡은 그림책이 한쪽에 꽂혀 있었고, 그 옆에는 유명한 인물들의 전기가 빼곡히 들어차 있었다. 철학과 사상에 관한 책, 역사와 유행을 담은 책, 룬트란 왕국의 지리와 각 도시의 특징을 주제로 쓴 책도 있었다. 마법서와 무공 비급도 있지만 그 수준이 낮은, 기본적인 내용으로 채워져 있었다.

따로 떨어진 서가에는 붉은 책들이 꽂혀 있지만 노바디의 눈에는 흐릿하게 보였다. 마치 오랫동안 닦지 않은 유리를 그 앞에 설치한 느낌이었다.

“성인이 돼야 볼 수 있어, 저 책들은.”

엘프가 말했다.

노바디는 그 잘생긴 엘프를 잠시 쳐다보고는 자리를 옮겨 무공 비급이 있는 곳으로 갔다.

"여기 있는 것들은 쓰레기야. 너한테는 검제의 무공 비급이 있잖아."

또 그 엘프였다.

딴 곳으로 가 봐야 따라올 거라는 사실을 알기에 노바디는 모른 척하고 책 한 권을 뽑았다. 제목은 '매화삼검'이었다. 검을 쥐는 법과 휘두르는 법, 자세를 취하는 법 등이 글과 그림으로 나와 있었다.

"어떻게 한 거야?"

엘프는 노바디가 고른 책과 똑같은 책을 골랐다.

"뭘?"

노바디는 자신도 모르게 되물었다. 그런 다음에야 후회했다.

"붉은 곰 말이야. 어떻게 길들인 거야?"

비슷한 질문을 수도 없이 들었다. 겔란드를 비롯한 팔건파 사형들도 그 점을 궁금해했다. 노바디는 있는 그대로 설명했지만 그들 중 누구도 이해하지 못했다.

팔건파에게는 아무것도 숨기지 않았지만 친한 척하며 다가와서 묻는 이방인들에게는 한마디도 하지 않았다. 끈질기게 따라다니는 저 엘프에겐 한마디 해야 할 것 같았다.

"부드럽게 쓰다듬으면 돼."

그렇게 말한 노바디는 서점으로 들어서는 가쿨라를 향해 걸어갔다.

“사사형.”

“어, 네가 여긴 어쩐 일이냐?”

“여쭐 게 있어서요.”

“그래? 이쪽으로 오너라.”

엘프를 힐끔 쳐다본 가쿨라는 노바디를 데리고 안쪽으로, 독립된 공간으로 걸어갔다.

노바디는 서점으로 온 이유를 설명했다.

“겔란드 대사형이 널 여기로 보냈다는 거지?”

“네.”

“역시 겔란드 대사형이야. 우리 중에서는 내가 공포 전문가니까.”

“공포 전문가요?”

“죽음의 기사에게 납치당했었거든. 열다섯 살 때였을 거야.”

“죽음의 기사가 뭔데요?”

“이런, 이런. 그것부터 설명해야겠구나.”

가쿨라의 말에 따르면, 죽음의 기사는 마룬타 대륙 곳곳에 자리 잡은 어둠의 땅, 혹은 죽음의 땅에 사는 귀물이었다. 마물이 형체를 어느 정도 지닌 몬스터를 뜻한다면, 귀물은 유령이나 귀신처럼 흐물흐물하거나 형체가 제멋대로 바뀌는

몬스터를 말했다.

가쿨라는 라마간 성문 밖으로 나갔다가 숲에서 죽음의 기사를 만났다. 녹슨 갑옷을 입고 있지만 눈구멍은 암흑 그 자체인 죽음의 기사를 본 순간 가쿨라는 몸이 얼어붙었다. 무서워서 한 걸음도 움직이지 못했다. 그 기사는 가쿨라를 옆구리에 끼고 유유히 라마간 서쪽 암림으로 데려갔다.

암림에서의 기억은 없다고 가쿨라는 말했다. 너무나 끔찍해서 스스로 없애 버린 것 같다고 설명했다.

"어떻게 빠져나왔어요?"

"죽음의 기사를 비롯해 온갖 귀물이 암림에 머물면서 인근 마을과 도시 사람들을 괴롭히자, 무당산에서의 은거를 깨고 태극도인이 암림으로 왔단다. 키가 작은 노인인 태극도인을 보고 죽음의 기사들과 강시, 구미호 등 귀물들이 비웃었지만 태극도인이 두 손으로 만들어 낸 빛의 소용돌이를 보고는 앞을 다투어 달아났다. 난 그 장면을 평생 잊을 수 없을 거야. 그 이후, 난 절대 사람을 외모로 판단하지 않는단다."

"아!"

노바디는 감탄하며 고개를 끄덕였다.

페플은 여러 가지 세계가 섞여 조화를 이루고 있었다. 무협 소설에 등장하는 소림사를 비롯한 구대문파, 오대세가 같은 조직이 페플에도 존재했으며, 드래곤이나 9서클 마법사, 오우거와 트롤 등 판타지 소설에 자주 나오는 존재도 페플의 일부였다.

페플은 자유로워서 누구나 자신만의 세력을 만들 수 있었다. 유럽, 특히 독일에서는 히틀러라는 이름의 게이머가 노골적으로 나치의 이념을 앞세워 거기 동조하는 사람들을 끌어모으는 바람에 한동안 시끄러웠던 적도 있었다.

"문제는 그다음이었다."

"……왜요?"

"난 매일 죽음의 기사가 날 잡으러 오는, 날 쫓아오는 꿈을 꿨거든. 몇 달 후에는 아예 잠을 잘 수가 없었다."

노바디는 가만히 있었다. 그 마음, 너무나 잘 알았다. 두려움으로 미치기 직전에 이르면 잠은 떠나가 버린다.

"죽을힘을 다해서 무공을 수련하기도 하고, 마법을 배우기도 했다. 내가 강해지면 죽음의 기사가 오더라도 이길 수 있다고 생각한 거지. 하지만 꿈속에서 난 여전히 열다섯 살 소년이었어. 아무것도 모른 채 매일 성 밖으로 나가서 뛰어노는 소년 말이야."

"……힘드셨겠어요."

"죽고 싶었지."

가쿨라는 환하게 웃으며 어두웠던 과거를 들려주고 있었다.

"어떻게 이겨 냈어요?"

"죽음의 기사를 찾아갔다."

"네?"

노바디는 깜짝 놀랐다. 그리고 눈앞의 가쿨라가 크고 대단하게 보였다.

"꿈에서는 내가 항상 질 수밖에 없으니, 직접 나서는 수밖에 없었지. 다행히 태극도인이 암림을 폐허로 만들었지만 다시 죽음의 기운이 거기로 몰려들었다. 난 암림으로 들어가서 거기 있던 죽음의 기사와 싸웠다. 이틀이나 걸린 싸움이었어."

"이기셨어요?"

"아니."

"네?"

"겔란드 대사형과 다른 사형들, 사제들이 날 찾으러 암림으로 오지 않았다면 난 거기서 죽었을 거야. 칠건파는 거기서 전설을 남겼다. 암림을 불태워 버렸거든. 이 이야기는 비밀이다. 아직 다른 사람들은 몰라, 우리가 그 짓을 했는지 말이야."

"……대단해요."

노바디는 왠지 자신이 거기 있었던 것 같은 느낌에 사로잡혔다. 그래서 몸에 힘이 들어가는 바람에 어깻죽지가 아팠다.

"난 불타는 암림을 보면서 두 번 다시 악몽에 시달리지 않을 거라는 사실을 깨달았다."

"어떻게요?"

"칠건파 사형들, 사제들이 내 곁에 있었거든."

"아!"

감동의 물결이 몸을 가득 채웠다. 죽음의 기사를 상대해서 이겼기 때문이 아니라, 곁에 형제들이 있기 때문에 두려움에서 벗어난 것이다.

"두려움은 좋은 거다."

"……전 모르겠어요."

"두려움을 느낀다는 건, 두려움을 자아내는 대상을 직시하고 있다는 뜻이야. 피하면 두려움은 희미해져서 더 이상 두려움이 아니야. 두려움이 커질수록 그 중심부가 가까워지는 거지."

"아, 알겠어요."

"두려움을 이기려고 하지 마라. 두려움은 이겨야 할 감정이 아니야. 사실, 두려움은 우리에게 좋은 거란다. 뜨거운 불이 두려운 건, 그 불이 몸에 해를 입히기 때문이지. 무엇이든 두려움이 느껴진다면 우리에게 해를 입힐 가능성이 있다는 뜻이야."

"그러면 어떻게 해요?"

노바디는 진지하게 물었다.

"중심부로 가야지. 천천히, 결코 멈추지 말고. 서는 순간, 두려움의 급류가 너를 휩쓸어 저 멀리까지 떠내려가게 만들 거야. 오늘 하루 만에 그 중심부에 도착하려고 애쓰지 마라.

태산을 하루 만에 올라가겠다는 것만큼이나 어리석은 생각이니까. 두려움을 이롭게 사용해라. 두려움은 그 자체로 아주 강력한 힘이라서 잘만 사용하면 엄청난 이득을 볼 수 있다. 내가 5서클 마스터가 된 원동력은 바로 두려움 때문이야. 내가 무당파의 풍뢰장법을 익힐 수 있었던 이유도 두려움 때문이다. 그리고 항상 질문을 던져라. 당연하다고 생각하지 마라. 모든 일에는 이유가 있어. 그 이유를 아는 순간 더 이상 당연하지 않다는 사실도 알게 되고, 그러면 문제도 문제가 아니게 된다."

노바디는 아무 말도 못 했지만, 머리와 가슴이 시원해지는 느낌을 받았다. 두려움을 이용할 수 있다고는 생각해 본 적이 없었다.

"세상에 못 할 일은 없다. 어떤 일이든 가능해. 시간만 주어진다면. 충분한 시간을 확보한다면. 대부분의 사람들은 시간이 없다고 자주 말을 한다. 지나치게 많은 것에 관심을 가지기 때문이야. 한 가지, 혹은 두 가지를 꾸준하게 반복한다면 못 할 건 없어."

가쿨라의 말에서 권위가 느껴졌다. 직접 어둠을 뚫고 나온 사람 특유의 자연스러우면서도 힘 있는 분위기가 주위를 감싸고 있었다.

"고맙습니다, 사사형."

"난 네가 속한 그 세계에 대해서는 아는 게 없다. 한때는 알고자 애를 썼지만 내 능력 밖이라는 사실을 깨달았지. 그러니 네가 무엇을 무서워하는지, 무엇에 두려움을 느끼는지 난 알 수도 없고, 이해할 수도 없다. 내가 해 주고 싶은 말은 이거야. 난 너를 믿는다. 우리는 널 믿는다. 그러니 너 자신을 믿지 못할 때가 있다고 해도, 우리가 널 믿고 있다는 사실을 잊지 마라. 너 자신을 믿지 못해도, 우리가 믿는 너 자신을 꼭 붙잡아라."

"……사형."

노바디는 말을 잇지 못했다.

"멋진 말이지? 겔란드 대사형이 내게 했던 말이야. 자, 이제 나는 책을 팔아야겠다. 그래야 먹고살지."

서점 밖으로 나온 노바디는 하늘을 올려다보았다. 서점으로 들어갈 때와 같은 하늘이 아니었다. 더 높고, 더 넓은, 더 파란 하늘이 무한하게 펼쳐져 있었다.

"NPC와 무슨 대화를 그렇게 오래 하는 거야? 숨겨진 퀘스트라도 받은 거야?"

그 엘프였다.

노바디는 천천히 고개를 돌려 그 엘프를 쳐다보았다. 귀찮거나 짜증이 난다기보다는…… 곁에 엘프가 있어서 고맙다는 생각이 들었다. 지금은 누가 다가와 등을 찔러도 밉지 않을 것 같았다.

"넌 몰라."

"……뭐?"

엘프의 얼굴이 일그러졌다.

"절대 모를 거야."

"야."

"영원히 모를 거야."

노바디는 그 순간 접속을 끊었다.

혼자 남은 엘프 벨란데르는 이를 갈았다. 영원히 몰라? 그 말이 벨란데르의 자존심에 불을 붙였다.

이제 그 귀한 피규어 때문이 아니다. 저 녀석의 콧대를 짓밟기 위해서라도 이번 일은 물러설 수 없다.

벨란데르는 다시 서점으로 들어갔다.

손잡이를 돌렸다.

문이 달깍 열렸다.

땀으로 범벅이 된 김현은 문밖으로 한 걸음 내디뎠다. 거친 숨소리가 귀로 스며들었다. 문기둥을 꽉 잡은 손에서 쥐가 났다. 김현은 다시 한 걸음 뒤로 물러서서 몸이 적응할 때까지 기다렸다. 서두를 필요는 없다. 여기까지 오는 데도 열흘이 걸렸다.

조금씩 현기증이 줄어들고 있었다.

오늘은 방문을 통과해서 거실로, 가능하면 한 번도 앉아 본 적 없는 가죽 소파까지 가 볼 생각이었다.

밥상을 들이거나 내놓을 때 가끔 봤던 거실과 지금 눈앞에 펼쳐진 거실은 완전히 다른 공간이었다. 벽에 걸린 액자 속에 가족사진이 있었다. 초등학교 졸업 무렵에 찍은 그 사진 속 가족은 무척 행복해 보였다. 활짝 웃는 엄마, 개구쟁이처럼 포즈를 취한 아들 그리고 약간 어색해하는 아버지.

아버지를 본 순간, 다시 그 강렬한 충격이 몰려왔다.

문을 닫은 김현은 급히 방 중앙에 있는 붉은 소파로 향했다. 숨을 쉴 수가 없었다. 주먹으로 가슴을 몇 번 치자 숨통이 트였다. 비틀거리며 창가로 가서 커튼 사이로 손을 집어넣었다. 창문을 열자 신선한 공기가 안으로 밀려들었다.

아버지는 사업을 벌였다가 몇 번은 배신을 당했고, 몇 번은 배신을 했다. 그 과정에서 불법을 저질렀고, 그로 인해 수배령이 떨어진 상태였다. 김현은 방 안에 있으면서도 가끔 형사, 빚쟁이 들이 찾아오면 금세 알아차렸다.

엄마는 아버지와 이혼했기 때문에 법적으로 그 책임을 질 필요가 없었다. 강단 있는 엄마 덕분에 집이 빚쟁이들 손에 넘어가지는 않았다. 그래도 악덕 채권자들은 직접, 또는 불량배를 보내어 위협을 하곤 했다. 심지어 엄마 학교까지 사람이 찾아가기도 했다.

왜 사진 속 아버지를 보자 몸이 그렇게 반응했을까?

지난번에는 이기용이라는 사람 때문에 죽을 만큼 고통스러웠다.

그 이유는 알 수가 없었다.

일부러 기억하지 않고 있는지도 몰랐다.

그날 저녁, 밥을 다 먹은 김현은 밥상 한쪽에 쪽지를 남겼다. 그 쪽지를 본 엄마의 눈이 커졌다. 거실에 있는 가족사진을 치워 달라는 부탁은 곧 4년 가까이 방에 홀로 있던 아들이 거실로 나올 수도 있다는 가능성을 의미했다. 엄마는 당장 거실에 있는 사진 모두를 안방으로 옮겨 놓았다. 그리고 방문 앞에서 그 사실을 알렸다.

엄마의 마음이 느껴졌다. 고맙다고 말하고 싶지만, 목소리가 나오지 않았다.

붉은 소파에 앉아 흥분이 가라앉을 때까지 기다린 김현은 폐플 커넥터 쪽으로 걸어갔다.

두려움을 하루아침에 정복할 수는 없다는 그 충고는 김현에게 커다란 도움이 되었다. 조금씩 반복할 때 변화가 생긴다는 지혜 덕분에 김현은 거실로 한 걸음 내디딜 수 있었다.

라드는 더 이상 몬스터가 아니었다.

노바디가 철림으로 데려간 라드를 보고 깜짝 놀란 게이머들이 화살을 쏘았다. 순식간에 고슴도치가 된 라드는 죽었지만, 바로 그 자리에서 다시 살아났다.

노바디에게 귀속된 라드는 게이머처럼 죽어도 살아날 수 있었다. 게이머와 마찬가지로 라드도 죽으면 레벨이나 속성이 하락했다. 현재 라드 역시 노바디처럼 레벨 1이라서 죽어도 손해는 아니었다.

"자, 라드! 물고 와!"

노바디는 사라겐의 수부를 빽빽한 철목들 사이로 던졌다. 손도끼는 부메랑처럼 빙글빙글 돌면서 멀리 날아갔다. 라드는 그 커다란 몸을 유연하게 움직이며 사라겐의 수부를 가지러 달렸다.

노바디에게 라드는 강아지였다. 좀 덩치가 클 뿐, 하는 행동은 비슷했다. 라드는 노바디의 관심을 끌기 위해 잠시도 가만히 있지 않았다. 처음엔 발톱 조절을 못해서 그 길고 날카로운 발톱에 찔린 노바디가 죽기도 했다. 라드는 행동 방식을 조금씩 고쳐 나갔다. 치와와나 요크셔테리어처럼 똑똑한 녀석이라고 노바디는 생각했다.

손도끼를 물고 라드가 달려왔다.

노바디는 라드의 목덜미를 어루만졌다. 겔란드와 앙구스, 한켈 그리고 콜마가 달려들어 라드를 목욕시킨 덕분에 야생동물 특유의 냄새는 많이 가신 상태였다.

라드의 등에 올라타고서 달릴 때의 기분은 환상적이었다. 겔란드가 직접 제작한 웅갑은 안장 역할도 겸했다. 라드가 네발로 질주할 때면 노바디는 움푹 들어간 갑옷 부분에 앉아 부드러운 줄을 꽉 잡을 수 있었다.

처음엔 어지럽고 힘이 들었지만 일단 적응하자 휙휙 지나가는 철목 너머로 여우, 늑대, 심지어 놀란 오우거까지 볼 수 있었다. 게이머들은 부러운 시선으로 노바디를 바라보았다.

라드는 수륙양용이었다. 라드가 영류하를 건너면 노바디는 도도하게 흐르는 강의 힘에 대항하는 곰의 힘을 느낄 수 있었다. 강가에 앉아 물길을 거슬러 올라가는 연어를 사냥해서 잡아먹는 라드를 보고 있으면 아무런 생각이 나지 않을 만큼 행복했다.

그러나 노바디는 게임 매니저의 말을 잊지 않았다.

강해져야 한다.

강에서 라드를 깨끗하게 씻긴 노바디는 대장간으로 향했다. 겔란드는 노바디를 기다리고 있었다.

"신나게 놀았느냐?"

"네, 대사형."

노바디는 라드의 콧등을 만졌다.

"그 녀석은?"

겔란드는 노바디 뒤쪽을 쳐다보고 있었다.

"요즘은 안 보여요. 지친 모양이에요."

그 엘프 이야기였다.

"그래? 잘됐다. 따라오너라."

겔란드는 뒤뜰로 갔다. 라드를 나무에 묶은 노바디가 앞에 서자, 겔란드는 검고 두꺼운 헝겊을 내밀었다.

"내 눈을 가려라. 절대 앞이 보이지 않도록."

노바디는 그 말대로 헝겊을 사용해서 눈을 가렸다.

"다 됐으면 날 공격해라. 사라겐의 수부를 들고. 맹부단월 초식으로."

"네?"

"어서."

"……대사형."

"다음으로 넘어가고 싶지 않으냐?"

"알았어요."

노바디는 천천히, 내리치는 동작에서 언제든지 멈출 수 있도록 사라겐의 수부를 휘둘렀다.

겔란드는 마치 눈으로 보는 것처럼 비스듬히 자세를 취하며 어깨로 노바디의 팔꿈치를 밀어 버렸다. 노바디는 손도끼를 놓치며 뒤로 밀려서 넘어졌다.

"다시."

이번엔 오기가 생겨서 손도끼를 내리치는 동작에 힘을 더 했다. 결과는 마찬가지였다. 겔란드는 물러서지도 않았다. 자세를 바꾸면서 동시에 어깨로, 때로는 엉덩이로 노바디를

쓰러뜨렸다.

열 번이나 당한 후에야 노바디는 헐떡거리며 물었다.

"……어떻게 한 거예요? 마치 다 보고 있는 것 같아요. 설마, 그 헝겊으로 볼 수 있는 거예요?"

"확인해 봐라."

헝겊을 푼 겔란드가 그것을 노바디에게 던졌다. 직접 눈을 가린 노바디는 헝겊이 두꺼워서 흐릿한 빛조차 볼 수 없다는 사실을 깨달았다.

"안 보여요."

"보는 게 아니라 느끼는 거다."

"어떻게요?"

"수라부월공의 요체 중 하나를 알려 주마. 청기, 청운, 청경 등 다양하게 표현하지만 기본적으로는 잘 듣는 것이다. 상대의 말을 듣고, 상대의 기척을 듣고, 상대의 동작을 듣고, 상대의 기운을 듣고, 결국 상대의 뜻과 의지를 듣는 것이다."

"그게 가능해요?"

"보지 않았느냐?"

겔란드의 반문에 노바디는 할 말이 없었다.

"나는 개인적으로 청명이라 부르는 이 듣기는 공격과 수비의 기본이며 핵심이다. 상대의 동작을 미리 안다면 막기 쉬워진다. 또한 반격도 할 수 있다. 틈이나 약점이 보일 테니 말이다. 청명을 제대로 익혀야 네가 배운 맹부단월의 위력이 커진다.”

노바디는 맹부단월로 손도끼를 휘둘러도 맞지 않으면 오히려 위험하다는 사실을 알고 있었다.

“내가 상대해 주고 싶지만 대장간 일이 바빠서 말이야. 다행히 네게는 귀여운 애완 곰이 있지 않으냐? 저 녀석의 발톱은 무지무지 날카롭더구나. 헝겊으로 앞을 가리면 정말 아무것도 보이지 않으니, 잘 피해야 할 게다.”

“설마?”

“넌 해낼 수 있다. 난 믿는다.”

그렇게 말한 겔란드는 대장간으로 가 버렸다.

잠시 후, 라드 옆으로 가서 쇠사슬을 느슨하게 푼 노바디는 헝겊을 얼굴에 동여맸다. 아무것도 볼 수 없다는 사실이 주는 공포감은 대단했다.

“라드, 날 공격해.”

그 말이 끝나기도 전에 라드의 앞발이 가슴을 때렸다. 발톱이 나와 있지 않아서 다행이었지만 생명력의 절반이 깎였다. 하마터면 죽을 뻔했다.

아무것도 보이지 않았다.

느껴지는 것도 없었다.

청명을 얻기 위해 또 오랫동안 삽질을 해야 한다는 사실은 분명해졌다. 노바디는 그 말 때문에 각오를 새롭게 했다. 넌 해낼 수 있다. 난 믿는다. 그 말을 떠올리기만 해도 가슴이

뜨거워졌다.

"자, 한 번 더."

이번엔 발톱까지 나와 있었다.

안진후는 폐인이 되기 직전이었다.

아무리 공격해도 라마간은 뚫리지 않았다. 알고 있는 모든 해킹 방법, 스스로 발견해 낸 보안 취약점을 사용해도 라마간은 물론 라마간에 속한 NPC 하나조차도 낚을 수 없었다. 실력에 녹이 슬었나 싶어서 오랜만에 NASA에 들렀다. 하루도 못 되어 NASA가 진행하는 프로젝트의 목록과 관련 설계도를 입수할 수 있었다.

페플의 보안이 특이할 만큼 철저하다는 점은 이미 알고 있지만, 라마간은 기이할 만큼 철통같았다. 안진후는 이미 룬트란 왕국에 있는 문두크, 엘루마를 해킹한 적이 있었다. 타고 다니는 백색의 늑대 융페르를 얻기 위해 약간의 편법을 사용했는데, 해킹을 통해 얻어 낸 정보 덕분에 융페르의 주인이 될 수 있었다.

라마간은 빛의 도시 엘루마보다도, 죽음의 도시 문두크보다도, 심지어 룬트란 왕국의 수도 마르세르보다도 보안이 엄격했고, 시스템이 복잡해서 접근 자체가 어려웠다.

열흘이 넘도록 라마간의 약점, 허점, 틈 따위를 찾아 헤맸지만 오히려 안진후가 나가떨어지기 직전이었다.

"라면 먹고 해."

윤태희가 문을 열고 말했다.

밖으로 나온 안진후는 몸이 간지러워 마구 긁었다.

"너 사흘이나 샤워도 안 했다."

윤태희가 라면을 세 개나 끓인 냄비를 식탁으로 옮기며 말했다.

"나흘이야."

안진후가 답했다.

"천하의 안진후도 막힐 때가 있네."

"쳇."

안진후는 라면을 먹었다. 평소처럼 흡입할 힘이 없어 조금씩 나누어서 먹었다.

"조금만 기다려. 중명 제국에서의 일이 끝나면 바로 룬트란으로 넘어갈 테니까."

지금 윤태희는 갑자기 터진 전쟁을 취재하기 위해 중명 제국 북쪽에 가 있었다.

"안 와도 돼."

안진후는 뿔이 나 있었다.

"사실인지 확인할 방법은 없지만, 믿을 만한 사람에게 들은 이야기가 있어. 그 사람 말이 맞다면, 라마간은 페플이 처

음 생겼을 때 최초로 만들어진 도시일 거야."
"……뭐?"
안진후의 눈이 커졌다.
"네게도 버거운 곳이라면 라마간이 최초의 도시일 가능성이 매우 높겠지."
윤태희는 김이 모락모락 나는 면발을 입안 가득 넣었다.
안진후는 혼자만의 생각에 빠졌다.
페플처럼 거대한 시스템은 오래될수록 그 구조가 복잡해지는 경향이 있다. 여러 명의 개발자가 손을 대기 때문에 처음 만들어진 부분은 갖가지 수정으로 엉망진창이 되어 유지 · 보수가 불가능할 때가 많았다.
라마간이 최초로 만들어진 도시라면, 그게 사실이라면, 정상적인 해킹으로는 뚫기가 힘들 것이다. 허점이 없어서가 아니라, 허점이라 생각한 부분까지도 이리저리 얽혀 있어서 더 이상 허점이 아니기 때문이다.
개발자조차 헤매는 수백만, 수천만 줄의 코드 덩어리라면 해커로서도 두 손을 들 수밖에 없다. 해커 입장에서는 깔끔하고 잘 작동하는 시스템일수록 공격하기가 쉽다. 예측 가능하기 때문이다.
"기술이 전부는 아니야."
윤태희가 말했다.
"……뭐라고 했어?"

"기술로는 어려울 거야. 내가 아는 해커들도 라마간을 건드렸다가 다들 포기하고 돌아섰거든."

"그래?"

안진후는 윤태희가 그런 방법까지 이미 사용할 만큼 라마간에 관심이 많을 줄은 몰랐다.

"그 녀석이 열쇠야."

"노바디?"

"응."

"왜?"

"라마간의 비밀스러운 부분까지 깊이 파고들려면 거기 있는 NPC의 도움이 절대적으로 필요해. 시장 자르크를 만난 적 없지? 난 두 번인가 봤어. 대단한 노인이야. 넌 상대도 안 될걸. 아무튼 거기서 살아가는 NPC의 도움 없이는 내부로 들어갈 수 없어. 문제는 NPC들이 하나같이 괴팍하고 엉뚱할 뿐 아니라 이방인을 꺼려 해. 노골적으로 싫어하는 놈들도 많아. 이런 상황에서 딱 한 명 노바디만 거기 NPC들의 인정을 받았어. 노바디만 라마간이라는 시스템 내부로 들어갈 수 있다는 거지."

윤태희는 진지했고, 그 이야기를 들은 안진후도 잠시 고민에 잠길 만큼 통찰력이 있는 내용이었다.

"그 녀석은……. 아니야."

"왜 말을 하다 말아?"

윤태희가 물었다.
"노바디는, 좀 이상해."
"어떤 부분이?"
"게이머 같지 않아."
"바로 그거야!"
윤태희가 젓가락을 탁 내려놓았다.
"……뭐야?"
"그게 노바디의 성공 비결이라고. 곰곰이 생각했는데, 네 입에서 답이 나올 줄은 몰랐다. 노바디는 아무리 봐도 게이머 같지 않아. 오히려 NPC라고 해야 다들 고개를 끄덕일걸. 바로 그 때문에 라마간 NPC들이 노바디를 인정하고 심지어 동료로 받아들인 거야."
"그, 그러면 나도 그렇게 해야 한다는 거야?"
"빙고."
"휴우."
안진후는 마음이 무거웠다.
"너 아직도 친구 하나 없지?"
"무슨 이야기를 하고 싶어?"
"한때는 그걸로 엄청 고민했잖아. 왜 나는 친구가 없을까? 왜 나는 혼자일까? 평생 혼자 살아야 하나? 등등."
"그건…… 사춘기였을 때…… 짧게 고민한 거야."
"그래서 친구가 있어, 없어? 하긴, 친구가 있다면 큰형의 여자 친구였던, 이제는 아무런 관계도 없는 누나를 찾아올 리는 없지. 맞아, 이해했다.”

안진후가 천천히 젓가락을 내려놓았다. 어떤 이야기를 해도 괜찮지만 안진후 앞에서 절대 해서는 안 되는 이야기가 몇 가지 있는데, 그중 하나가 친구였다.

유치원에 처음 갔을 때 위화감을 느꼈다. 아이들 사이에 어울릴 수 없다는 확신 같은 것이었다. 유치원 선생님이 율동을 하자고 했을 때, 안진후는 뒤쪽 벽에 서 있었다.

다음 날, 안진후는 울며불며 난리를 쳐서 유치원에 더 이상 가지 않아도 된다는 허락을 받아 냈다.

초등학교에 들어가서도 안진후는 혼자였다. 대화는 가능하지만 왜 저렇게 유치한 생각을 하는지 이해할 수 없었다. 안진후가 월반으로 단숨에 3학년으로 올라가자 그 분위기는 더 강렬해졌다.

초등학교를 3년 만에 끝낸 안진후가 중학교에 입학했을 때, 두 명의 형은 한 달도 버티지 못할 거라고 입을 모았다. 그 생각대로 안진후는 보름 만에 학교를 떠났다.

친구를 사귈 시간도, 이유도 없었다. 안진후는 윤태희라는 사람을 만나서 이렇게 신세를 질 수 있다는 사실도 기적이라고 생각했다.

“아프지? 미안해. 항상 네 옆에서 깔깔 웃기만 하는 누나로 만족할 수 없어서 그래. 난 널 진심으로 걱정하고 있어.

농담이 아니야. 넌 누구보다 똑똑해. 잠재력으로 따지면 페플을 처음 만든 천재만큼 엄청날걸. 하지만 그 능력 때문인지 넌 사람들과 어울리지 못해. 네 입장에서는 어울리고 싶지 않은 것이겠지만."

"누나, 지금은 그런 이야기 듣기 싫어."

안진후가 일어섰다.

"앉아."

"……누나?"

"지금 내 말 듣지 않으면, 앞으로 평생 이 집에 못 올 거야. 와도 모른 척할 거야. 진심이야."

윤태희의 분위기를 읽은 안진후는 천천히 앉았다.

평소엔 사람 좋은 미소를 짓고 엉뚱하면서도 발랄하게 행동하지만 윤태희가 얼마나 강단 있는 사람인지 안진후도 잘 알았다.

"난 좋은 기회라고 생각해. 넌 고등학생과 어울리기도 힘들어. 얼마나 유치하겠어? 솔직히 네가 날 바라볼 때의 그 눈빛, 가끔은 정말 싫어. 왜? 위에서 내려다보는 것 같으니까. 내가 그 정도이니, 고딩들은 널 보면 미치거나 널 향해 주먹을 휘두르거나 둘 중 하나일 거야. 그렇다고 네가 대학생들과 돌아다니는 것도 힘들겠지. 넌 아직 성인이 아니니까. 현실에서 네가 누군가를 깊이 만나기는 어렵다는 뜻이야."

"……페플에서는 가능하다?"

“노바디는 하고 있잖아.”

“그 녀석은…… 이상하다니까.”

안진후는 노바디만 생각하면 왠지 모르게 기분이 나빴다.

“너도 좀 이상해져 봐.”

“뭐?”

“왜 겁을 내? 좀 이상해져도 괜찮아. 바보 같은 짓도 좀 해. 그래야 사람답잖아.”

“……내가 사람답지 않아?”

“가끔은 로봇 같아. 피부 아래에 뜨거운 피가 흐르지 않는, 태엽이나 금속 막대로 이루어진 로봇 말이야.”

윤태희는 오늘 작정을 했다. 처음 안진후를 만난 날부터 언젠가 이야기를 해 줘야지 생각했다. 오늘을 그냥 보내면 두 번 다시 이런 기회가 오지 않을 것 같았다.

“그 녀석은…… 또라이 같아.”

“우리 모두 또라이야.”

윤태희는 웃고 있었다.

안진후도 피식 웃고 말았다.

“페플에서 너는 더 이상 안진후가 아니야. 안진후라는 이름도 생각하지 마. 넌 어린 엘프야. 거기에 충실해 봐. 그 역할에 깊이 몰입해 봐. 그건 네가 잘하는 거잖아.”

“휴우, 괜한 짓 하는 것 같아.”

“괜한 짓도 해 보는 게 인생이야.”

"그래서 큰형과 사귀었나 봐?"

"뭐?"

갑작스러운 반격에 윤태희가 얼었다.

"난 바쁘니까 설거지는 누나가 해. 그리고 라면은 이제 사절이야. 페플에서 집중하려면 엄청난 에너지가 필요하니까, 잡채랑 갈비찜 그리고 누나가 직접 만든 스파게티와 스테이크, 음, 김치찌개와 계란말이까지 부탁해. 누나는 정말 자상해. 그래서 진짜 진짜 고마워."

그렇게 말한 안진후는 손을 흔들며 자기 방으로 가 버렸다.

윤태희는 깔깔 웃었다.

"어느새 형을 닮아 가네. 저런 모습 때문에 내가 한때 좋아했는데. 음, 어쩌지? 요리엔 정말 자신 없는데. 아, 그래! 출장 뷔페라는 게 있었지. 후후, 나도 페플로 들어가 봐야지. 어느 쪽이 전쟁에서 이길지 모르겠지만 현장을 봐야 글을 쓸 수 있으니까."

윤태희는 기지개를 켜며 자기 방으로 향했다.

거짓말

안진후, 아니 벨란데르는 잡화점에 들어가서 사탕을 잔뜩 사서 아이들이 주로 뛰어노는 우물 딸린 공터로 향했다.

노바디가 냄새 풀풀 나는 중년 아저씨 NPC들에게 인정을 받았다면 벨란데르는 다루기 쉬운 아이들부터 시작해서 예쁘고 늘씬한 젊은 여자들 그리고 아줌마들을 공략할 생각이었다.

그러나 그 구상은 처음부터 어긋났다.

"이걸 왜 줘요?"

똘망똘망한 아이가 벨란데르를 올려보았다. 벨란데르가 내민 손바닥 위 사탕은 쳐다보지도 않았다.

"……그냥."

사탕을 주면 신이 나서 받을 줄 알았던 벨란데르는 대답이 궁했다.

"독 발랐죠?"

옆에 있던 소녀가 물었다.

"독? 마, 말도 안 돼."

"에헤, 독 발랐어. 분명해."

또 다른 아이가 말했다.

벨란데르는 아니라는 말을 증명하기 위해 사탕을 까서 하나 먹었지만 아이들의 반응은 달라지지 않았다.

"저것만 멀쩡한 거야. 다른 건 죄다 독 발랐을 거야."

그 말에 벨란데르는 손에 쥐고 있던 사탕 일곱 개를 다 까서 입에 넣었다. 심지어 깨뜨려서 넘기기까지 했다.

"에이, 재미없어. 우리, 노바디 형한테 가자. 형이 기분 좋으면 라드 태워 줄지도 몰라."

"라드!"

"그래, 라드!"

아이들은 아직 사탕을 씹고 있는 벨란데르를 남겨 두고 우르르 가 버렸다.

얼굴이 화끈거렸다. 마음 같아서는 저 아이들을 모두 잡아다가 엉덩이를 까고 볼기짝을 세게, 사정없이 때려 주고 싶었다. 아이답게 순진한 구석이 있어야지, 사탕을 보고 독이 발렸을 거라고?

더 기분 나쁜 건, 그 녀석들이 노바디를 만나러 가 버렸다는 사실이다. 노바디가 항상 데리고 다니는 라드는 아이들에게 인기 폭발인 모양이다.

순간, 백색의 늑대 융페르를 부를 생각도 했지만, 야성이 그대로 살아 있는 융페르 곁으로 아이들이 다가가면…… 돌이킬 수 없는 일이 벌어질 것이다. 자칫 잘못하면 라마간에 출입조차 불가능해질지도 몰랐다.

정신 대미지를 겨우 회복한 벨란데르는 천천히 라마간을 돌아다녔다. 노바디가 처음 페플에 접속해서 라마간에 왔을 때 산책으로 긴 시간을 보냈다는 사실은 알고 있지만, 결코 그 녀석을 흉내 내는 건 아니라고 벨란데르는 속으로 생각했다.

여유를 가진 사람의 눈에는 더 많은 것이 보이는 모양이다.

벨란데르는 방망이로 빨래를 두드리며 수다를 떠는 아낙네들을 보았다. 그 옆에 서너 살 되는 아이들이 까르르 웃으며 뛰어놀고 있었다. 술래잡기를 하는 모양이었다.

골목으로 접어들었다. 좁은 길이 구불구불 이어졌다. 맞은편에서 젊은 여자가 머리에 항아리를 인 채 다가왔다. 두 사람이 한꺼번에 지나갈 만큼 공간은 넓지 않았다.

몸을 돌려 뒤로 나갈까 벨란데르가 생각하던 찰나, 그 여자가 벽을 차고 2층 난간에 걸터앉았다. 머리에 얹은 항아리 속 물은 한 방울도 흘러내리지 않았다.

벨란데르는 깜짝 놀랐다.

그 여자는 벽을 밟고 뛰어 벨란데르 뒤쪽으로 가볍게 착지했고, 사뿐사뿐 가 버렸다.

"이야."

감탄이 절로 나왔다.

왜 노바디가 천천히 라마간을 돌아다녔는지 알 것 같았다. 라마간은 멀리서 보거나 목적을 위해 돌아다닐 때는 보이지 않는 비밀을 숨긴 도시였다. 이렇게 산책하듯 걸어 다닐 때라야 속내를 보여 주는 묘한 도시였던 것이다.

노바디는 어떻게 그 사실을 알았을까?

벨란데르는 약간의 질투와 조금의 열등감을 느꼈다. 누군가의 뒤를 따라가는 것만큼 기분 나쁜 일도 없다.

어쩌면 또라이가 아닐지도 모른다. 너무나 똑똑해서 주변 사람들에게 멍청하고 어리석게 보였는지도 모른다.

도시를 한 바퀴 돌면서 속속들이 살핀 벨란데르는 겔란드의 대장간으로 향했다.

과연 그쪽에서 아이들 소리가 들렸다. 그 커다란 붉은 곰 위에 아이들 네댓 명이 올라타 있었고, 라드라 불리는 곰은 대장간 앞을 오가며 아이들을 즐겁게 했다.

주위에는 어른들이 처음으로 길이 든 곰을 보기 위해 모여 있었다.

"완전히 골든 리트리버 같은 곰이잖아."

벨란데르는 툴툴거렸다.

손뼉을 치며 좋아하는 아이들 중 하나가 벨란데르를 가리켰다.

"사탕에 독 바른 아저씨다!"

20대 청년 하나가 벨란데르를 노려보더니 다가왔다.

"내 동생에게 독 바른 사탕을 준 게 너야?"

"……그런 적 없습니다."

벨란데르는 억울했다.

"뭐가 아니야?"

사내는 벨란데르의 멱살을 잡았다.

"케람, 물러서는 게 좋아. 그 친구는 엘프야. 머리카락으로 숨긴 귀를 잘 봐."

모루에 올린 호미를 망치로 두들기던 겔란드의 말에 케람은 벨란데르의 귀를 살폈고, 곧 뒷걸음질 쳤다.

"……진짜 엘프잖아."

케람은 듣기만 했지 엘프는 처음 보았다. 엘프가 되려면 최초의 접속 도시가 빛의 도시 엘루마여야 한다. 주로 인간족 초보자가 머무는 라마간 사람들 중 다수가 엘프를 본 적이 없었다. 그리고 머리카락으로 귀를 숨기면 보통 이방인과 엘프를 구분하기도 사실 어려웠다.

사람들의 시선이 벨란데르에게로 쏟아졌다.

벨란데르는 불편해서 미칠 것 같았다. 당장 접속을 끊고 싶었다. 괜한 짓을 했다고 생각했다. 피규어 따위 없어도 그만 아닌가. 누나의 권유가 아니라면 이런 짓 따위는 하지 않았을 것이다. 늦지 않았다. 지금이라도 이 바보짓은 멈추면 그만이다.

NPC 따위에게 인정을 받는다고 해서 달라지는 건 없다.

그때, 노바디가 뒤뜰에서 대장간 앞으로 걸어왔다. 옷은 다 찢어졌고, 얼굴과 몸에는 발톱 자국이 선명했다.

"정신 상태가 이상하지만 아이들에게 독 바른 사탕을 줄 사람은 아니야. 제람, 너 사탕 먹어 봤어?"

노바디의 지목을 받은 아이 제람은 고개를 흔들었다. 다른 아이들도 먹지는 않았다고 말했다.

케람은 동생 제람에게 다가가 주먹으로 머리를 한 대 때렸다. 제람이 울먹거렸지만 형은 엄했다. 거짓말로 괜한 사람을 몰아세우게 만든 행동이 얼마나 못된 짓인지 알려 주기 위해서였다.

벨란데르는 기분이 상했다. 분명히 여기 있는 녀석들은 NPC인데, 저기 노바디만 진짜 사람인데, 전혀 그런 느낌이 나지 않았다. 아이부터 어른까지, 모두 진짜 같았다.

벨란데르는 용기를 냈다.

"저는 뮬란도르의 숲에서 온 벨란데르입니다. 녹색의 날개 일족을 대표하여 이곳에 온 겁니다."

처음엔 거짓말이라서 답답하고 조금은 부끄러웠지만 의외

로 쉬웠다. 무엇보다 재미있었다.

"률란도르의 숲?"

겔란드의 눈이 커졌다.

"그곳을 아십니까?"

"알다마다. 플란바도르 족장께서는 잘 계시오?"

"……정정하십니다."

플란바도르 족장? 처음 듣는다. 녹색의 날개라는 이름도 빛의 도시 엘루마에서 수행했던 퀘스트에서 얼핏 들은 것뿐이다.

벨란데르는 잔뜩 긴장했다. 거짓말이라는 게 들키면 고개를 들고 다닐 수 없을 터였다.

"그분이 내게 류영보를 가르쳐 주셨소. 버드나무의 그림자처럼 잡을 수 없다고 해서 붙은 이름인데, 알고 있소?"

"저는 아직 어려서 이름만 들었습니다."

류영보가 엘프의 일족 녹색의 날개 특유의 보법이라는 사실은 벨란데르도 알고 있었다.

"이방인 같은데, 어떻게 녹색의 날개 족장님을 아는 거요?"

"그분이 절 일족의 일원으로 받아들여 주셨습니다."

"아, 플란바도르 족장님이라면 이방인이라서 차별하실 분이 아니지. 암, 그렇고말고. 그런데 왜 한동안 노바디를 따라다닌 거요?"

겔란드는 예리했다.

"실은, 플란바도르 족장님께서 제게 임무를 주셨습니다. 라마간으로 가서 이방인이되 이방인 같지 않은 이방인을 뮬란도르의 숲으로 데려오라는 임무입니다."

벨란데르는 거짓말이 술술 저절로 나와서 속으로 놀라고 있었다. 상대를 속이려면 100% 순수 창작물은 곤란하다. 적절한 진실이 가미되어야 한다. 벨란데르가 보기에 노바디는 누구보다 이방인 같지 않은 이방인이었다. NPC라고 해도 믿을 것이다.

겔란드의 낯빛이 창백해지는 바람에, 벨란데르는 혹시 자기가 지껄인 거짓말이 들통 난 게 아닌가 염려했다.

겔란드는 몸을 돌려 노바디를 쳐다보았다.

"플란바도르 족장님은 내게 은인이다. 그분이 보내셨으니 함부로 대해서는 안 된다. 난…… 지금 만날 사람이 있으니, 네가 벨란데르와 함께 있어라."

노바디의 대답도 듣지 않은 겔란드는 엘프를 보기 위해 몰려든 사람들을 헤치고 사라졌다.

노바디는 사람들의 이목을 피해서 벨란데르를 뒤뜰로 데려갔다. 아이들도 쫓아 버리고 라드를 끌고 뒤뜰로 간 노바디는 벨란데르를 힐끔 쳐다보았다. 한동안 따라다니며 귀찮게 했던 그 엘프가 맞는지 의심스러울 만큼 조금 전의 행동은 이상했다. 그래도 뮬란도르라는 처음 들어 본 숲에서 왔다고 하니, 내칠 수는 없었다.

벨란데르는 시선을 애써 피했다. 신나게 거짓말을 했지만 뒷수습은 아예 불가능했다.

률란도르의 숲에 사는 엘프는 모두 NPC였다. 플란바도르 역시 겔란드 같은 NPC였다. 운이 좋아서 노바디를 데리고 거기로 간다고 해도 거짓이 폭로될 뿐이다.

앞이 막막한데 기분은 좋았다. 속이 뻥 뚫린 기분이었다. 바보짓도 가끔 해 보라던 누나의 말이 생각났다.

노바디는 벨란데르를 무시하고 수련을 시작했다. 라드에게는 휴식이 필요해서 눈을 감고 청명에 숨겨진 비밀을 곰곰이 탐색했다. 철목을 쓰러뜨릴 때도, 맹부단월로 라드를 길들일 때도 핵심은 이름조차 짓기 힘든 그 기묘한 흐름을 감지하는 것이었다. 청명도 상대의 기척을 미리 알아내는 것이니, 일맥상통한다고 노바디는 생각했다.

그 순간, 노바디는 철목에서 흐름을 감지하는 것처럼, 약으로 잠이 든 붉은 곰의 몸에서 그 흐름을 읽어 내는 것처럼, 몸을 에워싼 공기로부터 무언가를 알아내는 것도 가능하지 않을까 궁리했다. 아직은 망상일지도 모르나 그럴듯한 아이디어라는 생각에 수련 방향을 모색했다.

일단 마음을 차분하게 가라앉힌다.

주위에 철목이 빼곡히 꽉 차 있다고 상상한다.

그 철목에서 느껴지는 흐름에 집중한다.

될 때까지 계속 시도한다.

노바디는 손을 들어 앞으로 내밀어 보이지 않는 철목의 표면에 갖다 대었다. 역시, 아무것도 느껴지지 않았다. 가끔 부는 바람이 약하게 손을 스치며 지나갔다.

저 멀리서 개 짖는 소리가 들렸다. 바로 옆에서는 어느새 잠이 든 라드의 코 고는 소리가 꽤 우렁차게 울려 퍼지고 있었다.

“뭐 하는 거냐?”

벨란데르였다.

노바디는 몰입하려고 애를 썼다. 손바닥에 감각을 모조리 쏟아붓는 느낌을 잊지 않으려 노력했다.

그때, 무언가 손바닥을 때렸다.

철썩.

노바디는 뒤로 넘어갔다. 땅바닥에 넘어진 후에야 노바디는 앞으로 손바닥을 내민 벨란데르를 발견했다.

“손바닥 치기 게임.”

벨란데르는 손바닥을 내민 채 두 손을 동시에 앞으로 내미는 동작을 반복했다.

노바디는 할 말을 잃었다. 그리고 웃음이 터져 나왔다. 눈을 감고 손을 내민 채 서 있는 자신에게 몰래 다가와 손바닥을 치는 벨란데르를 상상하자 그 웃음은 더 커졌다.

“뭐가 웃겨?”

벨란데르가 물었다.

"넌 절대 모를 거야."

설명해도 그 미묘한 부분을 이해시킬 수는 없다고 생각하면서, 노바디는 계속 웃고 있었다.

"……야!"

벨란데르는 흥분했다.

원정대가 꾸려졌다.

벨란데르는 자신이 내뱉은 거짓말이 일파만파 퍼져 나가는 과정을 지켜보면서 어마어마한 희열을 느꼈다. 거짓말이 들통 날 때의 수치와 충격은 더 이상 생각하지 않았다.

라마간의 시장까지 나서서 만든 원정대에는 당연히 벨란데르와 노바디가 속해 있었다. 원정대장은 겔란드였고, 가쿨라와 콜마가 가세했다. 그리고 시장의 손녀 엘루스가 원정대의 일원으로 뒤늦게 들어왔다. 모두 합쳐서 여섯 명이었다.

출발 당일, 겔란드와 가쿨라, 콜마는 시장을 만나기 위해 시청으로 들어가 있었고, 벨란데르는 노바디가 접속하기를 기다리고 있었다. 그런 벨란데르를 향해 아름다운 소녀가 다가왔다. 소녀와 여인의 경계에 있는 그 여자가 바로 엘루스였다.

눈이 동그란 엘루스가 벨란데르 앞에 섰다.

"전 엘프를 처음 봐요."

"……벨란데르입니다."

벨란데르는 엘루스를 10년 정도 젊은 윤태희라고 생각했다. 그만큼 윤태희와 분위기가 닮은 여자였다. 저 여자도 활달해 보이지만 자존심이 센, 꽤나 독립적일까?

"엘루스예요. 뮬란도르의 숲까지 잘 부탁드려요."

"저야말로 부탁드립니다."

윤태희보다 훨씬 부드러운 여자 같았다.

"강해 보여요."

"그리 강하진 않습니다."

"그래도 엘프시니까 아주 강할 것 같아요."

엘루스는 묘한 분위기를 가지고 있었다. 동그란 눈을 깜박거리며 기대감을 가지고 강할 거라는 이야기를 하자 벨란데르는 강함을 과시하고 싶은 충동을 느꼈다. 원정대가 안전한 라마간 지역을 벗어나면 벨란데르는 제대로 실력을 보여 줄 생각이었다.

노바디가 다가왔다. 고민이 있는지 다소 무거운 얼굴이었다. 그 뒤로 붉은 곰 라드가 따라오고 있었다.

"안녕하세요."

엘루스가 인사를 했지만 노바디는 아무 반응도 하지 않았다. 골똘히 생각하느라 듣지 못한 모양이었다.

벨란데르가 나서려는 찰나, 겔란드와 가쿨라, 콜마가 시청

밖으로 나왔다. 겔란드는 엘루스, 벨란데르 그리고 노바디를 차례로 바라보았다.

"출발이다."

겔란드가 앞장섰다.

"누가 강해요?"

노바디와 벨란데르 사이에 말을 타고 가던 엘루스가 물었다.

노바디는 왼쪽에서 어슬렁거리는 붉은 곰 라드의 등에 올라타 있었고, 엘루스 오른쪽에서 흑마를 타고 가던 벨란데르는 말이 제멋대로여서 애를 먹고 있었다. 백색의 늑대 융페르를 부르고 싶었다. 안 된다는 사실 때문에 더 융페르를 타고 싶은 마음이 커지고 있었다. 진작 융페르도 저 라드처럼 온순하게 길을 들여 놓을걸.

"당연히 제가 강합니다."

벨란데르가 말했다.

"어떻게 알아요?"

"그냥 압니다."

"어떻게 생각해요?"

엘루스는 노바디에게 물었다. 대답은 돌아오지 않았다. 노바디는 눈을 지그시 감고 생각에 잠겨 있었다.

노바디의 머릿속에는 청명에 대한 고민뿐이었다. 할 수만 있다면 이번 원정대에서도 빠지고 싶었다.

몸을 감싸는 공기의 흐름을 감지하려면 가만히 있어야 하는데, 매일 꽤 먼 거리를 가야 하는 원정대의 스케줄은 노바디에게 결코 도움이 되지 않았다. 겔란드가 원정대장인 데다 자신이 뮬란도르라는 숲으로 가야 하기 때문에 따라나선 터였다.

"저분은 벨란데르 님에게 관심이 없나 봐요."

엘루스는 벨란데르의 자존심을 살짝 찔렀다.

벨란데르는 엘루스가 자신의 반응을 지켜본다는 사실도 잊고 입을 꽉 다물고서 노바디를 노려보았다.

콜마가 속도를 늦추어 노바디 왼쪽으로 붙었다. 그동안 겔란드, 가쿨라와 함께 선두에 있었다.

"노바디."

"아, 육사형."

노바디는 얼른 정신을 차렸다.

"이거 한번 먹어 봐라."

콜마는 노란색 알약을 손가락으로 튀겼다.

그 알약을 받은 노바디는 아무런 의심도 없이 입에 넣고 삼켰다. 메시지 창이 떴다.

–단청단을 복용하셨습니다. 페플 시간으로 30분 동안 지혜가 30 올

라갑니다.

노바디는 깜짝 놀랐다. 메시지 창 내용 때문도, 지혜가 30이나 올라가서도 아니었다.

감각이 예민해져 시야에 들어오는 나뭇잎의 빛깔, 그 사이로 파고드는 햇살의 밝기가 완전히 달라졌다. 냄새도 세밀해졌으며, 라드와 말의 호흡과 심장박동도 들렸다. 몸을 스치며 지나가는 바람의 강도, 흐름, 방향도 생생하게 느낄 수 있었다.

이 정도면 청명을 이룰 수도 있겠다 싶었다.

"……육사형?"

"단청단이라는 건데, 만드는 과정이 조금 복잡하긴 해도 비싼 건 아니야. 겔란드 사형이 네게 필요할 거라고 내게 말했었다. 뮬란도르의 숲에 도착할 때까지는 이것밖에 없으니까, 아껴서 사용해라."

"그럴게요. 고맙습니다, 육사형."

"뭘. 아, 그리고 저 녀석들에겐 주지 마라. 이건 네 체질에 딱 맞게 만든 약이니까."

이쪽을 쳐다보는 벨란데르와 엘루스를 손가락으로 가리킨 콜마는 다시 겔란드와 가쿨라 옆으로 쫓아갔다.

"칠건파 오라버니들이 이방인을 형제로 받아들였다는 이야기를 들었을 때, 저는 거짓말이라고 생각했어요. 저 오라버니들만큼 이방인을 싫어하는 사람도 없거든요."

엘루스가 말했다.

노바디는 이번에도 대답하지 않았다. 듣긴 했지만 자기에게 한 말이라고 생각하지 않았던 것이다.

"노바디 님."

노바디는 싫은 티를 내며 엘루스를 쳐다봤다. 속으로는 단청단의 약효가 떨어지기 전에 몇 가지 시험을 해 보고 싶었다.

"제 말을 세 번이나 씹었어요."

"그랬나요?"

엘루스는 벨란데르를 쳐다보았다. 기다렸다는 듯 벨란데르가 고개를 끄덕였다.

"다음에도 또 그러면……."

엘루스는 더 이상 말을 잇지 못했다. 노바디가 몸을 일으켜 자신을 향해 달려든 것이다.

노바디에게 붙잡혀 말 아래로 떨어지던 엘루스는 눈앞을 지나가는 화살을 볼 수 있었다. 화살촉에는 시꺼먼 액체, 독이 묻어 있었다.

겔란드, 가쿨라, 콜마의 반응은 빨랐다.

겔란드는 거대한 도끼 풍월을 들고 숲으로 뛰어들었고, 가쿨라는 3서클 방어 마법을 펼쳐 푸르스름한 막을 형성했으며, 콜마는 로브를 펄럭이며 노바디, 엘루스, 벨란데르가 있는 곳으로 달려왔다.

화살 몇 대가 막에 부딪쳐 튕겨 나갔다.

"맞았느냐?"

콜마가 물었다.

"전 괜찮아요."

엘루스가 말했다.

노바디는 허리에 끼워 놓은 사라겐의 수부를 뽑았다.

콜마는 쓰러진 벨란데르 앞에 앉았다. 세 개의 화살이 등, 어깨, 허리에 꽂혀 있었다. 재빨리 화살을 뽑고 해독제를 바르자 금세 상처는 사라졌다. 콜마는 엘프의 회복력을 몇 번이나 봤지만 또 놀라고 말았다.

노바디는 방어막을 뚫고 숲으로 뛰었다. 제지하려던 가쿨라가 생각을 바꾸었다. 그러나 엘루스가 숲으로 가도록 내버려 두지는 않았다.

"넌 이방인이 아니다."

그 말에 엘루스는 방어막 끝에 서서 나무로 울창한 숲을 바라보았다.

노바디는 달리면서도 주변을 완전히 느낄 수 있었다. 단청단 덕분이지만 믿기 힘든 감각의 확장은 기적처럼 느껴졌다.

휘어진 나뭇가지가 언제 돌아와서 얼굴을 때릴지, 이끼 덮인 바위가 얼마나 미끄러운지, 나무 사이를 뚫고 날아오는 화살이 얼마나 빠른지 알 수 있었다. 고개만 살짝 틀어 화살을 피했다. 화살촉에 독이 묻은 화살은 귀 아래를 통과했다.

노바디는 사라겐의 수부를 던졌다. 나뭇가지를 꺾고 빙글빙글 돌면서 날아간 손도끼는 석궁에 또 다른 화살을 장전하던 콤포의 이마에 꽂혔다. 기괴한 비명을 지르며 콤포는 뒤로 벌렁 쓰러졌다.

노바디는 달리는 속도를 유지하면서 손만 뻗어서 콤포에게 박혀 있던 사라겐의 수부를 뽑았다.

멀지 않은 곳에서 겔란드가 콤포 수십 마리에게 포위당한 채 풍월을 휘두르고 있었다. 공격과 수비가 완벽한 수라부월공이 펼쳐졌지만 거리를 두고 쏘는 화살은 대단히 위력적이었다. 무엇보다 화살에 묻은 독이 문제였다. 스치기만 해도 독이 퍼질 것이다.

겔란드가 고함을 지르며 도끼를 내리쳤다. 콤포 한 마리가 둘로 쪼개졌다. 그 위력에 콤포들이 물러섰지만 다시 달려들었다.

노바디도 소리를 질렀다.

콤포 세 마리가 노바디를 향해 달려왔다.

노바디는 어떤 순서로 공격해 올지 알 수 있었다. 또한 어떻게 피해야 할지도 감이 잡혔다. 어떻게 공격해야 효과적인지도 순식간에 알아냈다.

첫 번째 콤포의 무릎을 발로 걷어찬 노바디는 두 번째 콤포의 목을 손도끼로 찍었다. 그와 동시에 고개를 숙이자 그 위로 세 번째 콤포의 칼이 지나갔다. 노바디는 쓰러지는 콤

포의 목에서 손도끼를 뽑아 무릎이 꺾인 콤포의 뒤통수를 도끼머리로 내리쳤다. 콤포가 기절하자, 손잡이를 돌려 세 번째 콤포의 가슴을 향해 손도끼를 던졌다. 눈에 공포가 어린 콤포는 뒤로 쓰러지며 죽었다.

숨을 헐떡거리며 사라겐의 수부를 뽑은 노바디는 날아오는 화살을 감지했지만 피할 수는 없었다. 단청단의 약효가 떨어져, 더 이상 몸이 원하는 대로 움직이지 않았다.

푹.

가슴에 화살이 박혔다.

쓰러지는 노바디는 화살을 쏘고 득의양양한 표정을 짓는 콤포를 옆에서 덮치는 라드를 보았다. 그 온순한 라드가 아니었다. 야생의 붉은 곰이 콤포를 물어뜯고 있었다.

시야가 어두워졌다.

김현은 커넥터 밖으로 나와 소파에 앉았다.

바로 접속할 수가 없었다. 몸이 덜덜 떨리고 있었다. 단청단이라는 약의 힘을 빌렸지만 마치 직접 질주하며 콤포라 불리는 마물을 없앤 기분이었다. 짜릿한 쾌감이 아직도 몸에 남아 있었다. 전기에 감전된 것처럼 움찔움찔 경련이 일었다.

입술이 바짝 말라서 물을 벌컥벌컥 마셨다. 사라겐의 수부로 콤포를 죽일 때의 감촉이 손에서 떠나지 않았다. 누군가를 진짜로 죽인 기분이었다. 태어나서 닭도 죽여 보지 않았던 김현에게 그 경험은 상상 이상의 충격이며 엄청난 쇼크였다.

진짜로 죽인 게 아니라는 사실은 알고 있다. 그래서 더 기뻤다. 사냥의 즐거움을 비로소 깊이 깨달은 것이다.

화장실로 가서 볼일을 본 후에 커넥터로 들어간 김현은 히죽 웃었다. 점점 더 페플이 좋아지고 있었다.

눈을 뜬 노바디는 겔란드를 볼 수 있었다.

노바디는 누워 있었다. 겔란드가 뻗은 손을 붙잡자 몸은 깃털처럼 일어섰다.

"왜 따라온 거냐?"

"……대사형 혼자였잖아요."

"걱정이 돼서 따라왔다?"

"사실, 그런 생각을 할 틈도 없었어요."

노바디는 주위를 둘러보았다.

날은 어두워지는 중이었다.

말은 한쪽에 모여서 풀을 뜯고 있었고, 라드는 마치 말들을 지키는 것처럼 숲과 말 사이에서 어슬렁거렸다. 콜마는 모닥불 위에 냄비를 놓고 스튜를 끓이는 중이었다. 약초가

잔뜩 들어간, 그래서 몸에 좋은 스튜라는 게 콜마의 설명이었다.

"잠시 따라오너라."

겔란드는 노바디를 데리고 원정대 야영지를 벗어났다. 달빛이 좋아서 횃불을 들 필요는 없었다.

"아까 네가 콤포를 죽이는 장면, 봤다."

"단청단 덕분이에요."

"자세히 말해 봐라."

노바디는 단청단을 복용했을 때, 갑자기 감각이 예민해져 주위에 있는 것들을 생생하게 알 수 있었다고 말했다.

"여기 있어라."

겔란드는 노바디를 두고 야영지로 돌아갔다.

슬금슬금 라드가 다가왔다. 노바디는 라드의 목덜미를 어루만졌다. 라드의 발에 피가 묻어 있었지만 조금도 더럽지 않았다.

상태 창을 열었다. 노바디는 깜짝 놀랐다. 1이었던 레벨이 12로 올라가 있었다.

페플에서는 경험치가 차면 레벨이 저절로 올라간다. 속성은 게이머가 하는 행동에 의해 자동적으로 증가한다. 게이머가 페플 자체에 집중하도록 만든 시스템이었다.

겔란드는 콜마를 데려왔다.

"이 녀석의 몸을 자세히 살펴봐."

"……대사형, 무슨 일이 있습니까?"

"일단 보고 이야기하지."

콜마는 노바디의 정수리, 인중과 관자놀이, 목, 어깨, 겨드랑이, 명치, 배꼽 등을 자세히 살폈다. 명치에 손가락을 가볍게 지른 콜마의 눈이 휘둥그레졌다. 콜마는 고개를 돌려 겔란드를 쳐다봤다.

"대사형."

"그래."

"……무극지체가 실존할 줄은 상상도 못 했습니다."

"나도 마찬가지야."

"이방인에게 무극지체가 나타난 것도 처음 아닌가요?"

"맞다."

"이방인은 우리와 다른 방식으로 힘을 쌓는다고 들었는데요. 마물만 죽여도 강해진다고."

"보통 이방인은 그렇지."

겔란드와 콜마가 어리둥절해하는 노바디를 동시에 바라보았다.

"무슨 일이에요?"

"너, 이방인 맞지?"

겔란드가 진지하게 물었다.

"아까 죽었다가 살아난 것, 보셨잖아요."

당황한 노바디.

"그래, 맞아. 그랬지."

겔란드는 독화살에 맞아서 죽었다가 야영지에서 살아난 노바디를 떠올렸다.

"무극지체가 뭐예요?"

"음, 매우 뛰어난 몸이야. 무공을 익히기 적합해서 강호에 군림하는 절대 고수들 일부가 무극지체처럼 특별한 몸을 가지고 태어나지. 네가 그런 몸을 가지고 있다는 뜻이다."

콜마가 답했다.

"……좋은 건가요, 아니면 나쁜 건가요?"

"당연히 좋은 일이지. 한데, 이방인 중에 무극지체가 있다는 말은 여태 들어 보지 못했다."

무협 소설을 읽다 보면 특별한 신체에 대한 이야기가 가끔 나온다. 그런 몸에는 단점도 있다. 단명한다거나, 내공을 익히지 못한다거나.

노바디는 무극지체 역시 그런 체질 중 하나라고 생각했다. 왠지 모르게 기분이 좋았다. 특별함이란 그 자체로 가치가 있다. 오랫동안 존재감 없이 지내 온 사람에게는 더욱 그렇다.

야영지로 돌아오니 스튜가 완성되어 있었다. 쓰러진 통나무를 끌고 와서 만든 벤치에 앉은 노바디 옆으로 엘루스가 다가왔다. 엘루스가 내민 나무 그릇에는 스튜가 담겨 있었다.

"아까는 고마웠어요."

"아, 네."

노바디는 그제야 몸을 날려 엘루스를 구했다는 사실을 기억해 냈다. 고개를 돌린 노바디의 눈에 심드렁한 태도로 스튜 그릇을 만지작거리는 벨란데르가 보였다. 독화살을 맞았지만 레벨과 속성 하락 외에 벨란데르에게 손해가 된 부분은 없었다.

가쿨라가 5서클 방어 마법 '멜루시아스'를 마법진의 형태로 펼쳤다. 야영지를 에워싸는 무형의 막이 형성되자, 안에서 밖을 바라볼 때 뿌연 안개가 낀 느낌이 들었다.

"내일 봐요."

침낭에 두 다리를 넣은 엘루스가 노바디에게 말했다.

노바디는 가볍게 고개만 끄덕였다. 접속 해제를 위해 방어막 밖으로 나간 노바디에게로 벨란데르가 다가왔다.

"잠시 이야기 좀 하자."

노바디는 벨란데르를 바라보았다.

"어떻게 한 거야? 어떻게 그 화살을 피한 거지? 내가 알아차렸을 때는 너무 가까이 와서 피할 수가 없었어."

벨란데르는 진지했다.

"그냥, 운이 좋았어."

노바디는 이런저런 설명을 하기 귀찮았다. 벨란데르에게 설명해야 할 필요성도 느끼지 못했다.

"운?"

벨란데르는 흥분할 뻔했다.

"설명하기 어려워."

"왜? 내가 이해 못 할까 봐?"

벨란데르가 소리쳤다.

방어막 안쪽의 엘루스가 몸을 일으키는 모습을 본 노바디는 바로 접속을 끊었다.

양쪽 합쳐서 100만의 대군이 넓은 전장에서 맞붙는 광경은 그 자체로 장엄했다.

아룬르네 언덕 꼭대기에서 중명 제국의 역사를 바꿀 그 전투를 내려다보던 윤태희의 입에서 탄성이 끊이지 않았다. 전장의 대기는 함성과 비명, 희열과 절망으로 가득 차 있었다.

빛나는 백색의 갑옷을 입은 검제 남궁현도는 단연 돋보였다. 애검 '천검'을 손에 쥔 채 말을 타고 전장을 누비는 검제가 한 번 천검을 휘두를 때마다 수십 명이 나가떨어지며 피를 뿜었다. 화살이 비처럼 검제를 향해 쏟아졌다. 천검에서 뿜어져 나온 검강이 막의 형태로 변형되어 날아온 화살을 모조리 튕겨 냈다.

검제를 노린 최강의 마법 '메트룬 스토라'가 펼쳐졌는지, 구름을 뚫고 유성 하나가 아래로 떨어졌다. 정확히 검제를 향해 붉은 돌덩이가 빠르게 내리꽂혔다.

어마어마한 폭발로 버섯구름이 위로 솟구쳤고, 그 충격파가 사방으로 퍼져 나가며 갑옷 입은 중보병과 말을 달리던 기병들은 물론 뒤에서 투석기를 다루던 포병까지 쓰러졌다. 그 강렬한 바람은 아룬르네 언덕에 있던 윤태희까지 덮쳤다.

거짓말처럼 조용해졌다.

모두가 폭발이 일어난 곳을 바라보고 있었다. 그들은 검제가 메트룬 스토라를 이겨 냈는지, 아니면 황제를 옹호하는 9서클 마스터 궁정 마법사 스키콜라프가 검제를 전쟁에서 내몰았는지 알고 싶었던 것이다.

넘어졌다가 몸을 일으킨 윤태희도 바싹 마른 입술에 혀로 침을 축이며 그쪽을 지켜보고 있었다.

바람이 들판으로 불어와 먼지를 걷어 내자, 바닥에 꽂은 검을 잡은 채 한쪽 무릎을 꿇은 검제가 보였다. 검제는 움직이지 않았다. 누구도 입을 열지 않았다. 마치 사진을 찍은 것처럼, 모두가 숨죽이고 있었다.

하늘에서 거대한 독수리를 탄 마법사가 아래로 내려왔다. 붉은 머리카락을 허리까지 늘어뜨려 여자처럼 보이는 그 마법사가 바로 스키콜라프였다. 어린 황제를 꼭두각시 삼아서 제국을 손바닥에 올려놓고 주무르던 희대의 마법사는 검제를 바라보며 웃었다.

"그대의 장점이 곧 그대의 단점이라는 점을 알아야 했어요."

간드러진 목소리가 마법으로 증폭되어 들판 곳곳으로 퍼져 나갔다.

검제가 천천히 고개를 들었다.

"……나의 단점?"

"그대는 이방인이에요. 그대는 나를 이길 수 없어요."

"나는 불사의 존재다. 또다시 도전할 것이다. 널 쓰러뜨리는 날까지."

"그렇게 하세요. 그래 봐야 소용없지만."

스키콜라프가 손을 들자 붉은 구름이 일어나 검제를 에워쌌다. 검제는 더 이상 보이지 않았다. 그 구름이 흩어지자 검제는 그 자리에 없었다. 천검만 꽂혀 있었다.

스키콜라프는 고개를 돌려 검제가 이끌던 반란군을 노려보았다.

"항복하지 마세요. 항복해도 죽을 테니까요."

그 마법사가 손을 들어 올리자, 황제군 뒤쪽에서 검은 그림자들이 날아왔다. 죽음의 기사들이었다. 수천에 이르는 귀물들은 순식간에 반란군을 덮쳤다. 절대적인 신뢰를 받던 총사령관의 죽음에 충격을 받은 병사들은 달아났지만, 죽음의 기사들이 더 빨랐다.

윤태희는 일방적인 학살에서 눈을 돌렸다. 검제의 도전은 세 번째였다. 처음 두 번보다는 오래 버텼지만 이번에도 스키콜라프의 마법에 무릎을 꿇고 말았다.

이곳 베사프 들판의 전투는 올해 최고의 볼거리여서 전 세계 페플 마니아를 대상으로 생중계되고 있었다.

자존심 센 검제, 아니 현실의 안형준은 아마 며칠은 두문불출하며 혼자 술을 퍼마실 터였다. 옛날이었다면 걱정을 했겠지만, 관계가 끝난 지금은 약간 고소했다. 어릴 때부터 승승장구 실패라고는 전혀 몰랐던 안형준은 3년 이상 저 막강한 NPC 앞에 막혀 절망의 늪을 헤매고 있었다.

윤태희는 심리적 대미지가 큰 이 순간을 놓치지 않았다.

—멋진 장면이었어. 전투 방식도 좋았고. 표정은 최고였어. 이겼더라면 더 좋았겠지만. 수고했어.

지극히 자연스러운 내용이지만 안형준이 본다면 이를 갈 터였다. 윤태희는 그 쪽지를 보냈다.

혼자 깔깔 웃던 윤태희 앞으로 쪽지가 왔다. 안형준의 답장일 줄 알았던 윤태희는 분노 게이지 만빵을 기대했지만 의외로 안진후였다.

—전쟁 끝났잖아. 빨리 나와.

윤태희는 전투의 여운이 사라지기 전에 글을 정리한 후에 접속을 끊고 나왔다.

땀이 흥건했다. 직접 전투에 참가하지 않았는데도 잔뜩 흥분했던 것이다. 이럴 때면 프리랜서 기자나 블로거로서의 삶이 아쉽다. 한때는 전장의 불여우라 불리며 땅개, 즉 전사들에게 공포의 대상이 된 적도 있었는데.

거실로 나가자, 안진후가 소파에 앉아 있었다. 안진후 앞에는 노트북이 놓여 있었다.

"무슨 일이야?"

"누나 섭캐 있지?"

"섭캐가 뭐야?"

"서브 캐릭터 말이야."

"당연히 있지."

윤태희는 요즘 아이들이 뭐든 줄여서 말할 때마다, 그 말을 이해 못 할 때마다 늙어 가고 있다는 사실이 실감 났다. 고등학교 때 제멋대로인 여학생들을 바라보던 선생님도 이런 기분이었을까.

"엘프 캐릭터도 있지?"

"메인 캐릭터가 엘프였어."

"잘됐다. 나 좀 도와줘."

"일단 말을 해야 도와주든지 말든지 할 거 아니야."

"휴우, 알았어."

안진후는 어렵게 이야기를 꺼냈다. 자기가 어떤 거짓말을 했는지, 그 거짓말 때문에 어떤 일이 벌어지고 있는지 찬찬히 설명했다.

윤태희의 눈이 휘둥그레졌다.

"정말 네가 그런 짓을 한 거야?"

"……그게 전부가 아니야."

안진후는 노트북을 돌려 윤태희가 화면을 볼 수 있도록 한 다음, 버튼을 눌러서 영상을 플레이했다.

"노바디잖아."

"깜짝 놀랄 거야."

화면에는 노바디와 처음 보는 여자 그리고 안진후, 아니 벨란데르가 나란히 가는 장면이 나왔다. 노바디는 붉은 곰 위에 타고 있었다. 윤태희가 왜 곰을 타고 있냐고 물어보려는 찰나, 화살이 날아와 벨란데르를 말에서 떨어뜨렸다. 그러나 노바디는 먼저 몸을 날려 그 여자를 구했다.

마법의 방어막이 쳐졌다.

노바디는 손도끼를 들고 그 방어막 밖으로, 숲으로 나갔다.

이제 화면은 노바디를 따라가고 있었다.

노바디는 엄청나게 빨랐다. 아니, 물리적인 속도가 빠르다기보다 빽빽한 풀숲과 우뚝 선 나무들로 울창한 숲을 대단히 노련하게, 능숙하게 달리고 있었다. 그 숲을 잘 알아야 가능한 움직임이어서 윤태희는 고개를 갸웃거렸다.

그때, 화살이 날아왔다.

노바디는 고개를 살짝 꺾어 화살을 피했다. 화살은 목 옆

으로 스치듯 지나갔다. 노바디는 손에 쥔 도끼를 던졌다. 그 도끼는 빠르게 날아가 화살을 쏜 콤포를 찍었다.

윤태희는 자신도 모르게 주먹을 쥐고 등을 세웠다.

달리는 속도 그대로 도끼를 뽑은 노바디는 세 마리의 콤포를 상대했다. 그 과정은 액션 영화보다 더 짜릿해서 윤태희는 어깨가 아팠다. 힘이 들어갔던 것이다.

곧 왜 안진후가 이 영상을 보여 주며 저런 표정을 짓고 있는지 알 것 같았다. 노바디의 동작은…… 자연스러웠다.

게이머는 사냥과 퀘스트 수행을 통해 성장한다. 레벨업으로 힘과 지혜가 높아지면 무공이나 마법 등 다양한 기술을 배울 수 있다. 각 기술에는 기본동작, 응용 동작 등이 수록되어 있는데, 사냥에서 그 동작을 자주 사용할수록 그 스킬의 숙련도가 늘어난다.

스킬을 사용할수록 위력이 늘어난 게이머는 익힌 스킬의 조합을 통해 더 강해진다.

콤비네이션이라고도 불리는 그 조합은 게이머 각자의 선택이고 개성이라서 검제가 만든 콤비네이션은 수천만 명이 따라 할 정도로 인기가 높았다. 그 조합은 새로운 무공으로 등록되기도 한다.

아무리 강해도 기본동작 단위를 이것저것 맞춰서 조립하는 방식이라서 NPC의 동작처럼 물 흐르듯 자연스럽기는 어렵다. 조금 전 베사프 들판에서의 전투에서도 검제는 화려하면서도 위력적인 검법을 보여 주었지만 자세히 뜯어보면 기존 스킬의 조합에 불과해서, 연결 부분은 어색하거나 뚝뚝 끊어지는 느낌이 들었다.

놀랍게도 노바디의 동작에서는 그런 점을 찾을 수가 없었다. 노바디는 마치 NPC처럼 움직이고 있었다.

화살에 맞은 노바디가 죽는 장면으로 그 영상은 끝났다.

"해킹한 거구나."

기본적으로 페플 세계는 게이머 본인이 경험한 장면만 영상으로 볼 수 있었다.

"거기는 라마간이 아니니까."

오랜만에 안진후는 해커로서의 자부심을 느꼈다.

윤태희는 영상을 처음부터 다시 봤다. 이번에는 끊어지는 연결 지점을 찾기 위해서였다. 볼수록 탄성이 터져 나왔다.

영화는 하나의 장면으로 격투 신을 보여 주지 않는다. 발차기를 확대하기도 하고, 주먹이 찌르는 순간을 슬로모션으로 보여 줄 때도 있다. 그러나 이 영상은 처음부터 끝까지 이어졌다. 롱테이크였던 것이다. 그 어떤 장난질이 비집고 들어올 틈이 없었다.

노바디는 진짜로 싸우고 있었다.

진짜로 손도끼를 던졌고, 진짜로 콤포를 죽였다. 버튼을 누르거나 음성으로 선택하면 몸이 저절로 움직이는 스킬이 아니었다. 노바디는 스스로 몸을 움직이고 있었다.

오한이 들었다. 윤태희는 몸을 떠는 자신을 발견하고는 스웨터를 가져와서 입었다. 이런 경험, 처음이었다. 검제 남궁현도의 격투, 전투를 수백 번 봐도 이런 기분을 느낀 적은 없었다.

새로운 스타일의 게이머가 탄생한 것이다. 그 점을 알았기에 안진후가 저토록 흥분한 것이다.

"어때?"

"……저 아이도 천재구나."

"그렇지?"

안진후는 누군가 자신과 같은 생각을 한다는 이유만으로도 기뻤다.

"그래, 내가 뭘 도와주면 되겠니?"

"원정대의 일원이 되어 줘."

안진후의 부탁은 예상을 뛰어넘었다.

"뭐?"

"나 혼자 엘프잖아. 그래서 애로 사항이 많아. 다들 날 따돌려. 그러니까, 그러니까 누나가 들어와야 돼."

"진후야, 솔직하게 말해 보렴. 그래야 이 누나가 도와주지."

"……알았어. 나 혼자선 힘들어. 누나가 필요해."

"좋아."

윤태희는 활짝 웃었다.

조금 전 대규모 전투를 멀리 떨어진 언덕에서 지켜봤을 때의 아쉬움을 채울 수 있는 기회가 이렇게 빨리 찾아오다니. 기자나 블로거로서의 윤태희는 내려놓고, 과거 페플을 누볐던 엘프 레나세르로서의 삶이 다시 시작되는 것이다.

갑자기 뭔가를 생각한 윤태희가 안진후를 쳐다봤다.

"너 레벨이 몇이야?"

"……44."

"왜 넌 그 화살을 못 피했는데, 노바디는 옆에 있는 여자까지 구할 수 있었던 거야?"

안진후는 아무 말도 못 했다. 그저 얼굴이 붉으락푸르락 색이 변할 뿐이었다.

윤태희는 적잖이 놀랐다.

태어나서 처음으로 압도된다는 기분이 어떤 것인지 알려준 사람은 안형준이었다. 안형준을 통해서 만난 페플 그룹 회장 안종화 앞에서도 비슷한 감정을 느꼈다. 안형준의 동생이자 안진후의 형 안택현도 비슷한 부류의 천재였다.

그들은 구름 위로 올라가 있는 용처럼 독특하고, 탁월한 사람들이었다.

그런 사람들이 평범하게 느껴질 만큼 특이한 무언가를 가진 아이가 바로 안진후였다. 안진후의 천재성은 뭐랄까, 천재라 불리는 다른 사람들과 달랐다. 안진후는 영역을 가리지 않았다.

수학, 물리 등 순수 과학뿐 아니라 컴퓨터, 네트워크, 기

계공학, 반도체 설계 등 다양한 분야에서 그 능력을 발휘했다. 그뿐 아니라 음악 같은 예술에서도 두각을 나타냈다. 취미로 시작한 바이올린 연주를 본 서울대 음대 교수가 집으로 찾아와 유학을 보내야 한다고 주장할 정도였다.

그러나 평소의 안진후는 괴팍하긴 해도 보통 사람이라는 범위 안에 들어 있었다. 안진후의 천재성은 시동이 걸린 뒤에, 특정 분야로 파고들기 시작한 이후에 본격적으로 나타났다. 그 때문에 안진후는 관심이 없는 분야는 아예 거들떠보지도 않았다. 호기심이 없으면 누가 뭐라고 해도 그쪽으로는 고개도 돌리지 않았던 것이다.

자존심만 본다면 큰형 안형준도, 둘째 안택현도, 심지어 페플 그룹을 이끄는 안종화 회장도 안진후만 못할 것이다. 윤태희는 안진후가 형들은 물론 아버지까지 은연중에 무시한다는 사실을 알고 있었다. 그들이 이룬 성과를 자신은 더 빨리 해치울 수 있다는 자신감이 그 감정의 근원이었다.

형들에게 화가 났을 때도 안진후는 그 특유의 태도, 자기가 위에 서 있다는 분위기를 잃지 않았다. 마치 대학생이 초등학생의 욕설에 화가 나긴 하지만 그래 봐야 초등학생의 말에 휘둘려서는 안 된다는 자각 비슷한 것이었다.

그랬던 안진후를 저렇게까지 흥분하게 만들다니, 저렇게까지 화가 나도록 만들다니. 윤태희는 어쩌면 안진후가 처음으로 전력을 다할 상대를 만난 게 아닌가 싶었다.

노바디, 김현의 재능은 안진후와는 그 스타일이 달랐다. 윤태희가 입수한 정보에 의하면 김현의 학교 성적은 평범했다. 탁월했던 적은 한 번도 없었다. 오히려 여러 사건으로 학교를 그만두었고, 4년 가까이 집 밖으로 나가지도 않았다.

그 차이점을 깨달은 윤태희의 눈이 커졌다.

안진후는 누구도 부정할 수 없는, 현실의 천재였다.

김현은 페플이라는 세계의 천재였다.

안진후가 현실에서 김현과 맞붙는다면 어떤 분야에서도 김현을 이길 게 불 보듯 뻔했다. 그러나 무대가 페플로 바뀐다면 이야기는 달라진다. 안진후는 어떻게든 김현을 이기고 싶어 할 테지만, 페플의 노바디는 벨란데르조차 왜소하게 만드는 천재였던 것이다.

윤태희는 그 사실을 안진후에게 알릴 생각이 없었다. 안진후에게 필요한 자극이라는 판단 때문이었다. 누구나 보기만 해도, 떠올리기만 해도 자신을 흥분시키고 힘을 내게 만드는 대상이 필요하다. 안진후에게는 노바디가 반드시 필요한 존재였다.

"잊지 마. 꼭 와야 돼."

그 말을 남긴 안진후는 자기 방으로 들어갔다. 아마도 노바디의 전투 장면을 면밀히 검토하기 위해서일 것이다. 어쩌면 안진후는 거기서 배울 점을 뽑아내어 벨란데르에게 적용할 것이다.

홀로 거실에 남은 윤태희는 기분이 묘했다.

페플 세계 10대 게이머를 떠올려 보았다.

검제 남궁현도는 그중 서열 7위였다. 그들을 밀착 취재해 왔기에 그들의 무기, 스킬, 전투 스타일을 잘 아는 윤태희는 당장은 레벨이 압도적으로 높고 고급 아이템을 착용한 그들이 노바디를 이길 수 있겠지만 그 상태가 오래가지 않으리라 판단했다.

저 자연스럽고 부드러우며 위력 넘치는 공격을 맞닥뜨리면 십중팔구 당황해서 우물쭈물하다가 도끼가 가슴이나 이마에 박힐 터였다. 페플에서 아무리 싸움을 잘해도 현실에서는 동네 건달에게 얻어맞는 것과 비슷하달까.

노바디는 언제 두각을 나타낼까?

언제 페플 세계를 깜짝 놀라게 만들까?

그 순간, 한 가지가 궁금해졌다. 저토록 완벽하고 매력 넘치는 싸움을 보여 준 노바디의 현실 버전, 김현은 얼마나 잘 싸울까? 직접 몸을 움직일 테니, 현실에서도 비슷한 몸놀림을 보여 줄 수도 있으리라.

윤태희는 기지개를 켰다. 조금 쉬어야 안진후의 부탁을 들어줄 수 있다. 윤태희는 침실로 들어갔다.

도약

현관문을 열고 들어선 조윤자는 깜짝 놀라 들고 있던 검은 비닐봉지를 떨어뜨렸다. 구두도 제대로 벗지 않고 거실로 달려와 열린 문 안쪽을 살펴보았다.

4년이나 닫혀 있던 그 방에는 아무도 없었다. 붉은 소파와 책상 옆에 서 있는 스탠드의 불빛만 어두컴컴한 방을 밝히고 있었다.

경찰에 신고하려고 핸드폰을 꺼내며 돌아선 조윤자는 그대로 얼어붙었다. 아들이 거실 소파에 앉아서 엄마를 바라보고 있었던 것이다.

"너……."

아들은 가만히 있었다. 힘이 들어가서 통나무처럼 경직되어 보였다. 엄마는 곧 아들이 용기를 내어, 초인적인 노력으로 거실까지 나왔다는 사실을 깨달았다.

아들을 자극해서는 안 된다.

아들의 노력을 물거품으로 만들어서도 안 된다.

마치 아들이 거기 없는 것처럼 현관으로 가서 구두를 벗고 검은 봉지를 주워 들었다. 주방으로 가서 식탁에 봉지를 내려놓은 엄마는 안방으로 가서 옷을 갈아입었다. 손이 떨려 옷을 옷장에 거는 일도 힘겨웠다. 침대에 앉은 엄마는 눈물을 흘렸다.

이런 날이 오다니.

언젠가 오리라 믿었지만, 이토록 갑자기 올 줄은 몰랐다.

티슈로 눈물을 닦은 엄마는 거울로 얼굴을 살폈다. 아들에게 부담을 주지 않으려는 엄마의 노력이었다.

엄마는 주방으로 가서 요리를 시작했다. 일부러 거실 쪽을 쳐다보지 않았다. 냉장고 문을 열거나, 필요한 식재료를 가지러 갈 때 자연스럽게 아들을 바라보았다.

아들의 호흡이 거칠어졌다.

엄마는 거실에 있는 아들을 더 오랫동안 보고 싶었지만 욕심을 부렸다가 잃었던 시간을 떠올렸다. 어쩌면 그 욕심 때문에 이런 날이 늦게 왔는지도 모른다.

"고맙다, 아들."

그렇게 말한 엄마는 안방으로 들어갔다. 일부러 라디오 소

리를 크게 틀었다. 아들이 방으로 들어갈 때 엄마에게 신경 쓰지 않도록 하려는 조치였다. 또한 눈물을 흘리고 우는 엄마를 모르게 하기 위해서였다.

30분 후에 나온 엄마는 텅 빈 거실을 보았다.

눈물이 쏟아졌다. 슬픔의 눈물이 아니었다. 희열로 가득한, 기쁨의 눈물이었다.

엄마는 요리에 집중했다. 최고의 음식을 만들어 주고 싶었다. 아들에게 엄마의 마음을 보여 주고 싶었다.

잠시 후, 엄마는 부족한 식재료를 사기 위해 밖으로 나갔다.

"레나세르 님, 절 모르시겠습니까?"

항상 사내답고 거칠며 시원하고 당당했던 겔란드의 눈이 흐리멍덩해졌다.

모두가 겔란드를 바라보았다. 갑자기 벨란데르를 찾아온 여자 엘프가 원정대에 합류하겠다는 뜻을 밝혔을 때, 가쿨라와 콜마는 고민을 해야 한다는 쪽이었다.

"절 아세요?"

"6년 전 라모넬린 공국 롱햄 공성전에서 레나세르 님을 처음 뵈었습니다. 당시 공성전에 참전했던 제9용병대의 일원으로 레나세르 님과 함께 롱햄이라는 난공불락의 요새를 함락했습니다."

"아!"

레나세르는 얼굴 가득 기억난다는 표정을 지었지만, 속으로는 이 시골 사내를 언제 봤는지 떠오르지 않아 난감해했다.

"레나세르 님은 하나도 늙지 않으셨습니다."

"저는 엘프니까요."

"원정대장으로서 레나세르 님을 환영합니다."

겔란드는 평소와 달리 독단적으로 결정해 버렸다. 가쿨라, 콜마는 서로 시선을 교환할 뿐이었다.

잠시 후 콜마가 노바디 곁으로 와서 속삭였다.

"대사형이 연모했던 엘프야. 한동안 밤잠을 설칠 정도였다. 그 엘프가 전장의 불여우 레나세르일 줄은 몰랐지만."

"네?"

"알고만 있어라."

"그럴게요."

노바디는 벨란데르와 아는 듯한 엘프 레나세르를 다시 보았다. 나뭇잎과 덩굴로 몸을 감싼 레나세르는 얼핏 보면 제대로 옷을 입은 것 같지만, 자세히 살피면 과감한 노출 스타일이었다. 늘씬하고 여린 듯한 분위기의 소유자가 겔란드의 마음을 빼앗았다니.

레나세르가 노바디 앞으로 다가왔다.

"난 레나세르야."

"노바디입니다."

"앞으로 잘 지내."

"……네."

노바디는 벨란데르 옆으로 걸어가는 레나세르를 바라보았다. 둘 다 이방인, 즉 게이머였다.

벨란데르가 녹색의 날개 엘프 일족에게서 임무를 받아 라마간으로 왔다는 이야기를 처음 들었을 때, 노바디는 사실이든 아니든 상관이 없었다. 그러나 몇 번의 습격과 전투를 경험한 지금, 노바디는 의심의 눈으로 두 엘프를 살폈다.

게이머는 죽어도 되살아난다.

NPC는 그렇지 않다.

룬트란 왕국을 가로질러야 할 만큼 험난하고 먼 여정에 무슨 일이 벌어질지 모른다. 저 엘프들은 죽어도 곧 살아나겠지만 원정대를 이끄는 겔란드를 비롯해 여기 네이티브들은 죽으면 끝이었다.

노바디는 저 엘프들의 잘못으로 겔란드나 가쿨라, 콜마가 죽는다면 절대 가만히 있지 않을 생각이었다. 페플 내부의 룰을 어겨서라도 응징할 터였다.

자연스럽게 그 마음은 더 빨리 강해져야 한다는 결심으로 이어졌다. 노바디는 청명을 이루기 위해 단청단을 꾸준히 복용했다. 그 감각을 잊지 않기 위해서, 어떻게 그 감각을 유지

할 수 있을지 고민에 고민을 거듭했다. 그러나 아직은 실마리도 잡지 못했다.

숲 사이의 오솔길이 끝났다.

언덕이 보였고, 그 너머는 협곡이었다. 황갈색 바위가 겹겹이 쌓인 절벽 사이로 좁은 길이 나 있었다.

라마간에서 수도 마르세르로 육로로 가려면 반드시 거쳐야 하는 토레싱 협로였다. 게이머는 보통 도시와 도시 사이를 비행선이나 포털로 이동했다. 일부만 퀘스트나 사냥을 위해서 직접 걸었다.

집채만 한 바위가 저 앞으로 떨어졌다. 뒤이어 크고 작은 바위들이 추락해 먼지가 피어올랐다.

벨란데르와 함께 걷던 레나세르가 나섰다.

왼손을 앞으로 뻗자 허공에서 빛이 나타나더니 활의 형태로 맺혔다. 빠르게 형체가 나타난 그 활은 레나세르를 유명하게 만든 신궁 레드폭스였다. 검붉은 원래 형태가 완전히 생기자, 레나세르는 가볍게 붉은 시위를 당겼다. 저절로 붉은 화살이 나타났고, 시위를 놓는 순간 그 화살은 앞으로 날아가 협로를 막은 커다란 바위에 꽂혔다.

잠시 후, 그 바위가 붉게 물들더니 용암처럼 흘러내렸다. 주위 바위들도 마찬가지였다.

"그 실력은 여전하십니다."

겔란드였다.

레나세르의 능력을 실제로는 처음 본 가쿨라와 콜마는 할 말을 잃었다. 은연중 레나세르를 힐끔 살폈던 엘루스는 입을 쩍 벌리고 있었다.

마치 자기가 그 일을 해낸 것처럼 기분이 좋았던 벨란데르는 고개를 돌려 노바디를 쳐다보았다. 노바디는 눈을 감고 있었다. 레나세르의 능력 따위에 관심이 없다는 뜻이었다.

벨란데르는 그 의미를 금세 깨달았다. 레드폭소라는 신급 아이템을 손에 쥘 수 있다면 누구든 레나세르처럼 쌓인 바위 더미를 녹일 수 있을 것이다. 레나세르가 강해서가 아니라 아이템의 위력이라는 사실 때문에 노바디는 관심을 보이지 않은 것이다.

사실, 노바디는 바위가 떨어진 것도 모르고 있었다. 하나의 생각에 깊이 빠져 있었던 것이다. 무언가 힌트가 손에 잡힐 듯 말 듯 했다.

청명은 기본적으로 듣기였다. 학교에서 영어 듣기 평가를 하는 것처럼, 겔란드가 알려 준 청명은 상대의 기척, 의도를 미리 들어서 아는 단계였다.

듣기 평가를 하려면 스피커에서 목소리가 나와야 한다. 그래야 그 음성을 듣고 문제를 풀 수 있다.

그렇다면 이 세계가 기본적으로 말을 하고 있다는 사실을 받아들여야 들을 수 있지 않을까? 철목의 내부에서 그 기이한 힘의 흐름이 춤을 춘 것처럼, 붉은 곰 라드의 체내에 황

홀한 춤이 숨어 있었던 것처럼, 페플이라는 세계 전체가 크고 작은 목소리로 노래를 부르고 있어야 들을 수도 있지 않을까?

노바디는 그 아이디어를 대담한 방식으로 확장시켰다.

세계 전체가 노래를 부른다면, 세계 전체가 살아 있어야 한다.

세계 전체가 살아 있다면, 모든 것이 살아 있다.

눈에 들어오는 모든 것들이 살아 있어야 한다.

진실인지 아닌지 모르지만, 왠지 모르게 가슴이 뛰었다. 흥분으로 마음이 진정되지 않았다. 무언가 중요한 핵심을 건드렸다는 직감이 찾아왔다. 놓치기 싫었다. 이 실마리를 놓치면 영영 잃어버릴 것만 같았다.

노바디는 처음 페플에 들어왔을 때를 떠올렸다. 이 진짜 같은 가짜 세계를 어느새 진짜보다 더 진짜 같은 세계라고 인정했다. NPC를 진짜 사람처럼 대했다. 무공도 진짜 무술 배우듯 익혔다.

페플이라는 세계를 현실이라는 세계처럼 생각한 것이다.

청명은…… 그 이상을 요구하고 있었다.

페플을 현실 이상의 세계라고 주장하고 있었다. 현실보다 더 깊고, 더 의미로 가득하며, 더 진실한 세계라고 인정하지 않으면 청명을 익힐 수 없을 것만 같았다.

근거 없는 억측, 혹은 망상일 수도 있지만 노바디는 그 생각을 무시할 수 없었다.

노바디는 도약을 결심했다.

페플을 현실을 초월하는, 현실을 뛰어넘는 세계라고 생각하자.

녹아내린 바위를 식히기 위해 가쿨라가 3서클 마법을 펼칠 때도, 딱딱하게 굳은 바위 사이를 라드 위에 타고서 통과할 때도, 갑자기 나타난 산적이 기습했을 때도, 레나세르와 벨란데르가 효과적으로 대처해서 아무런 피해가 없었을 때도 노바디는 그 생각에 깊이 잠겨 있었다.

노바디의 상태를 짐작한 콜마가 말을 걸려는 엘루스를 제지했다. 그 모습에 레나세르와 벨란데르도 말을 걸 수 없었다.

사람마다 세계를 바라보는 관점은 다르다. 같은 현실도 누가 보는지에 따라 완전히 다른 세계로 판명 난다. 열 명의 사람은 열 개의 세계를 만든다. 한 사람이 하나의 세상인 셈이다.

페플에 접속한 수억 명의 사람들은 같은 공간에서 서로 다른 세계를 만들었다. 엘프로서의 삶을 택한 게이머에게 페플은 자기가 경험하고 선택한 범위 내에서의 세상이었다.

노바디는 지난 4년 동안 현실 세계는 그 조그만 방이었다는 사실을 떠올렸다. 아무리 인터넷에서 글로벌 세계라느니 중동의 충돌로 세계경제가 위험하다느니 화성에 탐사선이

착륙했다느니 떠들어도 노바디, 아니 김현의 세계는 그 방뿐이었다.

사람은 자기만의 세상을 살아간다.

현실에서도.

페플에서도.

그러니 사람은 자기만의 세상을 선택할 수 있다. 아니, 필연적으로 선택하고 있으며, 그 선택이 자기에게 속한 세상을 창조한다.

지극히 당연한 이야기인데도 노바디에게 그 생각은 어마어마한 흥분과 희열을 몰고 오는, 세상에 다시없을 깨달음이었다. 노바디는 페플을 자기만의 세상으로 간주했다. 눈에 보이는, 게이머들이 말하는, 심지어 NPC들의 이야기에 담긴 세계가 아니라고 생각했다.

이 세계는 내게 말을 걸고 있다.

이 세계는 내게 노래를 부르고 있다.

이 세계는 내게 아우성을 치고 있다.

들으라고.

제발 들어 달라고.

이 세계는 나를 원하고 있다!

노바디는 보이지 않는 감옥이 녹아내려 사라진다는 느낌을 받았다. 그 감옥에 갇혀 있는지조차 몰랐다. 감옥이 언제, 어떻게 생겼는지도 알 수 없었다. 감옥은 여기 있었고, 이제

는 사라졌다. 단단한 족쇄에서 풀려난 것만 같았다. 자유를 느꼈다. 무엇이든 할 수 있다는, 해도 된다는 그 강렬한 확신은 섬광처럼 마음에서 번쩍 터졌다.

노바디는 눈을 떴다. 세계가 달라지진 않았다. 단청단을 복용했을 때처럼 주변이 생생하게 느껴지지도 않았다. 그런데도 노바디는 그때보다 더 흥분했고, 더 기뻤고, 더 기분이 좋았다.

"이제 정신을 차렸어요?"

엘루스였다.

"너, 예쁘다."

노바디는 자신도 모르게 툭 내뱉었다. 엘루스에게 반말을 한 것도 처음이었다.

"……뭐라구요?"

당황한 엘루스.

노바디는 쉬지 않고 걷는, 그래서 피곤할지도 모르는 라드의 목덜미에 손을 올렸다. 집중해도 감지하기 어려웠던 그 기묘한 흐름이 느껴졌다. 노바디는 그 흐름에 힘을 더했다. 라드의 몸에서 새로운 기운이 솟아나고 있었다. 피곤은 사라져 버렸다.

포효한 라드가 달리기 시작했다.

"노바디!"

겔란드였다.

"앞쪽을 살펴보겠습니다."

그렇게 말한 노바디가 멀어지자, 벨란데르가 나섰다. 배를 세게 맞은 흑마가 앞으로 질주했다.

겔란드는 내버려 두었다. 이방인의 용기는 불사라는 존재 자체에서 나오는 힘이었다. 엘루스는 이번에도 앞으로 나가지 못했다. 콜마가 고개를 흔들었던 것이다.

레나세르는 그런 엘루스 곁으로 다가갔다.

"선물을 주고 싶은데."

"괜찮아요."

엘루스는 처음 본 순간부터 레나세르가 싫었다. 겔란드가 좋아했기 때문에 더 싫었다.

"들어 보고 거절해도 될 텐데."

"그럼, 말씀하세요."

엘루스는 선심 쓰듯 말했다.

"펠라록이 직접 만든 타슬란은 외부의 충격을 흡수하거나 튕겨 내는 최강의 갑옷 중 하나야. 펠라록이 딸에게 주려고 만들었기 때문에 여자만 착용할 수 있어. 한때 내가 입었는데, 그 성능은 기가 막혀. 평소에는 조끼의 형태로 접혀 있다가 공격을 감지하면 저절로 펼쳐져 몸 전체를 감싸기 때문에 평소처럼 옷을 입을 수도 있지. 더 좋은 건, 이방인뿐만 아니라 여기 사람도 착용할 수 있다는 거야."

레나세르는 자기에게 귀속된 NPC 세실미르를 떠올렸다.

최악의 퀘스트에 휘말려 완전히 잃어버리기 전까지, 세실미르가 자신에게 얼마나 중요한 부분이었는지 몰랐다.

"……이런 걸, 받아도 돼요?"

펠라록이 얼마나 유명한 무구 제작자인지 엘루스도 들어서 알고 있었다. 특히 타슬란은 펠라록이 딸을 위해 만들었기 때문에 그 명성은 룬트란 왕국을 넘어서고 있었다.

"물론."

"고마워요."

"이제 날 친구로 받아 줄 거지?"

"네?"

"이방인들이 대부분 이기적이고 제멋대로인 데다 종잡을 수 없다는 건 나도 알아. 나도 그런 이방인이니까. 한데, 난 약속은 지켜."

"……죄송해요. 그동안 제가 좀 쌀쌀맞았죠?"

"알긴 아네."

레나세르는 활짝 웃었다. 농담이라는 뜻이었다.

같이 웃던 엘루스의 눈이 반짝거렸다.

"이상해요. 레나세르 님도, 앞으로 달려간 노바디 님도, 벨란데르 님도 이방인 같지 않아요."

"칭찬으로 들을게. 그리고 언니라고 불러."

"네, 언니."

레나세르는 웬만한 창고를 집어넣어도 될 만큼 그 내부가 큰 가방에 손을 넣어 타슬란을 꺼내어 엘루스에게 건넸다. 엘루스가 입자 타슬란은 그 몸에 맞게 조정되어 입고 있는 옷이 전혀 불편하지 않았다. 놀랄 만큼 가벼워서 엘루스는 깜짝 놀랐다.

레나세르가 갑자기 허리에 찬 단검을 뽑아 엘루스의 어깨를 찔렀다. 타슬란은 즉시 반응하여 차르르 소리를 내며 어깨는 물론 팔까지 덮었다. 단검은 캉 소리를 내며 튕겼다.

"그럴듯하지?"

"……깜짝 놀랐어요."

타슬란은 원래 형태로 돌아가 밖에서는 볼 수 없었다.

"자, 이제 저 두 녀석을 쫓아가야지."

"네?"

"둘 중 누가 좋아?"

"전……."

레나세르는 엘루스가 탄 백마의 궁둥짝을 손바닥으로 쳤다. 엘루스는 급히 고삐를 잡고 앞으로 달려 나갔다.

레나세르가 엘루스에게 타슬란을 주는 장면을 보고 있던 겔란드는 아무 말도 하지 않았다. 레나세르가 앞으로 나오자 겔란드가 옆으로 붙었다.

"그 귀한 것을, 괜찮겠습니까?"

"아무래도 타슬란이 주인을 만난 것 같아서요."

"원정대장으로서 감사드립니다."

“옛날 생각도 나고, 저도 좋아요.”

레나세르는 진심이었다. 자신도 어렵게 구한, 사실 기적이라고 해도 좋을 과정을 통해서 얻은 타슬란을 이토록 쉽게 엘루스에게 줄 거라고는 생각도 못 했다.

노바디에게서 시작된 이 괴상한 몰입이 벨란데르에게 전염되었고, 그 기운이 자신을 덮친 모양이었다.

기분 나쁘기는커녕 이 쾌감은 최고였다.

환상적이었다.

김현은 떨리는 마음으로 리모컨을 들어 버튼을 눌렀다. 거실 소파 맞은편에 놓인 텔레비전이 켜졌다. 드라마가 흘러나왔다. 엄마는 드라마를 현실처럼 몰입하면서 보기를 좋아했다.

심호흡을 했지만 곧 그럴 필요가 없다는 사실을 깨달았다. 페플에서의 그 변화는 현실로도 이어졌다. 왜 그 방에 갇혀 있었는지 이해할 수 없을 만큼 마음이 달라졌다.

거실로 나올 때는 여전히 긴장했고 현관문은 또 다른 장벽처럼 굳건했지만, 그래도 거실에서는 방에서처럼 편안한 기분을 느낄 수 있었다. 활동 범위가 거실까지 늘어난 것이다.

밖이 어슴푸레한 새벽이라 눈을 비비며 나온 엄마는 할 말을 잃었다. 아들이 텔레비전을 보고 있다니.

"현아?"

"엄마."

김현이 말했다.

엄마는 아무 말도 못 했다. 잠은 멀리 달아나고 없었다. 다리에 힘이 풀려 주저앉았다.

김현이 달려왔다.

"괜찮아?"

"……어떻게, 어떻게?"

"엄마 덕분이야."

김현은 마음속으로 피어나는 불안의 안개를 지우면서 말했다.

겨우 몸을 일으킨 엄마는 냉장고를 열어 차가운 물을 한껏 마셨다. 돌아설 자신이 없었다. 이 모든 게 꿈이라면, 혹은 착각이라면 다시는 희망을 가지지 못할 것만 같았다.

"나, 여기 있어."

아들의 말이었다.

엄마는 천천히 돌아섰다. 아들은 거기 있었다. 없어지지 않았다. 방문은 활짝 열려 있었다. 아들은 거실과 주방 사이에, 식탁 바로 옆에 서서 웃고 있었다. 아직 그 표정이 어색하고 불편해 보였지만 분명히 미소였다. 웃음이었다. 기쁨이었다.

"……안아 봐도 될까?"

그 말에 아들이 팔을 벌리며 다가왔다. 아들의 몸은 딱딱하게 굳었지만 곧 부드럽게 펴졌다.

엄마는 아들을 안았다.

눈물이 쏟아졌다.

아들이…… 아들이…… 돌아왔다.

오랫동안 아들을 안고 있었다. 팔을 풀 수가 없었다. 훨훨 날아가 버릴 것만 같았다.

아들은 그런 엄마의 마음을 알기에 가만히 있었다. 엄마가 흘린 눈물이 옷을 적셔도 움직이지 않았다.

"배고프지?"

"응."

"내 정신 좀 봐. 우리 아들 배고플 텐데."

엄마는 서둘러 음식을 준비했다.

아들은 식탁 의자에 앉아서 엄마를 바라보았다. 엄마가 무엇을 두려워하는지 알아서였다.

엄마는 틈만 나면 고개를 돌려 아들을 확인했다. 수십 번 봤는데도 또 쳐다보았다. 점점 확신이 퍼져 나갔다. 그 믿음의 씨앗은 자라서 무성한 나무를 이루었다. 꽃도 피고 열매까지 맺혔다.

엄마는 된장찌개를 끓였다. 두부를 듬뿍 넣었다. 아들이 좋아하는 계란말이도 만들었다. 밥은 윤기가 자르르 흘렀다.

김치는 아삭아삭 씹을 때마다 소리가 날 만큼 맛이 있었다.
엄마는 아들이 먹는 모습을 물끄러미 쳐다보았다.
"안 먹어?"
"엄마는 네가 먹는 모습만 봐도 배가 불러."
"그래도."
"먹을 거야."
말만 할 뿐 엄마는 아들에게서 눈을 떼지 못했다. 4년 만에 아들을 이렇게 가까이, 이렇게 편안하게 보고 있었다. 이 모든 게 꿈이 아니기만을 바라고 있었다.
"궁금해?"
아들이 물었다.
"뭐가?"
엄마는 아들과의 대화가 여전히 기적처럼 느껴졌다.
"어떻게 저기서 나올 수 있었는지."
"꼭 지금 말 안 해도 돼."
엄마는 여유를 놓치지 않았다. 서두르면 될 일도 꼬인다. 그 대가를 치러 봤기에 얻은 지혜였다.
"그동안 미안해."
"아니야, 아니야. 그런 말 하지 마. 엄마는 지금 행복해. 얼마나 기쁜지 몰라."
"고마워."
"나도 고마워."

엄마의 미소는 눈이 부실 만큼 아름다웠다.

"당장 학교로 돌아갈 수는 없어."

"안 가도 돼."

엄마의 말은 의외였다.

"정말?"

"검정고시 치면 돼. 그러면 돼."

학교 교사인 엄마는 검정고시를 좋아하지 않았다. 학교에서의 경험을 통과해야 사회에서 제대로 살아갈 수 있다는 사고방식을 가지고 있었다. 그동안 엄마도 달라진 것이다.

김현은 더 이상 밥을 먹을 수 없었다.

눈물이 흘러내렸다.

엄마가 이토록 오랫동안 밖에서 기다렸는데, 왜 나오지 않았을까? 왜 나오지 못했을까? 스스로도 어떻게 방에서 나올 수 있었는지 설명하기 어려웠다. 페플에서 그 보이지 않는 감옥이 녹아내렸을 때, 마음에 깊은 변화가 생겼을까?

확실한 이유는 몰라도, 페플 덕분이었다.

라마간의 팔건파 사형들 덕분이었다.

무엇보다 그동안 참고 기다려 준 엄마 덕분이었다.

밥을 다 먹은 김현은 엄마와 같이 소파에 앉아서 드라마를 보았다. 엄마는 텔레비전보다 아들을 보고 있었다. 얼마나 기쁜지 학교에 전화를 걸어 아프다고 거짓말을 할 뻔했다. 아들이 출근하라고 권유하지 않았다면 그랬을 것이다.

혼자 집에 남은 김현은 4년 만에 처음으로 설거지를 시작했다.

동굴 입구가 거대한 괴물의 입처럼 벌어져 있었다. 그 안쪽은 어두컴컴했다. 입구 가까운 쪽은 햇살이 비쳐 들어 울퉁불퉁한 벽과 천장, 미끄러운 바닥이 보였지만 그 너머는 암흑이었다.

벨란데르는 옆에 서 있는 노바디를 쳐다보았다.

"너, 좀 달라 보인다."

"그래?"

"대답도 잘하고. 이제야 사람 같다."

토레싱 협로를 통과한 이후 달라졌다고 벨란데르는 생각했다. 여전히 곰 인형 탈을 쓰고 있어 표정은 그대로였지만 먼저 묻기도 하고, 엘루스와 곧잘 대화를 나누기도 했다. 그 변화는 원정대 모두가 알아차릴 만큼 크고 지속적이었다.

"꽤 중요한 문제가 풀렸어."

노바디가 말했다.

벨란데르는 의외였다. 아무리 캐물어도 입을 다물기 일쑤였던 노바디가 아니었던가. 먼저 이런 말을 꺼내다니.

"그 문제가 뭔데?"

질문을 던진 벨란데르는 왠지 어떤 답이 돌아올지 알 것만 같았다.

"넌 모를 거야."

"야!"

"혹시 반에서 꼴찌? 그래서 모를 거라는 말에 예민한 거야?"

"난…… 대학생이야."

벨란데르는 노바디에게는 지고 싶지 않았다. 그래서 엉겁결에 대학생이라고 말해 버렸다.

"웃기지 마."

노바디가 끅끅 웃었다.

"왜? 대학생이라니까."

"네가 대학생이면 난 교수다."

"뭐?"

"먼저 들어간다."

노바디가 자이곤 동굴로 들어서자 레나세르가 소환해서 노바디 곁에 붙여 놓은 빛의 정령 광혼이 저절로 나타났다. 광혼은 노바디가 자이곤 동굴 밖으로 나올 때까지 곁을 떠나지 않을 것이다.

광혼의 빛이 꽤 강렬했지만 동굴 저 너머까지 빛을 뿌리진 못했다. 정면으로 3~4미터가 빛이 닿는 범위였다. 천천히 조심스럽게 걸을 수밖에 없었다.

아나콘다처럼 사람을 칭칭 감고 졸라서 죽이는 뱀 자이곤의 소굴인 동굴은 꽤 깊었다. 아나콘다와 달리 자이곤의 이빨에는 독액이 묻어 있었다.

노바디는 단청단을 한 알 꺼내어 먹었다. 약효는 대단히 빨랐다. 동굴로 드나드는 바람의 흐름까지 세밀하게 느껴졌다.

벨란데르가 성큼성큼 다가왔다. 벨란데르 옆에도 광혼이 떠 있었다. 벨란데르 스스로 불러낸 정령이었다.

"그 정령, 어떻게 소환한 거야?"

"엘프라서 가능한 거다."

무뚝뚝한 벨란데르.

"인간족은 불가능할까?"

"마법사가 되면 가능해져."

"마법사는 어떻게 될 수 있는데?"

"검색하면 다 나와."

벨란데르는 노바디를 추월해 빠르게 걸어갔다.

그 뒤를 천천히 따라가던 노바디는 벨란데르가 귀엽다는 생각을 했다. 방에 자신을 가두기 전에 봤던 친척 조카처럼 반응이 빠르고 가끔은 엉뚱해서 건드리는 재미가 있었다. 겔란드처럼 진지한 사람과 이야기를 나누는 것도 좋지만, 가끔은 또래와의 경박하고 유치한 대화도 괜찮았다.

갈림길이 나왔다.

노바디는 벨란데르가 어디로 들어섰는지 알 수가 없었다.

이름을 부르고 싶지만 그랬다가는 자이곤 떼가 이쪽으로 몰려들 것이다. 최대한 은밀하게 동굴 끝까지 들어가서 요곤의 손가락을 가지고 나와야 한다. 산자락 아래에 자리 잡은 마을 바젠빌 사람들의 고통을 멈추려면 그 하얀 손가락이 반드시 필요했다.

수도 마르세르로 가는 길목에 자리 잡은 바젠빌로 들어설 때만 해도 벨란데르와 함께 자이곤 동굴로 들어가야 하리라고는 상상도 못 했다. 아름답고 풍요로우며 인심도 좋은 마을이라는 겔란드의 설명과 달리, 직접 본 바젠빌은 죽어 가는 산골 마을이었다.

겔란드를 잘 아는 촌장이 그 이유를 설명했다. 성력으로 귀물을 멀리 쫓아 버렸던 대성인 요곤의 손가락이 바젠빌을 각종 귀물과 독으로부터 보호해 줬는데 갑자기 나타난 킹자이곤이 그 하얀 손가락을 훔쳐 갔고, 그 후로 각종 병이 마을을 덮쳤다는 이야기였다.

그때, 세 명의 이방인은 퀘스트 창을 보았다. 자이곤 동굴에서 요곤의 손가락을 가져오는 퀘스트였다.

레나세르가 나선다면 혼자 자이곤을 쓸어버리고 동굴을 깨끗하게 청소할 수도 있지만 귀찮은 일은 딱 질색인 레나세르는 자신의 말이라면 하늘의 달도 따다 줄 것 같은 겔란드를 구슬렸다. 겔란드는 그 말을 듣고 노바디와 벨란데르에게 그 임무를 맡겼다.

다음 날, 두 이방인은 바젠빌을 떠나 이곳 자이곤 동굴로 올라올 수밖에 없었다.

노바디는 이 순간에 집중했다. 왜 이곳에 왔는지도 더 이상 중요하지 않았다. 생각이 많아지면 외부의 변화를 놓친다.

진동이 느껴졌다. 아마도 벨란데르가 자이곤을 만나서 한바탕 싸우고 있는 모양이었다.

그때, 노바디는 천장을 타고 다가오는 묘한 소리를 들었다. 실제로 들었다기보다는 이상한 느낌을 받았다.

사라겐의 수부를 그 방향으로 던졌다. 천장을 때리는 요란한 소리 대신, 푹 박히는 둔탁한 소리가 들렸다.

예리한 이빨을 앞세운 자이곤이 광혼이 뿌리는 빛의 범위 안으로 날아들었다. 노바디는 왼손으로 단검을 뽑으면서 앞으로 몸을 굴렀다. 자이곤이 위로 지나가자 몸을 일으키며 달렸다. 자이곤은 코브라처럼 대가리를 세우고 혀를 날름거렸다.

위협하는 소리에 가슴이 서늘해졌다.

노바디는 조금씩, 조금씩 다가갔다.

아가리를 벌리며 물려고 빠르게 다가온 자이곤에게 단검을 던진 노바디는 옆으로 몸을 날리며 자이곤의 몸에 박혀 있던 사라겐의 수부를 잡고 힘껏 당겼다. 자이곤의 몸이 가로로 찢어졌다. 고통으로 울부짖던 자이곤은 축 늘어져 쓰러졌다.

"휴우."

노바디는 겔란드의 조언대로 자이곤의 몸을 뒤져서 붉은 색 내단을 찾아냈다. 현실이라면 절대 하지 않았을 행동을 노바디는 했다. 그 구슬을 입에 넣고 삼킨 것이다.

극심한 복통은 겔란드의 말처럼 금세 사라졌다. 이제 자이곤에게 물려도 독 때문에 죽을 일은 없다.

노바디는 죽은 자이곤을 내려다보았다. 한 마리를 상대하는 것도 버거웠다. 만약 서너 마리에게 둘러싸였다면 오히려 자신이 죽었을 것이다. 아는 초식은 수라부월공의 맹부단월뿐이었다. 나머지는 그때그때 상황에 맞게 손도끼를 휘두른 것뿐이었다.

손도끼로 다수의 적을 상대할 수 있는, 효과적인 방법이 절실했다.

노바디는 다시 앞으로 걸었다.

갈림길이었다. 세 개의 동굴로 나누이자, 노바디는 중앙에 있는 동굴로 들어섰다. 일부러 속도를 내지 않으려고 애를 썼다. 주위가 조용해서 그 압박 때문인지 자신도 모르게 걸음이 빨라졌다.

"어?"

나무 상자가 구석에 놓여 있었다.

노바디는 피식 웃었다. 어릴 때 자주 했던 게임에 나오는 상자는 열면 돈이나 아이템이 들어 있었다. 가끔은 그 상자에 몬스터가 있어서 공격을 받기도 했다.

사라겐의 수부로 상자를 채워 놓은 녹슨 자물쇠를 부순 후 조심스럽게 뚜껑을 열었다. 과연 거기에는 금화가 있었다. 노바디는 오래된 금화를 챙겨서 주머니에 넣었다.

상자를 찾아내어 내용물을 확인하는 재미가 쏠쏠했다.

코너를 돌거나 갈림길 이후에, 혹은 어두컴컴하고 구석진 곳에 상자가 숨겨져 있었다. 찾기 어려울수록 그 안에 금화가 많거나 좋아 보이는 아이템이 놓여 있었다. 마시면 생명력이 완전히 회복되는 얀셀의 물약을 얻었고, 심지어 콜마가 만든 뱀독 해독제도 상자 안에 놓여 있었다.

처음 만났던 그 자이곤 이후, 노바디는 순조롭게 동굴 안쪽으로 깊이 들어가고 있었다.

"빌어먹을!"

저 앞에서 벨란데르의 목소리가 들렸다.

노바디는 앞으로 달리기 시작했다. 광혼보다 빨라서 마치 어둠을 향해 몸을 던지는 기분이었다.

갑자기 주위가 넓어졌다. 어마어마하게 큰 홀이었다. 벨란데르는 몸통의 두께만 1미터가 넘는 뱀과 싸우고 있었다. 킹 자이곤이었다. 길이가 20미터에 육박하는 그 뱀 너머 벽 안쪽의 공간에 하얀 손가락이 놓여 있었다. 바로 요곤의 손가락이었다.

"왜 이렇게 늦었어?"

벨란데르가 소리쳤다.

노바디는 옷이 엉망진창으로 찢어지고 자이곤의 피로 범벅이 된 벨란데르에게 상자를 열고 금화나 아이템을 챙기느라 늦었다고 말할 수는 없었다. 대신, 사라겐의 수부를 손에 쥐고 벨란데르가 있는 곳으로 돌진했다.

벨란데르가 녹색으로 빛나는 검 그란투모스를 휘두를 때마다 킹자이곤이 움찔거렸다. 그란투모스가 허공에서 춤을 추면 거기서 암녹색의 검기가 뻗어 나와 킹자이곤의 몸으로 파고들었다.

그 장엄한 광경에 노바디는 넋을 잃었다. 어마어마하게 강하다는 사실을 몸으로 느낄 수 있었다. 비록 무공 비급을 읽어서 얻은, 사냥과 퀘스트로 익숙해진 스킬이지만 그 능력만큼은 진짜였다.

노바디는 자신의 생각이 짧았다는 사실을 깨달았다. 겔란드에게 배운 방식, 몸을 온전히 자신만의 방법으로 통제하는 것은 매우 중요하다. 하지만 그 가르침만이 중요한 것은 아니었다. 벨란데르의 검술에도 배울 점이 많았다. 저 강력한 검기가 그란투모스에서 뻗어 나갈 때마다 노바디는 할 말을 잃을 수밖에 없었다.

"구경났어?"

벨란데르가 외쳤다. 지친 기색이 역력했다.

노바디는 벨란데르가 아무리 공격을 퍼부어도 킹자이곤을

죽일 수 없다는 사실을 알아차렸다. 킹자이곤의 회복력이 타격력을 앞섰던 것이다. 이대로 시간이 흐르면 벨란데르가 죽을 테고, 그러면 자신 역시 결과는 같을 것이다.

도박 같은 모험이 필요했다.

어디서 그런 생각이 떠오르는지 노바디 자신도 몰랐다. 황당한 시도지만, 실패하면 부끄러울 수도 있지만, 지금 이 순간만큼은 해 볼 만한 방법이라고 노바디는 생각했다.

이곳까지 오면서 찾은 약병 중 얀셀의 물약을 벨란데르에게 던졌다. 그 물약을 받아서 마신 벨란데르의 얼굴이 환해졌다.

“이 귀한 것을 살 돈이 없을 텐데.”

노바디는 벨란데르를 보지도 않고 앞으로 뛰어들었다. 노바디의 속내를 모르는 벨란데르의 얼굴이 일그러졌다. 자살이라고밖에 설명할 수 없는 행동이었다.

노바디가 던진 사라겐의 수부가 킹자이곤의 눈에 꽂혔다. 분노한 킹자이곤은 노바디를 덥석 물었다. 노바디가 버둥거리자 킹자이곤은 아예 삼켜 버렸다. 그 거대한 몸통은 노바디를 삼키고도 아무런 변화가 없었다.

“이 마물 새끼가!”

분노한 벨란데르가 검을 쥐고 킹자이곤에게 달려들었다.

그 흥분은 금세 가라앉았다. 아무리 애를 써도 킹자이곤을 죽일 스킬이, 그 조합이 자신에게 없다는 점은 분명했다. 이

럴 줄 알았다면 큰형을 졸라서 기가 막힌 콤비네이션 몇 가지쯤은 배워 뒀을 텐데.

당시에는 큰형이 검제든 아니든 상관이 없는, 페플보다는 입자가속기에 더 관심이 많았다. 유럽원자핵공동연구소의 초청을 받아서 스위스로 갔었기에 콤비네이션 따위는 안중에도 없었다.

마음이 차분해지자 묘한 쾌감이 스멀스멀 피어났다.

노바디는 무리수를 두다가 죽었다. 아마 바젠빌에서 다시 살아났을 것이다. 노바디를 본 원정대의 얼굴에 실망스러운 표정이 떠오를 테고, 기대를 한 촌장은 절망으로 고개를 떨굴 것이다.

킹자이곤을 죽이지 못한다고 해도, 요곤의 손가락을 가지고 갈 수 없다고 해도 오래 버틴다면 원정대는 은연중 자신이 노바디보다 강하다는 사실을 인정할 것이다. 생각만으로도 기분이 좋았다. 될 수 있으면 오랫동안 시간을 끌다가 장렬하게 죽으면 된다.

그래도 쉽게 죽어 줄 생각은 없다. 가능하면 킹자이곤을 죽일 방법을 이 자리에서 찾아내고 싶었다.

킹자이곤을 상대하면서 자신이 쉬엄쉬엄 익힌 스킬 목록을 머릿속으로 떠올렸다. 대충 무공이나 마법처럼 큰 항목은 열일곱 개, 작은 스킬까지 모두 포함한다면 백마흔다섯 가지였다. 그 콤비네이션의 가짓수는 어마어마했다.

아무리 천재라고 해도 저 끈질기고 틈만 나면 독액을 날리는 마물과 싸우면서 그 콤비네이션을 떠올리고 효과를 예상할 수는 없다. 천재 할아버지가 와도 안 될 것이다.

그래도 포기는 안 된다.

몇 가지라도 해 보자.

해 보다가 죽으면 적어도 후회가 남지 않을 것이다.

가능성이 높은 콤비네이션을 실행했다. 그란투모스가 수평으로 킹자이곤의 목을 노렸다. 킹자이곤이 몸을 비틀어 뒤로 피하자 벨란데르는 공중에서 몸을 회전시켜 킹자이곤의 이마를 노렸다.

킹자이곤은 피하지 않았다.

이겼다고 생각한 순간, 벨란데르는 사전에 입수한 정보가 생각났다. 룬트란 왕국 깊은 지하에 서식하는 킹자이곤의 이마에 박힌 돌은 엘리움으로, 다이아몬드보다 백 배나 강한 금속이었다. 철목을 녹여서 만든 검이라야 엘리움을 깨뜨릴 수 있다는 설명이었다.

"이런!"

그란투모스는 엘리움을 때렸다. 그리고 부러졌다. 반 토막 중 앞부분이 돌면서 벽으로 날아가 박혔다.

콤비네이션은 끊겼다.

그 후폭풍이 벨란데르를 덮쳤다. 콤비네이션은 스킬의 위력을 극대화할 수 있는 방법이지만, 이런 식으로 중간에 예기치 못한 상황으로 멈춘다면 오히려 콤비네이션을 펼친 자가 막대한 피해를 입었다. 그 때문에 고수들 외에는 그리 선호하지 않았다.

생명력의 99%가 사라졌다.

벨란데르는 반 토막만 남은 그란투모스를 바라보았다. 그래도 아끼던 검이었는데.

과욕으로 검을 잃었다.

“……내 책임이야.”

그란투모스가 힘을 잃었으니, 킹자이곤을 이길 가능성은 아예 제로였다. 죽음이 다가오고 있었다.

뾰족한 이빨이 고스란히 보이도록 아가리를 벌린 킹자이곤이 멈칫 몸을 비틀었다. 그러더니 마치 복통이 난 개처럼 땅바닥을 데굴데굴 굴렀다. 벨란데르는 그 몸통에 부딪힐 뻔했다. 얼른 피하지 않았다면 그 황당한 공격으로 죽었을지도 모른다.

킹자이곤은 홀이 울리도록 울더니 철퍼덕 쓰러졌다.

벨란데르는 무슨 일인지 몰라서 가만히 있었다.

킹자이곤의 몸이 저절로 갈라졌다. 거기서 피를 뒤집어쓴 노바디가 비틀거리며 걸어 나왔다. 오른손에는 사라겐의 수부가 들려 있었고, 왼손에는 킹자이곤의 내단이 들려 있었다.

“……수고했어. 시간을 끌어 주지 않았다면 힘들었을 거야.”

노바디가 숨을 헐떡거리며 한 말이었다.

벨란데르는 아무 말도 못 했다.

내가 시간을 끌어? 난 그럴 생각이 전혀 없었는데. 난 최선을 다했어. 머리를 짜내어 할 수 있을 만큼 다 했다구!

그때, 킹자이곤이 경련으로 떨렸다. 바닥에 떨어져 있던 꼬리는 근육의 수축 현상으로 벨란데르를 강하게 때렸다. 그 한 번의 공격에 벨란데르는 죽고 말았다.

노바디는 내단을 옆에 던져 놓고 사라겐의 수부로 킹자이곤의 대가리를 두들겨 확실히 죽였다.

"힘들어 죽겠네."

킹자이곤의 주둥이에 걸터앉은 노바디는 내단을 들고 어떻게 바젠빌까지 돌아갈지 걱정했다. 그러다가 타조 알만큼이나 큰 내단을 바라보았다. 이걸 먹으면 몸이 회복되지 않을까?

노바디는 내단을 입으로 가져갔다.

김현은 진짜야

노바디는 자이곤 동굴 밖으로 나왔다.

날이 어두워지는 중이었다. 서쪽 하늘이 불타고 있었다. 내단은 별맛도 없고, 효과도 없었다. 몸의 회복을 도와준 건 내단이 아니라 요곤의 손가락이었다. 그 하얀 손가락을 들어 올리자 청량한 느낌이 몸 전체를 감쌌다. 피곤은 씻은 듯 사라졌다.

겔란드가 팔짱을 끼고 서 있었다. 그 옆에는 가쿨라와 콜마가 서서 엄지를 들어 올렸고, 엘루스는 두 손을 모아서 입술에 대고 감사의 기도를 올리고 있었다. 레나세르는 잔뜩 찡그린 벨란데르와 함께 서 있었다.

"수고했다."

"여기 있어요."

노바디는 요곤의 손가락을 겔란드에게 건넸다. 겔란드가 받는 순간, 메시지 창이 떴다.

-요곤의 손가락 퀘스트를 완수하셨습니다.

-요곤의 반지를 획득하셨습니다.

-레벨이 18로 올랐습니다.

손을 내려다보자 하얀 반지가 놓여 있었다. 노바디는 겔란드에게 요곤의 반지에 대해서 물었다.

"성자 요곤의 반지는 웬만한 귀물은 접근도 못하게 막아준다. 몸을 튼튼하게 해 줄 뿐만 아니라, 회복력도 빨라지지. 전설에 따르면 요곤의 반지를 가진 자는 요곤을 만날 수가 있다는데, 확실치는 않다."

"아, 네."

"끼워 봐라."

"네, 대사형."

노바디는 요곤의 반지를 손가락에 끼웠다. 요곤의 손가락을 들어 올렸을 때처럼 그 시원한 느낌이 손가락에서 온몸으로 퍼져 나갔다.

"가자."

겔란드가 앞장섰다.

바젠빌로 돌아가는 길에 벨란데르가 다가왔다.

"……어떻게 거기서 안 죽은 거냐?"

"자이곤의 내단을 먹었거든."

"진짜 그걸 먹었어?"

벨란데르의 눈이 커졌다.

페플은 게이머의 연령대나 선택에 따라서 리얼리티가 달라진다. 하드 코어를 원하면 피와 살이 튀고 뼈가 부러지는 모습을 볼 수 있다. 반대로 캐주얼한 성향을 택하면 그 모든 것은 장난스럽게, 혹은 만화처럼 그려진다.

페플을 본격적으로 즐기는 게이머라면 R1부터 R7까지 있는 등급 중 적어도 R4 이상을 택한다.

유치원 아이들도 즐길 수 있는 R1에서 자이곤은 귀여운 구렁이에 불과하다. 자이곤을 죽이면 내단은 저절로 튀어나와 게이머의 손에 주어진다. 굳이 자이곤의 배 속을 뒤질 필요는 없다. 대신, 저절로 동작이 이루어져 게이머의 자유가 제한된다.

성인이 되어야 R7 선택이 가능해진다. 자이곤의 몸에서 내단을 뒤져서 직접 먹으려면 R7은 되어야 한다. 킹자이곤의 몸을 헤집고 밖으로 나오는 것도 R7이어야 한다. 어쩌면 그보다 더 위에 있다는, 최고 레벨과 극악의 퀘스트를 통과해야만 선택할 수 있다고 소문으로만 알려진 등급은 되어야 저런 행동이 가능할지도 모른다.

"너 몇 등급이야?"

벨란데르가 속삭였다.

"등급?"

"상태 창을 열어서 환경 설정을 확인해 봐. 거기 보면 WPR이라고 있지? 거기 등급이 있어."

"……X라고 써져 있는데."

"뭐?"

벨란데르는 눈살을 찌푸렸다. X? 들어 본 적이 없다. 소문으로만 무성한 그 등급일까?

"문제 있어?"

"……아니야."

벨란데르는 대충 얼버무렸다. 좀 더 자세히 알아내기 위해서였다. 벨란데르 자신은 아직 성인이 되지 않았지만 몇 가지 복잡한 해킹을 통해 R7으로 설정을 변경하는 데 성공했다. 혹시 저 녀석 노바디도 그런 방식으로 굉장한 등급을 찾아냈을까?

그 X 등급 덕분에 NPC들과 친해졌을지도 모른다. 벨란데르는 왠지 노바디의 비밀을 알아낸 것만 같아서 기분이 좋았다. 자이곤 동굴에서의 수치는 이미 잊었다.

"어디 갔지?"

엄마는 냉장고를 뒤졌다. 세수할 때 쓰려고 유통기한 지난 우유를 안쪽에 넣어 뒀는데 사라지고 없었다. 혹시나 해서 현관 옆 재활용품 넣는 박스로 가 보니 거기 우유갑이 있었다.

엄마는 아들 방으로 갔다. 문이 열려 있었다. 꽉 닫혀 있던, 잠겨 있던 저 문이 항상 열려 있으니 아직도 실감이 나지 않았다.

"들어가도 돼?"

"응."

아들은 소파에 누워 자다가 이제 막 일어났는지 눈을 비비고 있었다.

"혹시 냉장고에 있던 우유 마셨어?"

"내가 마셨어."

"배 안 아프니?"

"왜?"

"그거 유통기간이 한 달이나 지난 우유야."

"그래? 난 괜찮은데."

"그러면 다행이다. 앞으로는 확인하고 마셔."

"그럴게."

엄마가 나가자 김현은 몸을 일으켰다. 한 시간 남짓 잠을 잤지만 몸이 개운해서 더 잠을 잘 필요가 없을 것 같았다. 팔을 뻗고 허리를 돌렸다. 몸에 열이 올라서 입고 있던 후드 티를 벗었다. 옷장을 뒤져서 여름 반팔 티셔츠를 꺼내어 입었다. 이제 좀 살 것 같았다.

창가로 간 김현은 커튼을 걷었다. 그 두꺼운 커튼을 양쪽으로 치우자 닫힌 창문을 통해 흐릿한 빛이 흘러들었다. 김현은 창문까지 열었다. 창밖에는 눈이 내리고 있었다.

차가운 바람과 함께 눈송이가 방으로 들어왔다. 춥다는 느낌은 전혀 들지 않았다. 오히려 시원해서 기분이 좋았다.

"안 추워?"

엄마였다.

"난 이게 더 좋아."

그 말에 엄마는 웃으며 방문을 닫아 주었다. 약간 머뭇거렸지만 아들이 더 이상 방에만 있지 않을 거라는 사실을 믿기에 문을 완전히 닫을 수 있었다.

닫기 직전, 엄마는 아들의 몸이 달라졌다고 생각했다. 여전히 말랐지만 몸에 근육이 붙어서 보기 좋아진 느낌이었다.

김현은 주차장을 내려다보았다. 거기 서 있는 자동차들의 지붕에는 모두 하얗게 눈이 쌓여 있었다. 우산을 든 사람들이 가끔 그 사이로 오가고 있었다. 예전과 달리, 답답한 기분은 전혀 없었다.

창문을 열어젖힌 채로 운동을 시작했다. 왠지 몸을 움직이고 싶었다.

이제 팔굽혀펴기는 쉬지 않고 백 개도 할 수 있었다. 스쾃도 예전보다는 몇 배나 그 횟수가 늘어나 있었다. 격렬하게

몸을 움직이자 열이 올랐고, 그 때문에 거의 한 시간가량 창문을 열어 놓았다.

안에 쌓인 눈이 녹아서 물이 되는 바람에 창문을 닫은 김현은 옷장에서 반바지를 찾아내어 입었다. 한겨울에 반팔에 반바지라니. 지난 4년 동안 처박혀 있느라 체질까지 바뀐 모양이다. 몸이 계절의 변화를 못 따라잡는지도 몰랐다.

거실로 나가자 엄마의 눈이 커졌다.

"안 춥니?"

"전혀."

"감기 들지도 몰라."

"난 조금 더워."

"몸에 이상이 있는 게 아닐까?"

엄마는 조심스러웠다. 아들이 병원이라면 치를 떤다는 사실을 잘 알았던 것이다.

"아니야."

김현은 단호했다.

엄마는 더 이상 몸에 대해 말을 하지 않았다. 대신 주방으로 향했다.

거실 소파에 앉은 김현은 텔레비전을 틀었다. 달라진 세상이 거기 있었다. 많은 것들이 바뀌어 있었다. 4년은 긴 시간이었다. 유행하는 노래는 하나도 몰랐다. 옛날에 유명했던 배우는 한물간 배우 대접을 받고 있었다. 좋아했던 프로그램은 폐지된 지 오래였다.

조금씩 바깥 세계에 대한 호기심이 커졌다. 세상이 어떻게 변했는지 직접 보고 싶은 생각도 들었다. 여전히 현관문은 김현에게 커다란 장벽이었지만 언젠가 저 문 밖으로 나갈 수 있다는 확신은 사라지지 않았다.

리모컨을 들고 채널을 바꾸려는데, 초인종이 여러 번 신경질적으로 울렸다. 엄마는 사색이 되어 현관문을 쳐다볼 뿐이었다.

쾅쾅쾅.

누군가 두드리며 소리쳤다.

"이봐, 조 여사! 전화를 씹으면 어떻게 해? 내가 수백 통이나 걸었잖아. 이러면 곤란해. 당신 남편이 빚을 졌으니 당신이 갚아야 할 것 아니야?"

거친 목소리는 위협적이었다. 법이고 도덕이고 모두 무시하는 분위기가 거기 서려 있었다.

"엄마."

김현이 몸을 일으켰다.

"가만히 있어. 금방 갈 거야."

"……빚쟁이지?"

엄마는 아무 말도 못 했다.

김현은 현관문을 노려보았다. 쾅쾅 치는 소리는 더욱 거칠어졌다. 발로 차는 모양이었다. 주변 사람들의 반응 따위는 개의치 않는 사람들이다. 깡패나 건달 같은, 보통 사람의 고혈을 빨아 먹고 사는 사람들이다.

"경찰에 신고해."

"그러면 오히려 일이 커져. 가만히 있으면 돼."

엄마는 속삭였다.

이 모든 일이 아버지 때문이라는 생각을 하는 순간, 두통이 몰려왔다. 잠시 시야가 새까맣게 변할 만큼 아팠다. 편안하다고 생각한 거실이 낯설고 어색하고 불편한 곳으로 바뀌었다. 김현은 뒷걸음질을 쳤다.

"어디 아파?"

"……아니."

김현은 현기증을 느끼고 주저앉았다.

"현아!"

"난 괜찮아. 괜찮……아."

김현은 누웠다. 고개를 돌리자 열린 문 너머로 방이 보였다. 저기로 가고 싶다는 생각뿐이었다. 들어가면 문을 잠가야 한다는 생각뿐이었다. 밖으로 나오면 안 된다는 생각뿐이었다.

김현은 방을 향해 기어가기 시작했다.

엄마는 아들을 보고는 눈물을 뿌렸다. 그 마음을 참지 못하고 현관문을 열어젖혔다.

"왜 이러는 거예요? 대체 왜 이러는 거예요? 난 그 사람과 이혼했어요. 이혼한 지 3년이 넘었어요. 대체 나더러 뭘 하라는 거예요? 계속 이러면 경찰에 연락하겠어요!"

엄마는 깡패들을 향해 고래고래 소리를 질렀다.

"이 아줌씨가 간탱이가 부었나?"

앞에 있던 스포츠머리 깡패가 엄마를 밀쳤다. 뒤로 밀린 엄마는 현관에 있던 구두에 발이 걸려 뒤로 넘어졌다. 엄마가 비명을 질렀지만 그 깡패들은 히죽 웃으며 구둣발로 들어왔다.

그 모습을 본 순간, 두통이 거짓말처럼 사라졌다.

김현은 몸을 일으켰다. 그리고 습관처럼 허리춤으로 손을 뻗었다. 사라젠의 수부를 찾은 것이다.

거기 있을 수 없다는 사실을 깨달은 김현은 천천히 다가가 키가 멀대처럼 큰 깡패의 손에서 핸드폰을 빼앗았다. 놀란 그 깡패의 턱을 핸드폰을 쥔 채로 후려쳤다. 고개가 돌아가는 순간, 김현은 발로 오금을 걷어찼다. 상대의 자세가 무너지자 앞으로 파고들며 무릎을 들어 사타구니를 올려쳤다.

키 큰 깡패는 신음을 흘리며 무너졌다.

김현은 피 묻은 핸드폰을 든 채, 욕을 퍼부으며 다가오는 깡패를 바라보았다. 그 깡패는 동그란 안경을 쓰고 있었다. 김현은 핸드폰을 안경을 향해 던졌다.

깡패가 고개를 숙이며 손을 올리는 순간을 김현은 놓치지 않았다. 단숨에 거리를 좁혀 팔꿈치로 관자놀이를 때렸다.

옆으로 휘청거린 그 깡패의 얼굴을 왼발로 걷어찼다. 안경이 부서졌고, 그 알이 조각조각 흩어졌다.

마지막 깡패, 엄마를 밀쳤던 그 스포츠머리가 뒤로 물러섰다. 주머니에서 칼을 꺼낸 놈이 휙휙 휘둘러 위협했다.

“이 새끼가! 이 잡종 새끼가!”

김현은 그 깡패를 쳐다보면서 쓰러진 깡패의 사타구니를 찼다. 깡패가 비명을 질렀다.

“너 이 새끼! 죽여 버리겠어!”

뒤로 물러나던 그 스포츠머리는 구두에 걸려 넘어졌다.

김현은 복싱 선수의 돌진력을 능가할 만큼 빠르게 다가가, 뒤로 넘어가는 깡패의 턱을 무릎으로 쳤다. 그 자신도 놀랄 만큼 빨랐다. 스포츠머리는 칼을 놓쳤다. 김현은 엄마 구두를 들어 뾰족한 뒷굽으로 그 깡패의 얼굴을 사정없이 내리쳤다.

깡패는 기절했다.

몸을 일으킨 김현은 고개를 돌렸다.

겨우 서 있던 엄마와 눈이 마주쳤다. 엄마의 얼굴에는 두려움이 가득 차 있었다.

“경찰에 연락해.”

“그, 그래.”

엄마가 경찰에 전화를 거는 동안, 김현은 쓰러진 깡패들을 바라보았다. 쾌감은 몸에, 특히 손에서 저릿저릿 특유의 느낌을 발산하고 있었다. 어떻게 움직였는지 기억조차 나지 않는다. 마치 몸이 저절로 움직인 느낌이었다.

페플에서처럼.

그래, 페플에서처럼.

김현은 페플에서의 전투가 현실에서도 통한다는 사실에 깜짝 놀랐다. 그러다가 현실 세계로 돌아왔다. 경찰이 이 모습을 본다면 문제 삼을 가능성도 있다. 경찰의 수사력을 본능적으로 믿지 않는 김현은 거실을 가로질러 베란다 쪽으로 걸어갔다.

베란다와 거실 사이의 유리문을 쳐다본 김현은 눈을 질끈 감고 그 유리로 몸을 날렸다.

쨍그랑.

유리문이 박살이 났다.

이마가 찢어져 피가 나는 아들을 보고, 엄마가 비명을 지르며 달려왔다.

"현아!"

"……난 괜찮아. 이래야, 이래야 경찰이 날 잡아가지 않을 거야. 그래야 엄마도 무사할 수 있어."

김현은 베란다 창밖으로 내리는 눈을 올려다보며 말했다.

엄마는 아무 말도 못 했다.

–경찰 조사는 끝났다고 들었는데요.

겁을 먹은 아주머니의 목소리에 고형덕은 평소보다 부드러운 말투로 답했다.

"마무리하려고 온 겁니다."

잠시 후, 문이 열렸다.

고형덕은 운동화를 벗고 거실로 들어섰다. 평범한 가정에 어울리는 집안 분위기가 느껴졌지만 곧 부족한 점을 알아차렸다. 거실에 하나쯤 있을 법한 가족사진이 눈을 씻고 찾아봐도 없었다. 이제 기억났다. 조윤자는 3년 전에 이혼했다.

"우리 아이는 저 때문에 맞았어요. 얼마나 다쳤는지 몰라요."

조윤자는 엄마라면 누구나 가지는 강렬한 힘을 뿜어내고 있었다. 저런 엄마를 건드리면 안 된다. 엄마는 자식을 위해서라면 목숨까지 건다.

"악질 같은 놈들이라는 거, 잘 압니다. 형식적인 거니까 너무 신경 쓰지 마세요."

"……아, 그래요?"

아주머니의 눈에 안도감 같은 것이 어린다. 고형덕은 그 순간을 놓치지 않았다.

병원에 입원한 세 놈들은 그야말로 묵사발이 된 상태였다.

셋 다 무슨 일이 있었는지 모르겠다고 얼버무렸지만 그들을 따로 만났던 고형덕은 하나같이 두려워하고 있다는 사실을 알아냈다. 그들은 바로 이 집에 사는 아이를 무서워하고 있었다.

사채를 썼다가 패가망신한 경우를 숱하게 봐 왔다. 그쪽 세계는 평범한 사람은 발을 들여놓지 말아야 할 만큼 거칠고 잔혹한 상어 같은 놈들로 가득 차 있었다. 그런 곳에서 잔뼈가 굵은 놈들을 고등학생이, 아니, 중학교에 입학한 이후 학교를 다니지 않았으니 중학교 중퇴 아이가 겁을 집어먹게 만든 셈이다.

사실 고형덕이 이곳에 온 두 가지 이유 중 첫 번째는 호기심 때문이었다. 대체 어떤 아이길래 거친 깡패를 셋이나 한꺼번에 병원으로 보내 버렸는지 알고 싶었다.

두 번째 이유는 약간의 배려를 해 주기 위해서였다.

폭력을 앞세우는 조직일수록 유치한 규율을 따진다. 셋이나 한꺼번에 병원에 실려 갔으니, 저놈들이 속한 조직은 상대가 아이든 아니든 상관없이 반드시 보복할 터였다.

이런 세계의 생리를 알지 못하는 아이를 가만두면 폭력이라는 수레바퀴에 짓밟히거나, 그쪽으로 흘러들어 가 또 다른 희생자들을 만드는 톱니바퀴가 될 가능성이 높았다.

거실을 살핀 고형덕은 문이 열린 방으로 들어갔다. 아이는 소파에 앉아 있었다. 인기척을 느꼈을 텐데도 뒤를 돌아

보지 않았다. 키는 대략 175센티미터가 조금 넘을 것 같았다. 어깨로 봐서는 태권도나 유도 따위의 운동은 하지 않은 듯했다.

"김현."

아이가 천천히 일어났다.

고형덕은 그 행동에 속으로 깜짝 놀랐다. 압박감이 대단히 클 텐데 저 아이는 아주 태연했다. 마치 방으로 들어온 사람이 누군지 전혀 모르는 눈치였다.

"누구세요?"

"난 이런 사람이야."

고형덕은 명함을 한 장 꺼내어 아이에게 건넸다. 반응을 보기 위해서였다.

"강력3팀이면 형사겠네요."

"맞다, 형사다."

"그런데 무슨 일로 오셨어요?"

김현은 차분했다. 이곳에서 깡패 셋이 엉망으로 얻어터진 상태로 병원에 실려 갔다는 사실 자체를 잊은 얼굴이었다.

"페플 커넥터로구나."

고형덕은 기다란 콕핏 형태의 커넥터를 가리켰다.

이혼한 전처의 딸에게 선물을 주려고 물어봤을 때, 딸은 대뜸 콕핏형 페플 커넥터를 원한다고 답했다. 호기롭게 까짓것 사 주면 된다고 큰소리를 쳤지만 실제로 가격을 알아보고는 할 말을 잃었다. 딸은 노골적으로 실망했지만 수천만 원짜리를 선물로 줄 수는 없었다.

"네."

"페플에 자주 접속해?"

커넥터 쪽으로 한 걸음, 두 걸음 조금씩 다가가자 김현과의 거리가 줄어들었다.

"재미있으니까요."

그 순간, 고형덕은 라이트스트레이트로 주먹을 뻗었다. 지금도 일주일에 한두 번은 체육관에 가서 샌드백을 친다. 체력은 현역이었을 때와 비교할 수 없지만 경험 덕분에 오히려 주먹은 더 강해졌다.

고형덕은 아이를 때릴 생각이 없었다. 그저 그 반응을 보고 싶었다. 저 아이가 깡패들을 그 지경으로 만들었는지 확인하고 싶었던 것이다.

어느새 들어 올린 김현의 왼손이 스트레이트로 뻗은 주먹의 손목을 감싸더니 옆으로 밀었다. 그와 동시에 김현이 품속으로 들어왔다. 고형덕은 믿기 힘들 만큼 유연하고 민첩한 그 동작보다, 눈빛 하나 흔들리지 않고 다가오는 김현의 표정에 더 크게 놀랐다.

고형덕은 풋워크로 겨우 물러섰다. 자신도 모르게 숨을 헐떡이고 있었다. 저 녀석이 주먹을 뻗었다면 제대로 당할 뻔했다.

"형사님도 해 보세요. 아주 재미있어요."
"그, 그래."
"맞아요. 제가 그랬어요."
김현이 말했다.
고형덕은 그런 김현을 바라보았다.
"경찰 조사에서는 기억나지 않는다고 말하지 않았나?"
"아저씨한테는 말해도 될 것 같아서요."
"사람을 함부로 믿지 마라."
고형덕은 내뱉고 나서 후회했다. 형사가 할 말은 아니라고 생각했다.
"함부로 믿지 않아요."
김현이 천천히, 한 글자씩 또박또박 말하자 고형덕은 묘한 기분을 느꼈다. 저 아이에게 인정을 받았다는 쾌감 비슷한 감정이었다. 오늘 처음 만난 아이인데 주고받는 대화 내용은 오랫동안 알고 지낸 사이에나 어울리는 것들이었다.
"앞으로 조심해라."
"……앙갚음을 할까요?"
처음으로 김현에게서 공포가 느껴졌다. 고형덕은 곧 아이가 무엇을 두려워하는지 깨달았다. 엄마를 향한 해코지였다.
"당분간은 괜찮을 거다."
"고맙습니다."
"뭐가?"

“신경 써 주셔서요.”

“난 아무것도 안 했다.”

고형덕은 김현이라는 아이가 마음에 들었다.

어디가 괜찮은지 꼬집어 말하기는 어려웠다. 그러다가 한 가지 이유를 찾아냈다. 김현은…… 남자다웠다. 말이 많지도 않고, 행동에도 절제가 있으며, 왠지 모르게 사람을 긴장시키는 분위기를 지니고 있었다.

외모만 보면 전혀 그럴 것 같지 않다. 한 대 툭 치면 넘어져서 엄마나 찾을 마마보이 같다. 일진 노릇이나 하는 불량 학생에게 돈을 빼앗기고도 냉가슴을 앓는 그런 모범생 분위기랄까.

이 녀석에겐 겉모습을 잊게 만드는 힘이 느껴진다. 근육과는 상관이 없는, 폭력이나 칼 같은 것과도 거리가 먼 힘이었다. 어디서 경험한, 만났던 분위기였다.

그게 어디일까 고민하던 고형덕은 소스라치게 놀랐다. 고향에 있는 아버지가 떠오른 까닭이다.

아버지는 평생 뱃사람으로 살아왔고, 뱃사람으로 죽을 준비가 된 분이었다. 아직도 방에서 그물을 직접 만들어야 직성이 풀렸다. 누구의 말보다 자신의 경험이 앞서는 사람이었다. 어릴 때부터 바다로 나가서 그 광활한 세계에서의 싸움으로 다져진, 그래서 바다를 두려워하면서도 동경하는 사람이기도 했다.

그런 아버지를 오랫동안 미워했다. 아버지처럼 되지 않으려고 애를 썼다. 그 덕분에 뒷골목 어둠의 세계로 빠지지 않고 경찰 노릇을 하고 있다. 아버지의 방식을 질색하면서도 고형덕은 아버지보다 남자다운 사람은 없다고 생각했다.

평생 바다와 싸웠던 아버지.

그 싸움을 포기하지 않는 아버지.

바다에서 아들을 잃었음에도 또 바다로 나간 아버지.

왜 저 녀석에게서 아버지의 그 단단한 분위기가 느껴지는지 고형덕은 이해할 수가 없었다. 어제 퍼마신 술이 덜 깨서일까? 아니면 저 아이에게 무언가 특별한 것이 있을까? 싸움 좀 한다고 해서 아버지와 닮은 무언가가 있다고 볼 수는 없다.

그 집을 빠져나와 엘리베이터에 탔다.

고형덕은 벽에 붙은 거울을 들여다보았다. 거기 중년으로 향해 가는 남자의 얼굴이 있었다. 아버지를 싫어했지만 아버지의 얼굴을 닮아 가고 있었다. 그러나 그 어디에도 고형덕이 동경했던 사내의 얼굴은 찾을 수 없었다. 바다와 싸웠던 남자의 분위기는 거기 없었다.

고개를 흔들며 아파트를 빠져나온 고형덕은 차에 올라탔다. 담배를 한 대 꺼내어 입에 물었다.

"기분 더럽네."

고형덕은 차를 몰아 다음 장소로 이동했다. 호기심을 충족한 셈이니, 다음 단계도 해치워야 하리라.

최상진은 태극기를 바라보고 있었다.

태극기를 보면 왜 마음이 평온해지는지, 왜 열심히 살아야겠다는 힘이 솟는지, 왜 더 돈을 많이 벌어야 한다는 생각에 사로잡히는지 그 이유를 최상진도 알지 못했다. 그저 거기서 힘을 얻기 때문에 바라볼 뿐이었다.

오늘은 특별한 날이었다. 태극기를 노려봐도 화가 치솟았다. 불곰파에 소속된 놈들이 셋이나 뻗어 버렸다는 소문이 이 바닥에 퍼져 얼굴을 들고 다닐 수가 없었다.

"개새끼들."

최상진은 벽에 걸어 놓은 목검을 들어 휙휙 내리쳤다. 집에 몇 년이나 처박혀 있던 고삐리 놈에게 당했다니.

문자가 왔다.

- 불곰파 화이팅!

누가 보냈는지는 뻔했다. 망치파 그 개자식이었다. 번호를 숨긴다고 모를 거라고 생각한다면 오산이다. 이번 일을 깔끔하게 해결한 뒤에 망치파 그놈이 두 번 다시 문자질을 하지

못하도록 손가락을 잘근잘근 밟아 버릴 생각이었다.

밖이 소란스러웠다.

이름을 까먹은 덩치가 문을 무수고 안으로 쓰러졌다. 살만 뒤룩뒤룩 찌우고 문신을 새기면 건달 노릇을 할 수 있다고 생각한 모양이었다. 그런 놈이 불곰파 조직원이라니, 최상진은 혀를 찼다.

그 덩치를 밟고 낯익은 얼굴이 들어왔다.

"오랜만이다, 웅담."

"……불곰이라니까!"

볼 때마다 짜증이 나는 짭새가 왜 여기 왔을까? 망치 그 새끼처럼 비웃으려고 왔을까?

그럴 만큼 유치한 사람은 아니다. 혹시 커다란 사건에 아래 새끼들이 연루되었을지도 모른다. 저 짭새에게 걸려서 은수파가 공중분해된 게 바로 작년이었다. 웬만하면 협조하는 게 상책이다. 뇌물 같은 건 통하지 않는 진짜 짭새였던 것이다.

"고딩한테 당했다면서?"

"그런 소리 할라치면 그냥 가쇼!"

불곰은 버럭 소리를 질렀다.

"그 아이에게 손대지 마라."

"뭐라구요?"

"내 조카다."

불곰은 아무 말도 못 했다. 어쩐지 그 고삐리 새끼, 보통 놈이 아니라고 생각했다. 아무리 불곰파가 옛 명성을 잃어 가고 있어도 고삐리 놈에게 셋이나 당할 조직은 아니었다.

"그 아이를 건드리면, 내가 불곰파를 없앤다."

"……알았소, 알았다니까. 대신, 부탁이나 들어주쇼. 가만히 있으면 이 바닥에서 더 이상 고개를 들고 다닐 수 없어요."

"말해 봐."

"다른 놈들이 손가락질하는 건 다 참아도 망치 그 새끼는 못 참아요. 그러니까, 그러니까, 그 새끼의 콧대를 콱 꺾어 주쇼. 이왕이면 그 고삐리 새끼, 아니 형사님의 조카님이 나섰으면 좋겠어요. 망치파에도 그 고삐리 아버지, 그러니까 형사님의……."

불곰은 말문이 막혔다. 나이로 보면 형사가 동생이 분명한데, 왜 그동안 사채꾼에게 시달렸을까?

"내 형님이시다. 연락이 오랫동안 끊겼다가 최근에야 사정을 들은 거야."

고형덕은 자연스럽게 거짓말을 이었다. 저런 놈들에게 굳이 진실을 들려줄 필요는 없다.

"아, 그런 사정이 있었어요? 아무튼, 망치파에도 사채 빚이 있으니, 그 새끼, 아니, 형사님의 조카분이 나서서 박살을 내 주면 여러 가지로 좋을 것 같은데, 어떤가요?"

"위험해. 그러다가 다른 놈들이 들러붙으면 네가 책임질

거야?"

조직 세계는 그 관계가 복잡해서 하나를 잘못 건드리면 열 개가 튀어나올 때도 있다. 그 때문에 경찰조차도 일정 규모 이상의 조직은 단번에 쓰러뜨릴 수 없었다. 내부의 동조자를 확보하고 체계적으로 접근해야 조직을 일망타진할 수 있었다.

"음, 그건 그러네요."

"걱정 마. 망치파는 널 비웃을 틈도 없을 테니까."

"하하, 역시."

최상진이 실실 웃었다.

"또 보지 말자."

고형덕은 몸을 일으키려던 덩치를 밟고 복도로 나갔다.

푹신한 회전의자에 앉은 최상진은 조금 전 이곳에서 벌어진 일의 이해득실을 계산해 봤다.

빚을 받지 못하니 손해다. 한창 돌아다니며 돈을 받아 내야 할 '손가락'을 셋이나 잃었으니 역시 손해다. 그러나 난공불락의 요새 같은 고형덕 형사의 약점을 알아냈으니 어쩌면 전체적으로 본다면 이익일지도 모른다. 아니, 이익이 되도록 만들어 나가면 된다.

최상진은 빙긋 웃으며 책상에 놓인 재떨이를 그 덩치에게 던졌다. 덩치는 재떨이를 맞고 기절했다.

"요즘 새끼들은 너무 약해. 아, 아까운데! 짭새 조카만 아니라면 그 고삐리를 적극적으로 영입할 텐데.”

최상진은 혀를 찼다.

마르세르가 넓은 길이 뻗어 나가 점이 된 곳 너머에 우뚝 서 있었다. 룬트란 왕국의 수도답게 그 규모가 대단했다. 마르세르의 성벽은 그 높이만 20미터에 달했다. 도시 전체가 암벽 위에 세워져 있어서 역사상 단 한 번도 함락당하지 않은 성벽으로도 명성이 높았다.

“오늘도 안 왔네.”

엘루스가 말했다.

“……그러게.”

벨란데르의 대꾸에는 힘이 없었다. 아무래도 현실 세계에서 무슨 일이 터진 모양이었다.

“레나세르 언니도.”

“그분은 일이 있다고 알려 왔어.”

“그래?”

엘루스와는 바젠빌에 머물 때, 자이곤 동굴에서 창피를 당한 이후에 친해졌다.

저 동그랗고 커다란 눈망울의 소유자가 NPC라는 사실을 잊어버리자 대화는 술술 이어졌다. 엘루스가 상당히 똑똑하다는 점은 금세 알 수 있었다. 벨란데르는 오랜만에 말이 통하는 상대를 만난 셈이었다.

롱티메 공작이 만들었기 때문에 롱티메 가도라 불리는 이 넓은 길로 오가는 사람들의 수가 부쩍 늘었다. 짐을 가득 실은 마차도 많았다. 확실히 수도로 오니 사람들이 북적거리는 분위기가 났다.

겔란드와 가쿨라, 콜마는 말을 타고 앞서서 가고 있었다. 엘루스와 벨란데르는 대략 5미터 남짓 거리를 두고 따라갔다.

"우리를 잊었을지도 몰라."

엘루스가 말했다.

"잊어?"

"노바디 말이야."

"그럴 리는 없어."

"이방인은 다 그렇잖아. 언제든 사라져 버릴 수 있으니까."

엘루스의 말에 가시가 박혀 있었지만 벨란데르는 아니라고, 그렇지 않다고 말할 수 없었다.

페플의 삶은 언제든지 중단 가능하다. 계정을 삭제하면 모든 기록까지 지워진다. NPC의 입장에서 본다면 이방인만큼 믿기 힘든 대상은 없을 것 같았다.

"난 아니야."

벨란데르는 힘주어 말했다.

"너도 이방인잖아."

"난 보통 이방인이 아니라는 뜻이야."

"못 믿어. 안 믿어."

"맘대로 해."

라마간을 떠나서 이곳 마르세르까지 오면서 원정대를 구성하는 NPC와 이런저런 대화를 나누었다. 그들은 살아 있는 사람보다 진짜 같았다.

페플에 접속한 게이머들은 왠지 모르게 경박하고, 유치했으며, 주말에 놀이공원에 온 사람처럼 허세가 몸에서 묻어났다. 그에 비하면 이들 NPC들이야말로 페플의 진짜 주인이라고 할 만했다. 삶을 대하는 이들의 태도는 대단히 진지해서, 어딘지 모르게 고귀한 느낌마저 자아냈다.

이번 원정으로 페플을 바라보는 관점이 완전히 바뀌었다. 벨란데르는 윤태희의 제안을 받아들이기 잘했다고 생각했다.

그때, 배가 푸른색이고 날개가 주황색인 와이번이 마르세르에서 이쪽으로 날아왔다.

"우와."

엘루스였다.

벨란데르는 백색의 늑대 융페르를 떠올렸다. 결국 이번 원정길 동안 한 번도 부르지 못했다. 와이번을 귀속시켰다면 엘루스의 감탄이 자신에게로 향했을 텐데.

그 와이번이 아래로 내려왔다.

"어?"

벨란데르는 겔란드가 붙여 준 그란투모스를 뽑았다. 그러나 와이번은 가볍게 날개를 접으며 사뿐히 내려앉았다. 와이번의 등에서 뛰어내린 사람은 무척 잘생긴 남자였다.

"가쿨라!"

10대 후반의 그 남자가 가쿨라를 향해 달려왔다.

"……왕세자님?"

"그래, 나야."

남자는 말에서 내린 가쿨라를 꽉 안았다.

"왕세자 저하, 이런 곳에서 이러시면 곤란합니다."

"몇 년 만이지?"

"대략 5년쯤 된 것 같습니다."

"내가 궁으로 오라고 몇 번이나 편지를 보냈는지 알아?"

"못 간다고 답장을 드렸잖습니까."

가쿨라는 주위를 살폈다. 왕세자의 얼굴을 알아보는 사람들이 꽤 많을 것이다.

"누구야?"

왕세자 론투엘은 원정대를 바라보며 물었다. 가쿨라가 재빨리 원정대장 겔란드, 팔건파의 여섯째 콜마, 라마간 시장의 손녀 엘루스 그리고 이방인이자 녹색의 날개 일족인 벨란데르를 소개했다.

"녹색의 날개? 그러면 엘프잖아."

론투엘의 말에 벨란데르는 기다란 머리카락을 뒤로 넘겨

뾰족한 귀를 보여 주었다.

"와아, 잘됐다. 마침 궁에 녹색의 날개 일족의 예언자로 유명한 셀레스카르 님이 와 계시니까."

벨란데르의 낯빛이 변했다. 진짜 녹색의 날개 일족 엘프가 저기 마르세르에 있다? 거짓말이 언젠가 들통이 나리라 생각했지만 이렇게 빨리 그날이 다가올 줄은 몰랐다.

달아나야 할까?

그래야 한다.

그 순간, 엘루스가 눈에 들어왔다. 이방인을 향해 그녀가 내뱉었던 말이 모두 생각났다. 이대로 사라지면 엘루스는 자기 생각이 옳다고 확신할 것이다. 두 번 다시 이방인을 믿지 않을 것이다.

벨란데르는 도망치는 대신 얼른 메시지 창을 열어, 윤태희에게 도움을 청했다. 레나세르가 직접 나선다면 또 다른 길이 생길지도 모른다. 한시라도 빨리 레나세르가 오기를 기다리는 벨란데르는 입술이 바짝바짝 타들어 갔다.

원정대는 마르세르의 성문을 통과하여 곧바로 왕궁으로 향했다.

윤태희는 아파트를 올려다보았다.

"저기 노바디가 산다니."

평범한 아파트 단지였다. 오가는 사람들의 옷차림과 주차장의 차들 종류를 보건대 서민 아파트라는 점은 분명했다.

벨란데르, 아니 안진후를 처절하게 무릎 꿇린 노바디가 이 평범하고 서민적인 아파트에서 산다고 생각하니 무언가 잘못된 느낌이 들었다. 나이트클럽 뒷골목 음침한 빌라 같은 곳이 어울리지 않을까? 그렇게 상상한 윤태희는 깔깔 웃었다.

지나가던 중년 아줌마가 윤태희를 힐끔거렸다.

"자, 가 보자."

윤태희는 씩씩하게 아파트 정문 안으로 들어가서 엘리베이터를 기다렸다. 노바디가 사는 14층으로 올라가는 시간이 꽤 길게 느껴졌다. 이곳으로 오는 동안, 무슨 말을 해야 할지 다 정해 놓았지만 보통 인터뷰나 취재와는 완전히 달라서 긴장감은 점점 더 커지고 있었다.

엘리베이터 문이 열렸다.

윤태희는 초인종을 눌렀다.

문은 열리지 않지만 살펴보는 시선이 느껴졌다. 아마도 김현의 어머니 조윤자가 누가 왔는지 보고 있을 것이다.

-누구세요?

"저는 주간페플의 윤태희 기자예요."

윤태희는 미리 준비한 주간페플의 사원증을 들어서 보여

주었다. 물론 가짜였다.

―……기자가 여긴 왜 온 거예요?

겁먹은 목소리였다.

윤태희는 무슨 일이 벌어진 거라고 확신했다.

"실은 김현 씨가 이달의 페플 게이머로 뽑혔어요. 그래서 몇 번 김현 씨에게 연락을 드렸는데 아무런 답장을 받지 못해서요. 연락처도 따로 없어서 댁으로 직접 찾아왔어요. 이달의 게이머로 뽑히면 1년 동안 정액제가 면제될 뿐 아니라 인터뷰 기사가 잡지에 실려요. 김현 씨를 잠시 뵈었으면 하는데, 혹시 아드님이세요?"

―……잠깐 기다려요.

윤태희는 오늘 당장 집 안으로 들어가지는 못할 거라고 생각했다. 기자의 능력은 글발이 아니라 끈질기게 버티는 힘이었다. 몇 번이고 찾아와야 취재의 문이 열린다.

잠시 후, 문이 열렸다.

"들어오세요."

"……네? 아, 네."

윤태희는 얼떨떨한 표정을 지으며 안으로 들어갔다.

"저쪽이에요."

조윤자가 아들의 방으로 기자를 안내했다. 방은 어두웠지만 두 개의 등대 같은 스탠드 덕분에 어두침침하지는 않았다.

"커피 드시겠어요?"

"네, 고맙습니다."

조윤자가 나가자 윤태희는 천천히 소파에 앉은 김현을 향해 다가갔다. 김현은 돌아보지도 않았다.

몸을 일으켜 돌아선 김현이 내뱉은 말 한마디에 윤태희는 소스라치게 놀랐다.

"레나세르."

"그, 그걸 어떻게……?"

레나세르가 윤태희라는 사실은 세상에서 몇 명밖에 모른다. 설마 안진후가 그사이에 알렸을까? 그럴 리는 없지만 나중에 확인해 보면 알 수 있을 것이다.

"앉으세요."

김현은 의자를 가져와 소파 앞에 놓았다.

"맞아. 난 레나세르야. 걱정이 돼서 온 거야. 그동안 접속하지 않아서 다른 사람들도 염려하고 있어."

현실에서 NPC를 사람들이라고 말하려니 조금 이상했다.

그때, 조윤자가 커피와 오렌지 주스를 쟁반에 놓고 가져왔다. 윤태희는 고개 숙여 감사를 표했다.

"이달의 게이머로 뽑히셨는데, 소감을 듣고 싶어요."

"전혀 몰랐어요."

두 사람은 조윤자가 듣도록 인터뷰 스타일의 대화를 이어나갔다. 조윤자가 문을 완전히 닫자 그 이야기는 뚝 끊겼다.

"무슨 일이 있었니?"

"……조금 다쳤어요."

김현은 아물고 있는 이마의 상처를 보여 주었다.

"저런. 어떻게 된 거야?"

"넘어졌어요."

김현은 유리문에 몸을 날렸다는 말은 하지 않았다.

"그러면 다시 페플로 돌아오겠네?"

"네."

"다행이다."

"그런데 어떻게 알고 찾아왔어요?"

김현의 질문은 예리했다.

"난 주간페플의 기자……."

"아니란 것 알고 있어요."

"음."

웬만한 거짓말로 김현을 속일 수 없다는 느낌이 들었다. 이럴 때면 정공법이 나을지도 모른다. 어차피 언젠가는 진실을 털어놓아야 한다고 생각해 왔다. 김현이 도와야 라마간의 비밀을 알아낼 수 있으니까.

라마간의 소동 때문에 관심을 가졌으며, 왜 유독 라마간의 NPC만 독립적이고 자유롭게 행동하는지 알고 싶어서 이런저런 뒷조사를 했노라고 윤태희는 솔직하게 말했다. 과연 진실은 힘이 있는지 김현은 더 이상 공격적으로 되묻지 않았다.

"벨란데르는 누구죠?"
"아는 동생이야."
"그 사람도 제가 누군지 알아요?"
"아니, 몰라. 난 기자야. 개인 정보를 함부로 알려 주진 않아."
불쑥 기자의 자존심이 삐져나왔는데, 윤태희는 살짝 부끄러웠다. 마음대로 뒷조사를 한 주제에 자존심을 내세우다니.
"난 라마간에 대해 아는 게 없을 뿐 아니라, 무언가 안다고 해도 알려 줄 생각은 없어요. 그러니까 기대 같은 건 하지 마세요."
김현은 담담했다.
이런 종류의 분위기를 가진 사람은 아무리 말해 봐야 소용이 없다는 점을 윤태희는 경험으로 알고 있었다.
"좋아, 일단은 그렇게 알고 있을게. 생각은 달라질 수 있으니까. 그보다, 내가 레나세르라는 사실, 어떻게 알았어?"
"뒷조사를 했어요."
"뭐?"
"농담이에요."
김현이 풋 웃자, 어린 티가 묻어났다.
윤태희는 할 말을 잃었다. 고딩의 농담에 정색을 하다니.
"말투가 비슷해서 혹시나 했어요. 저도 얼마나 놀랐는지 몰라요. 그 레나세르가 집으로 찾아올 줄은 상상도 못 했거든요.”

“……그래?”

어딘지 찝찝했지만 그 설명 외에는 알 수 있는 방법이 없었다.

“원정대는 어디에 있어요?”

“마르세르에 도착했을 거야.”

“음, 하루나 이틀 후에 페플에 접속할 테니 그렇게 전해주세요.”

“왜? 오늘은 접속 안 해?”

“생각할 게 있어요.”

이번에도 힘이 묻어나는 말투여서 누가 뭐라고 해도 그 결심을 바꿀 수 없을 것 같았다. 윤태희는 직접 만난 김현에게서 기이한 힘을 느꼈다. 페플 속에서 본 노바디보다 현실의 김현이 더 노바디 같달까.

“한 가지 물어봐도 될까?”

“얼마든지요.”

“싸움 잘해?”

그 질문을 받은 김현의 얼굴이 굳었다. 석상처럼.

그 순간을 윤태희는 정확히 포착했다. 대단히 중요한 부분을 찔렀다는 확신이 들었다. 기자로서 특종을 찾아낸 것만큼이나 결정적인 순간이었다.

김현은 금세 틈을 봉합해 버렸다.

그 과정이 대단히 신속하고 정밀해서 윤태희는 또 탄복했다.

"왜 그런 게 궁금하세요?"

"그냥."

"페플은 페플, 현실은 현실이에요. 윤태희 기자님이 현실에서 레드폭스로 불의 화살을 쏠 수는 없잖아요."

"그건 그래."

윤태희는 대화가 끝났다는 사실을 직감했다. 밖으로 나가서 조윤자와 이런저런 이야기를 나눈 후에 아파트를 빠져나왔다. 긴장했는지 어깨가 뻐근하고 허리가 아팠다.

김현은 이제까지 기자로서 만난 사람들 중에 가장 독특한 사람들 중 하나였다.

아파트를 올려다보던 윤태희는 핸드폰을 꺼내어 전화를 걸었다. 일간지 기자로 처음 들어갔을 때 경찰서나 병원을 돌면서 기삿거리를 찾아 헤맨 적이 있었다. 제대로 씻지도 못할 때 만나서 몇 번 술을 마신 사람은 금세 전화를 받았다.

"나야. 뭐 좀 알아봐 줘. 왜 이래? 내가 술 산다니까. 그래, 그렇다니까. 여기가 어디냐면……."

윤태희는 아파트 주소를 불러 주었다.

"거기서 무슨 일이 벌어졌는지 알고 싶어서. 뭐? 알고 있다고? 나 말고 다른 사람에게 전화를 받았다고? 아무튼, 말해 봐."

윤태희는 김현의 집에서 벌어진 일을 그 경찰관으로부터 들을 수 있었다. 사채꾼이 보낸 건달 세 명이 아파트 안으로 들어가서 엄마를 폭행했고, 옆에 있던 아들이 건달과 싸웠다는 이야기였다.

결과가 흥미로웠다. 깡패 셋은 물론 그 아들까지 병원으로 실려 갔는데, 아들은 이틀 만에 퇴원한 반면 깡패들은 아직도 병원에 입원한 상태라는 내용이었다. 그 경찰관은 이렇게 덧붙였다.

–웃긴 게, 박살 난 깡패들도, 그 아들 녀석도 기억나는 게 없대. 그러니 경찰도 더 조사할 게 없지.

전화를 끊은 윤태희는 전율이 몸 안에서 회오리처럼 커지고 있다는 사실을 깨달았다.

김현은 분명히 페플의 노바디처럼 싸움의 천재였다. 노바디가 콤포와 킹자이곤을 해치운 것처럼, 김현은 집으로 들어온 깡패 놈들을 병원으로 보내 버린 것이다.

그제야 왜 김현과 이야기를 나눌 때 긴장했는지 그 이유를 알아차렸다.

언젠가 미친 척하고 인터뷰를 했던, 암흑가의 킬러와 그 분위기가 비슷했다. 선입견과 달리 그 킬러는 대단히 차분해서 지적인 분위기의 대학 교수 같았다. 살벌한 경험담만 아니라면 유학파 교수라고 해도 믿을 터였다.

"김현은 진짜야."

그 순간, 김현이 왜 4년이나 방에 갇혀 있었는지가 궁금해졌다. 저렇게 강한 아이가 왜 자신을 가두었을까?

윤태희는 길가에 세워 둔 차에 올라탔다. 이 느낌이 사라지기 전에 수첩을 꺼내어 생각을 옮겼다. 서서히 흥분이 가라앉자 윤태희는 안진후가 제대로 임자 만났다고 생각했다. 적어도 싸움이라는 분야에서는 안진후가 죽을힘을 다해도 김현을 좇아가지 못할 것이다.

윤태희는 시동을 걸었다.

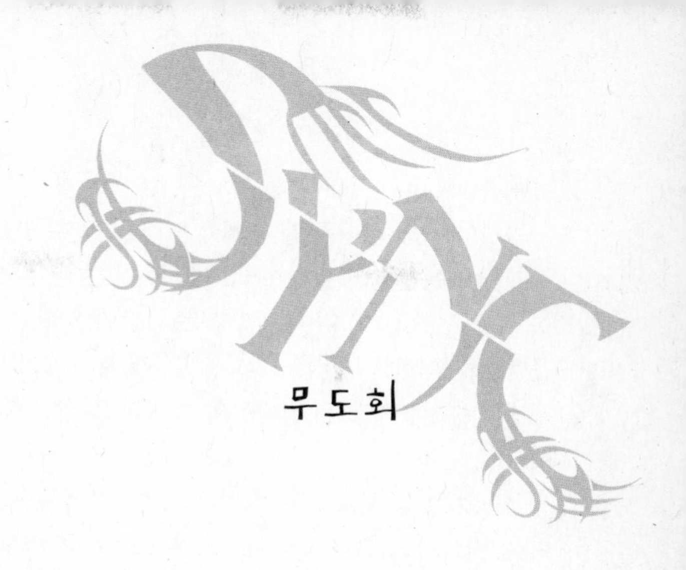

무도회

김현은 어둠 속에 앉아 있었다.

이 극적인 변화를 곰곰이 생각했다. 왕따를 당해서 힘들어 하던 자신이 그 거친 깡패들을 셋이나 해치웠다. 페플에서처럼 차분한 마음으로 그들의 동작을 살피면서 허점을 찾았고, 그 틈을 이용하며 상대를 쓰러뜨렸다. 그 과정은 자신이 생각해도 놀랄 만큼 치밀했다.

자신은 결코 싸움을 잘하거나, 배포가 크거나, 학교의 일진처럼 나서는 스타일이 아니었다.

어떻게 이런 변화가 생겼을까?

아무리 궁리해도 답은 하나뿐이었다.

저 커넥터 때문이다.

페플 때문이다.

가상 세계의 삶이 현실 세계에 영향을 줄 수 있을까?

그게 가능하다면 벌써 난리가 났을 것이다. 수억의 사람들이 페플을 즐긴다. 깊이 파고드는 사람이 있다면 가볍게 페플을 플레이하는 사람도 많다. 그들에게 크고 작은 변화가 생겼다면 지금쯤 모든 사람들이 그 효과를 알고 있어야 정상이다.

몸에는 이상이 없었다. 염려하는 엄마를 위해서 집으로 찾아온 의사가 진찰하도록 꾹 참았다. 다행히 정신과 의사는 아니었다. 몸을 살펴보는 건 어떻게 참고 넘어갈 수 있어도 정신을 들여다보며 자기 마음으로 평가하는 사람을 견디는 건 불가능에 가깝다.

페플이 변화의 원인이라면 언제, 어떻게, 왜, 어디까지 그 변화가 영향을 끼칠지 궁금해졌다.

당장 동대문 시장을 뒤져서 손도끼를 구한다면 사라젠의 수부처럼 자유자재로 다룰 수 있을까? 그래 봐야 여기 현실에서는 별 소용이 없을 것이다. 강도로 몰려 경찰에 잡히지 않으면 다행이다.

김현은 이 모든 게 꿈 같았다. 방에 갇혀 몇 년을 보냈다는 것도, 페플이라는 가상 세계의 존재도, 거기서 겪은 일 혹은 얻은 성장이 현실 세계에 영향을 준다는 추측도 모두 꿈처럼 굉장하면서도 모호했다. 아침에 자고 일어나서 잠이 덜 깬

기분이랄까.

어제저녁에 찾아왔던 윤태희라는 여자의 얼굴을 본 순간, 전혀 닮지 않은…… 연결점이라고는 전혀 없는 레나세르가 떠올랐다. 자신도 모르게 그 이름을 내뱉고 나서야, 윤태희의 표정을 보고 나서야 그 직감이 옳다는 점을 알 수 있었다.

신기한 일이 이곳 현실에서 벌어지고 있었다.

똑똑.

"들어가도 돼?"

"응."

김현은 복잡한 생각을 옆으로 흩어 버렸다.

엄마는 방으로 와서 소파에 앉았다.

"우리 아들, 멋졌어."

"……정말?"

김현은 엄마가 자신을 이상하게 보지나 않을까 걱정했다. 자기가 생각해도 냉정하고 약간은 기계적으로 그 깡패들을 제압했던 것이다.

"엄마를 위해 싸운 거, 알고 있어. 고맙다. 정말이야."

김현은 아무 말도 못 했다.

"엄마는 항상 우리 아들 편이야."

"……고마워."

"우리, 이사 갈까?"

듣자마자 그 질문에 담긴 온갖 고민이 느껴졌다. 엄마는 그 깡패들이 돌아와서 보복을 하지 않을까 걱정하고 있었다.

"난 좋아."

김현은 엄마를 위해서, 이제 거기서 벗어난 자신의 과거와 멀어지기 위해서 고개를 끄덕이며 답했다.

이사는 며칠 만에 이루어졌다. 엄마는 아들에게 변화가 생기면 아픔이 서린 그 집을 떠나려고 오랫동안 준비를 해 왔고, 마침 좋은 집이 나왔다. 평수는 작지만 집이 깔끔하고 창밖 경치가 좋은 아파트였다. 아직 바깥세상이 힘든 김현은 엄마의 배려로 차 안에서 이사가 끝날 때까지 기다렸다.

차까지 내려가는 일도 김현에게는 어마어마한 모험이었다. 스스로 생각해도 웃기지만, 김현은 자이곤 동굴로 들어가 킹자이곤을 쓰러뜨린 그 경험을 떠올리며 갑자기 찾아올지도 모를 호흡곤란, 경련 등에 대비했다. 다행스럽게도, 차 안에서의 시간은 금세 지나갔다.

새로운 집, 새로운 방으로 들어선 김현은 부풀어 오르는 마음을 느낄 수 있었다. 그 분위기가 마음에 들었다.

"어때?"

"엄마는?"

"난 좋아."

"나도."

"이사를 했으니 우리 짜장면에 탕수육 먹을까?"

김현은 활짝 웃었다. 삶이 제자리를 찾은 느낌이었다. 비록

여기까지 오는 데 많은 시간이 걸렸고 많은 눈물을 흘려야 했지만, 올 수 있었다는 사실 자체만으로도 기분이 좋았다.

벽을 잡고 계단을 하나씩, 조심스럽게 내려갔다.

금세 호흡이 빨라졌다.

겨우 한 층 내려왔는데도 이마에 땀이 맺혀 있었다. 김현은 소매로 땀을 닦으면서 아래로 이어지는 계단과 위로, 안전한 집으로 올라가는 계단을 번갈아 바라보았다. 마음 같아서는 집으로 돌아가고 싶었다.

"그럴 수는 없어."

심호흡을 하며 다시 하나씩 계단을 딛고 내려갔지만 어찌나 팔에 힘을 줬는지 어깨가 결렸다.

거의 한 시간이 걸려서야 1층에 도착한 김현은 기진맥진 쓰러질 지경이었지만 마음은 오히려 뿌듯했다. 4년 만에 자기 힘으로, 혼자서 아파트 현관으로 나온 것이다.

경사진 길을 따라서 내려가자 주차장이 보였다. 낮이어서 군데군데 빈자리가 보였다.

주차장 너머에 있는 길로 유모차를 끄는 아주머니 몇 명이 보였다. 그들의 시선이 김현을 향해 날아왔다. 김현은 재빨리 고개를 돌려 천천히 걸었다. 빨리 걸을 힘은 없었다.

드디어 아파트를 끼고 도는 길로 나왔다. 버스 정류장 옆에 횡단보도가 있고, 그 건너편에 공원이 펼쳐져 있었다. 김현은 횡단보도 앞에 서서 신호가 바뀌기를 기다렸다.

기분이 이상했다.

또 다른 세계에 와 있는 느낌이었다. 4년이라는 시간 동안 세상은 변해 있었다. 딱히 꼬집어 말할 수 없지만, 분위기랄까 느낌이랄까 아무튼 무언가 달라져 있었다.

처음 페플에 접속했을 때와 비슷했다. 현실적이지만 어딘지 모르게 비현실적인 느낌이 묻어난달까.

녹색불이 켜졌다.

김현은 걸었다. 귀에 이어폰을 낀 학생들이 옆을 스치듯 지나갔다. 아이들도 김현을 금세 추월했다. 지팡이를 짚은 할머니만 김현과 비슷한 속도로 걷고 있었다. 그 할머니 덕분에 신호가 빨간불로 바뀌었는데도 차들은 빵빵거리지 않았다.

목표로 삼은 공원에 결국 도착했다.

김현은 벤치에 앉았다. 높이 10미터에 육박하는 커다란 소나무 몇 그루가 서 있는 벤치였다.

"휴우."

한숨을 내쉬었지만 기분은 최고였다. 이유를 알 수 없는 불안, 땅 밑이 꺼져 버릴 것 같은 두려움, 그냥 심장이 멎어 버릴 것만 같은 공포를 정면으로 이겨 낸 결과였다.

엄마가 지금 이 모습을 보면 얼마나 기뻐할까?

김현은 매일 연습을 해서 익숙해진 다음 엄마를 깜짝 놀라게 할 생각이었다. 퇴근 시간에 맞춰 버스 정류장에서 기다리는 아들을 보면 엄마는 어떤 표정을 지을까?

김현은 빙긋 웃었다.

공기는 차가웠다. 그래서 좋았다. 정신이 선명해지는 기분이었다.

김현은 고개를 들어 하늘을 쳐다보았다. 펼쳐진 소나무 가지와 뾰족한 잎이 어우러져 만드는 복잡한 문양 너머로 파란 하늘이 보였다. 그 소나무를 보니 라마간의 철림에서 본 거대한 나무 철목이 생각났다.

김현은 손을 뻗었다.

매끄러운 철목과 달리 딱딱한 껍질이 손에 닿았다.

"소나무에서도 그 흐름을 느낄 수 있을라나?"

김현은 장난스럽게 속삭였다.

말도 안 되는 생각이지만, 김현은 눈을 감고 손바닥에, 손가락 끝에 정신을 집중했다. 소나무 내부에도 철목의 기운 비슷한 힘이 숨겨져 있으리라는 약간의 기대 때문이었다.

포기하려는 순간, 기이한 박동이 느껴졌다. 그 떨림은 실제인지 상상인지 분간이 가지 않을 만큼 흐릿했다. 멀지 않은 공사장에서 철근을 놓느라 생긴 진동인지도 모른다.

김현은 마음을 손에 쏟았다. 페플에서 얻은 집중력은 현실에서도 그대로 발휘되었다.

서서히 귀로 스며드는 소음이 줄어들었다. 아니, 소리는 그대로였지만 김현은 그 소리를 은연중 무시했다.

착각이 아니었다.

소나무에서도 철목에서처럼 미세하지만 그 기운이 기묘한 리듬으로 춤추고 있었다. 철목을 무너뜨린 방법 그대로 이 소나무도 쓰러뜨릴 수 있다는 뜻이었다. 비록 시간은 더 걸리겠지만.

김현은 믿을 수가 없었다. 페플과 현실이 이토록 비슷하다니.

그때, 앞에서 목소리가 들렸다.

"어이, 너, 김현이지?"

김현은 눈을 떴다.

짝다리로 선 남자가 보였다. 머리카락을 노랗게 염색한 그 남자의 오른쪽 귀에는 은색 귀걸이가 달려 있었다.

"나야, 이근상. 설마, 잊은 건 아니지?"

이근상은 침을 탁 뱉었다.

김현은 고개를 흔들었다. 누군지 기억이 나지 않았다. 아마도 학교를 그만두기 전에 같은 반이었거나 친한 사람이었던 모양이다.

"이기용과 같은 반이었잖아, 우리."

"……이기용?"

김현의 눈이 커졌다. 숨소리가 빨라졌다. 심장이 쿵쿵 뛰기 시작했다. 고집 센 그 얼굴이 떠올랐다.

"진짜로 잊은 거였어? 우와, 대박!"

"나, 나는……."

김현은 몸을 일으키다 넘어질 뻔했다. 겨우 손을 뻗어 소나무를 껴안았다. 소나무로부터 약하지만 끊이지 않는 기운이 김현의 몸으로 흘러들어 왔다. 김현은 겨우 버틸 수 있었다.

"기용이만 불쌍하잖아. 이래서 세상은 불공평하다는 거야. 너, 대단하다. 완전 사이코패스야."

이근상은 김현의 허리를 발로 걷어찼다.

몸이 휘청거렸지만 김현은 소나무를 놓지 않았다.

"잘 만났다, 이 개새끼."

이근상은 주먹으로 치고, 무릎으로 찍었다.

김현은 소나무를 꽉 붙들고 놓지 않았다. 소나무에서 떨어지는 순간, 다 끝이라고…… 두 번 다시 방에서 나올 수 없을 거라고 생각했다.

이기용이라는 이름을 듣는 순간 왜 이토록 무서운지, 왜 이렇게 몸이 움츠러드는지 김현은 알 수 없었다. 이근상이 한 말을 통해 같은 반이었으며 자신 때문에 피해를 봤거나 문제가 생겼다는 정도만 추측할 수 있었다.

이근상의 주먹이 김현의 귀를 때렸다. 김현의 머리는 소나무와 강하게 부딪혔다.

캄캄한 과거의 기억 중 하나가 생각났다.

김현은 이근상에게 자주 맞았다. 이근상은 꼴 보기 싫다는 이유로, 느려 터졌다는 이유로, 심지어 오늘 비가 온다는 이유로 김현을 때렸다. 김현뿐 아니라 반에서 약하거나 저항하지 않는 아이들을 장난감 취급했다.

이기용이 불러일으킨 두려움을 분노가 이기는 순간, 김현은 날아오는 주먹을 가볍게 피하며 이마로 이근상의 코를 찍었다. 이근상이 신음을 흘리며 뒤로 물러서자 김현은 몸을 위로 가볍게 띄우며 무릎으로 턱을 쳐올렸다. 이근상은 뒤로 붕 떠올랐다가 빛바랜 잔디 위로 떨어졌다.

김현은 가만히 이근상을 내려다보았다. 기절한 이근상은 과거 손찌검을 일삼던 그 이근상이 아니었다. 그건 곧 지금 이근상을 쓰러뜨린 김현이 과거에 맞았던 그 김현이 아니라는 뜻이었다.

이 흐뭇한 기분은 왠지 페플에서 몬스터를 잡았을 때와 비슷했다. 이근상이라는 몬스터를 잡았다? 김현은 피식 웃었다.

주머니를 뒤져서 핸드폰을 찾았다. 버튼 1번을 꾹 눌렀다. 잠시 후, 신호음이 들렸다.

–왜 아직도 안 오고 지랄이야?

걸쭉한 목소리였다.

전화를 끊은 김현은 그 번호로 공원의 위치를 보냈다.

이근상을 두고 몇 걸음 걸었던 김현은 다시 돌아와 지갑과 핸드폰을 집어 들었다. 이근상에게 뜯긴 돈이 생각나서였다.

"확실히 몬스터가 맞아. 이렇게 돈과 아이템을 주는 걸 보면 말이야."

김현은 집으로 가는 내내 기분이 좋았다.

페플 시스템은 보안이 삼중, 사중으로 철저하지만 페플에서 일했던 사람들 개개인은 허점투성이라는 사실을 보다 적극적으로 활용함으로써 안진후는 'X등급'과 관련된 두툼한 보고서를 입수할 수 있었다. 페플 설계의 핵심 연구원 중 한 사람이었던 김윤철 박사의 개인 컴퓨터 깊숙한 암호 폴더에서 찾아낸 그 보고서는 무려 364페이지짜리였다.

"Y등급? P등급?"

그 보고서에 따르면 등급의 종류는 굉장히 많았고, 분류 방법도 복잡하고 제각각이었다.

밤을 새워 그 보고서를 모조리 읽은 안진후는 등급이라는 말 때문에 오해했다는 사실을 깨닫고 길게 숨을 내쉬었다. R등급은 말 그대로 페플의 현실성을 단계별로 선택하는, 그래서 등급이라는 말이 어울리지만 다른 등급은 아니었다.

X등급, Y등급, A-12등급 따위는 모두 페플 테스트 과정

에서, 혹은 지금처럼 페플을 운영하면서 갑자기 튀어나온 비정상적인 게이머의 사례를 지칭하는 표현이었다.

P등급에 해당하는 사람들은 페플에서 냄새를 맡을 수 없었다. 기존 방식으로는 그들에게 풍성한 향기를 느끼게 할 수 없었던 것이다. 그런 경우에 해당하는 사람들을 모아서 연구한 결과, 페플 시스템이 획기적으로 개선되지 않는 한 페플에서의 후각을 살려 낼 방법은 없다는 점이 밝혀졌다. 타고난 체질 때문에 페플과 맞지 않았던 것이다.

근거나 확실한 이유는 알려지지 않았다.

안진후는 노바디에게 관심이 많았기에 X등급에 집중했다.

X등급은 수억 명이나 접속하는 페플에서도 딱 한 번 있었던, 가장 희귀한 경우였다. 보고서를 작성한 연구원은 대단히 신중한 태도로 X등급을 설명했다.

> X등급은 특별한 방식으로 페플과 커뮤니케이션을 하는 것 같습니다. 보다 자세한 결과를 얻으려면 장기적인 연구가 필요합니다.

이런 종류의 보고서에서 '특별한 방식'은 무언가 현상은 있지만 왜 그런지 원인을 찾을 수 없다는 뜻과 같다. X등급에 대해서는 페플 연구진도 딱히 알아낸 바가 없다는 의미였다.

만약 노바디가 X등급이라는 사실이 밝혀지면 어떤 일이

벌어질까? 수천 명에 달하는 페플 연구원들이 노바디를 찾아내어 온갖 실험을 다 할 것이다. 게이머로서의 삶은 끝이 날지도 모른다.

노바디의 약점을 손에 쥔 느낌이었으나 전혀 기쁘지 않았다. 그 연구에 참가한 사람들의 개인 컴퓨터를 파고든다면 더 자세한 실험 과정이나 자료 등을 구할 수도 있지만, 안진후는 거기서 멈췄다. 누군가의 사생활을 파헤치는, 일기장 따위를 훔쳐보는 느낌이었다.

똑똑.

노크 소리였다.

안진후는 거실로 나갔다. 윤태희가 소파에 앉아서 믹스 커피를 마시고 있었다.

"어쩌지?"

안진후가 물었다.

"명상을 끝내고 나오려면 아직 며칠은 더 있어야 하잖아."

윤태희는 녹색의 날개 일족의 예언자 셀레스카르가 지하 깊은 곳 독방으로 내려가 명상이 잠겨 있으며, 그 명상은 최소 보름 이상 이어질 계획이라는 점을 감안하면 앞으로 여유가 있다는 사실을 지적했다.

"그래도 대책이 있어야지."

"방에서 뭘 열심히 하는 눈치 같던데, 뭐야? 뭘 알아낸 거야?"

윤태희는 가끔 놀랍도록 예리했다.

"노바디가 누구야? 누나는 알지?"

안진후도 거기 뒤지지 않았다. 노바디가 며칠 안으로 페플로 돌아올 거라는 확신은 직접 아는 사이여야 가능하다.

"오호라, 그걸 알려 주면 너도 알아낸 걸 알려 주겠다?"

"물물교환만큼 오래된 인간관계의 원리도 없지."

"그럼, 싫다. 별로 알고 싶지 않아."

"나도 마찬가지야."

두 사람은 동시에 웃음을 터트렸다. 초등학생처럼 유치하게 굴었다는 사실을 동시에 깨달았던 것이다.

기지개를 켠 윤태희가 뜬금없이 물었다.

"넌 앞으로 뭘 하며 살 거야?"

"……뭔 질문이 그래?"

"가볍게 생각해."

"음, 하고 싶은 일이 엄청나게 많아."

"하긴."

윤태희는 빙긋 웃었다. 안진후의 능력을 고려한다면 한 가지 일만 해서는 안 된다. 국가적으로, 어쩌면 세계적으로 손해니까.

"누나는 지금 하는 일이 만족스러워?"

"100프로는 아니지만 그런대로."

"평생 하고 싶을 만큼은 돼?"

"그렇진 않아."

윤태희는 솔직한 마음을 드러냈다.

진실은 관점에 따라서, 시기에 따라서 모양을 바꾸는 카멜레온 같은 것이었다. 아무리 진실을 찾아내도 여러 조건에 의해 거짓이 되기도 한다. 반대로 거짓도 진실로 포장되거나 아예 진실로 받아들여지기도 했다.

그럴 때면 프리랜서 기자 혹은 블로거로서의 삶에 회의가 찾아온다. 다른 일을 해 보고 싶어진다. 취미 혹은 진지한 태도로 다른 일로 잠시 외도를 하지만 다시 진실을 찾아내어 알리고 싶은 갈망에 시달리다 못해 기자로서의 삶으로 복귀한다.

몇 번이나 그 요동을 거쳤지만 어느 쪽이 답인지 알 수가 없었다. 어쩌면 안진후처럼 여러 일을 한꺼번에 하는 것도 괜찮은 선택지 같았다.

"그 녀석은 뭘 하고 싶어 할까?"

안진후가 물었다.

"노바디?"

"응."

"궁금해?"

"조금."

의외였다. 안진후가 누군가의 삶에 먼저 호기심을 느끼다니. 윤태희는 속으로 웃었다.

윤태희는 직접 만났던 김현을 떠올렸다. 그 아이라면 무엇을 하고 싶을까? 아무것도 생각나지 않았다. 도대체 뭘 할지 상상조차 어려웠다. 점잖은 조폭? 아니면 냉혹한 정치가? 그것도 아니면 기업합병으로 떼돈을 버는 사악한 기업사냥꾼?

그때, 초인종 소리가 들렸다. 현관으로 가는 동안에도 계속 버튼을 누르는 모양이었다.

윤태희는 짜증이 났다. 누군지 알 것 같았다. 과연 그 사람이었다. 전 세계 생중계로 패배의 모습이 나가 버려 마음이 무너진 검제 남궁현도, 아니 안진후의 큰형 안형준이었다.

"윤태희! 문 열어!"

술에 취한 안형준이 고래고래 소리를 질렀다.

경찰에 연락할까 생각하던 윤태희는 안진후가 옆에 있다는 사실을 잊지 않았다.

문을 열었다.

안형준이 히죽 웃으며 두 팔을 벌리고 다가오자, 술 냄새가 역하게 퍼져 나갔다.

윤태희는 마주 웃으며 안형준의 멱살을 잡고 유도 기술인 업어치기로 넘겨 버렸다. 큰형이 공중에서 뒤집어지며 바닥으로 꽂히는 광경을 본 안진후는 깜짝 놀랐지만 곧 박수를 쳤다.

"누나, 최고야."

"헛소리 말고 이쪽으로 와서 잡아. 술 마시면 더럽게 무거

워져.”

안진후는 윤태희를 도와서 안형준을 빈방으로 데려가 침대에 눕혔다. 반쯤 정신을 잃은 안형준은 '윤태희.'라고 중얼거렸다.

“큰형은 아직 누나를 못 잊은 모양이야.”

안진후는 윤태희 눈치를 보며 말했다.

“난 잊었어. 지금부터 페플에 들어가서 안 나올 거니까, 저 녀석이 일어나면 네가 알아서 내보내.”

“알았어.”

윤태희는 뒤도 돌아보지 않고 자기 방으로 가서 문을 잠갔다. 가슴이 아렸다. 한때는 평생을 함께할 거라 생각한 사람의 망가진 모습을 지켜볼 수가 없었다.

안형준과 헤어진 이유는 양다리 문제도 컸지만 그보다 본질적인 부분은 페플 때문이었다. 안형준이 현실에서의 삶보다 페플에서의 삶, 즉 검제로서의 삶을 중시했기 때문이다.

안형준은 현실에서도 충분히 인정받는 사람이었지만 수천만 명의 지지자, 팬이 있는 페플의 삶을 포기할 수 없었다. 아니, 점점 더 페플의 삶, 검제로서의 삶에 빠져들고 있었다.

저렇게 힘들어하는 이유는 안형준 자신이 아프기 때문이 아니었다. 검제의 명성에 금이 갔기 때문이다. 저 녀석은 여전히 자신이 곧 검제라고 믿는 것이다.

“나와는 상관없어.”

그렇게 중얼거린 윤태희는 페플 커넥터로 들어갔다.

대기실 혹은 로비라 불리는 곳에 이른 노바디는 잠시 곰 인형 탈을 벗을까 고민했다.

마음을 들키기 싫어서 일부러 무뚝뚝한 표정의 커다란 가면을 썼다. 굳이 그럴 필요가 없으니 벗어도 그만이지만, 이미 그 곰 인형 탈이 자신의 얼굴이기에 노바디는 그대로 접속 명령을 내렸다.

섬광이 사라지자, 라마간의 광장과는 비교도 할 수 없이 광활하고 사람들로 붐비는 공간이 나타났다. 높이 30미터는 될 것 같은 시계탑이 우뚝 솟아 있었고, 그 주위로 청동 조각이 훌륭한 세 개의 분수대가 정삼각형을 이루고 있었다.

라마간보다 수십 배 많은 이방인들이 광장을 돌아다니고 있었다. 네이티브들도 훨씬 많았다.

노바디는 주변을 두리번거렸다. 여기 접속했다는 말은 이 근처 어딘가에 원정대가 있다는 뜻이다. 원정대라는 퀘스트에 참가한 이상, 한동안 접속을 하지 않더라도 그 원정대의 이동을 따라간다는 페플 내규 덕분에 노바디는 바젠빌에서 이곳 수도 마르세르로 바로 온 셈이었다.

"여기다."

익숙한 목소리가 들렸다.

몸을 돌린 노바디는 분수대 앞 철제 벤치에 앉아 다리를 꼬고 있는 벨란데르를 발견했다. 이곳에는 엘프들이 꽤 많아, 눈여겨본 후에야 벨란데르를 알아볼 수 있었다.

겔란드, 가쿨라, 콜마는 보이지 않았다. 엘루스도 거기 없었다.

벨란데르가 몸을 일으켰다.

"따라와."

노바디는 그 뒤를 쫓았다.

노바디의 접속과 함께 나타난 붉은 곰 라드가 노바디 옆으로 다가서자 놀란 이방인들이 좌우로 갈라졌다. 그들은 붉은 곰 라드를 길들인 게이머를 눈여겨보다가 '노바디'라고 수군거렸다. 누구도 그 라마간의 붉은 곰을 길들여 귀속시킨 적이 없었던 탓이다.

그 관심은 곧 시들해졌다. 광장에는 노바디처럼 커다란 인형 탈을 쓴 게이머들이 제법 있었다. 노바디가 일으킨 열풍의 흔적이었다. 계속 페플로 유입되는 게이머들, 특히 처음 시작한 사람들 중 일부는 이유도 모르면서 토끼나 고양이, 개의 탈을 썼다.

노바디는 마르세르에 넋을 빼앗겼다. 새하얀 암벽 위에 층층이 세워진 도시는 햇살을 받아 눈이 부시도록 반짝이고 있었다. 건축물 하나하나가 조각 작품처럼 도시와 어울려, 보는 재미가 남달랐다. 이 도시에 비하면 라마간은 시골 마을이었다.

마르세르는 육중한 탑 형태를 갖춘 도시였다.

기단이라 할 수 있는 곳이 가장 넓은데, 거기 주로 서민들이 구획을 나누어 살아가고 있었다. 그 위로 1층, 2층, 3층…… 그래서 7층까지 올라간다. 위로 올라갈수록 부유하고 작위가 높은 귀족의 저택이 자리를 잡았다. 8층 꼭대기에는 타지마할을 닮은 궁전이 그 위용을 과시하고 있었다.

기단에서 1층으로, 1층에서 2층으로 올라갈 때마다 성문을 통과해야 했는데, 벨란데르가 내민 동그란 패를 보더니 아무런 말도 하지 않고 철문을 열어 주었다. 노바디는 원정대가 묵는 곳의 주인이 꽤 잘산다고 생각할 뿐이었다.

3층을 지나 4층에 이르렀지만 벨란데르는 계속 올라갔다. 6층을 통과하자 노바디는 도시의 꼭대기에 있는 왕궁이 목적지일지도 모른다고 생각했다. 그 예상은 적중했다.

"알고 보니 가쿨라 씨가 한때 룬트란 왕국의 왕세자를 보호하던 특별 근위 기사였던 모양이야. 왕세자가 가쿨라 씨가 온다는 사실을 알고 마중하러 왔고, 어쩔 수 없이 왕궁에 머물게 된 거야."

벨란데르는 탐탁지 않다는 말투였다. 왕세자를 입에 올릴 때마다 경멸이 입가에 떠올랐다.

노바디는 마법사인 가쿨라 사사형이 근위 기사였다는 사

실에 놀랐지만, 그보다 더 큰 감정은 페플이라는 세계가 지닌 심오한 깊이로 인한 즐거움이었다.

조그만 마을 같은 라마간에도 시장이 있고 라마간을 지키는 경비대가 법을 어기는 게이머를 응징했지만, 수도 마르세르가 보여 주는 복잡하면서도 정돈된 세계와는 거리가 멀었다.

이곳은 왕이 다스리는 왕국의 수도였다. 그저 도시를 훑어봤을 뿐인데도 어마어마하게 넓은 왕국의 풍요로움과 거기서 좀 더 높이 올라가려는 사람들의 치열한 경쟁이 몸으로 느껴졌다. 국왕은 그 경쟁 시스템의 정점에 선 사람일 것이다.

머리끝부터 발끝까지 짜릿해지는 사냥이나 전투와 또 다른 재미라서, 노바디는 벨란데르와 달리 다가오는 왕궁에서의 경험을 즐겁게 기대했다. 왕세자가 건방지다고 해도 거기에 충분히 맞춰 줄 준비가 되어 있었다. 이곳에서 자신은 민주주의에 익숙한 김현이 아니라, 페플에서 다시 태어난 노바디였기 때문이다.

왕궁을 지키는 병사들은 체구와 동작부터 달랐다. 엄정한 기세가 엿보여, 이곳에서는 허튼짓을 하면 안 된다는 경고를 온몸으로 발산하고 있었다.

"그동안 왜 안 왔어?"

벨란데르가 물었다.

노바디는 벨란데르에게서 조바심을 느꼈다. 접속한 순간

바로 묻고 싶었지만 지금까지 억지로 참았던 모양이다. 넌 알 필요 없다, 혹은 설명해도 모를 거라고 말하면 벨란데르는 바르르 떨며 화를 낼 것이다.

"엄마가 좀 아프셨어."

"……그래?"

벨란데르의 눈이 커졌다.

"이젠 괜찮으셔."

거짓말은 아니었다. 그 일로 놀란 엄마는 청심환을 자주 먹을 만큼 몸이 약해져서 병가까지 냈다. 다행히 이사를 한 후로는 마음이 안정되어서 그런지 부쩍 몸 상태가 좋아졌다.

"아, 다행이다."

"미안해. 원정대 퀘스트는 같이하는 건데."

"아냐, 아냐."

벨란데르의 분위기가 갑자기 달라졌다.

엄마 이야기 때문인지 퉁명스럽고 약간은 오만했던 태도는 자취를 감추었다. 오랜 친구처럼 그동안 있었던 일을 자세히 들려주기까지 했다.

그러다가 실수를 했다.

녹색의 날개 일족의 예언자인 셀레스카르르가 이곳 궁전 지하 깊은 곳에서 명상을 끝내고 나오면 거짓말이 들통 날 것 같아서 걱정이라는 말을 해 버린 것이다. 노바디가 그저 듣기만 할 뿐 놀란 반응을 하지 않는 바람에, 벨란데르는 마치 혼자 있는 것처럼, 혹은 윤태희 앞에서처럼 신나게 이야기를 한 것이다.

벨란데르의 입이 천천히 벌어졌다.

노바디가 한마디 했다.

"라마간 사람들을 상대로 사기를 친 거네."

"……사기를 친 건 아니야."

"그러면?"

"보다 우애 깊은 관계를 위해 약간의 양념이 필요했을 뿐이야."

"양념?"

노바디는 웃음을 터뜨렸다.

"아무튼 그때는 어쩔 수 없었어."

"거짓말이 들키면 룬트란 왕국에서 지낼 수는 없겠다. 그래도 중명 제국이나 라모넬린 공국 등 갈 곳은 많으니까."

노바디는 그리 크게 놀라지 않았다. 처음부터 이상한 원정이라고 생각했었다.

"……도와줘."

벨란데르는 망설이다가 겨우 부탁했다. 노바디의 말처럼 룬트란을 떠나면 그만이지만, 원정대에 합류한 이후 느껴지는 이 묘한 감정을 버리고 싶지 않았다. 소속감이랄까? 한 번도 느끼지 못했던 관계여서 지금 중단한다면 오랫동안 후회할 것 같았다.

"레나세르도 알아?"

"나중에 알게 됐어. 시작은 나 혼자야."

"음."

노바디는 고민에 잠겼다. 딱히 벨란데르에게 화가 나지는 않았다. 그 거짓말 덕분에 원정대라는 독특한 경험을 했고, 자이곤 동굴에서의 그 짜릿한 순간은 평생 잊지 못할 것이다.

벨란데르를 도와주고 싶은 마음이 조금씩 커졌다. 이방인, 즉 게이머인데도 겔란드, 가쿨라, 콜마 등 사형들을 있는 그대로 인정하는 모습은 보기 좋았다. 이런 게이머는 다시 만나기 힘들 것이다.

"그 예언자가 궁전 지하에 있다고 했지?"

"거기서 명상을 하고 있는 모양이야. 그게 끝나면 나올 텐데, 그러면 끝이야."

"우리가 내려가자. 가서 설명을 하고 도와 달라고 부탁하는 거야."

"뭐?"

벨란데르의 귀가 쫑긋 섰다.

"일이 커진 후에야 솔직하게 털어놓는 건 좋은 방법이 아니야. 겔란드 대사형뿐 아니라 라마간의 시장님도 이번 원정대에 관련이 있으니까. 게다가 우리가 있는 곳은 왕궁이야. 여기 머무는 동안에 거짓말이 폭로되면…… 아마도 큰일이 벌어질 거야."

“그 엘프가 우리를 도와줄까?”

“그렇게 만들어야지. 레나세르에게도 연락해. 같이 내려가야 하니까.”

“귀찮은 것은 질색일 텐데.”

“안 오면 주간페플로 내가 갈 거라고 전해. 그러면 꼭 올 거야.”

“주간페플?”

“그런 게 있어.”

노바디는 빙긋 웃었다.

모퉁이를 돌자, 복도에서 겔란드가 누군가와 이야기를 나누는 모습이 보였다. 고개를 돌린 겔란드의 눈이 커졌다.

“노바디!”

“대사형!”

노바디는 달려갔다.

“너, 괜찮냐?”

“이제 괜찮아요.”

“그래, 다행이다.”

겔란드는 자세한 일에 대해서는 묻지 않았다. 본능적으로 페플이 아닌 다른 세계에 대한 관심은 억제했던 것이다.

겔란드에게 등짝을 한 대 맞은 노바디는 가쿨라와 콜마를 만났다. 둘 다 무척 기뻐했다. 노바디는 또 다른 고향에 돌아온 느낌이었지만, 엘루스는 쌀쌀맞았다. 아예 상대하지도 않으려 했다. 노바디는 굳이 엘루스에게 말을 시키지 않았다.

키가 작고 인상이 엄한 노인이 다가왔다.

"이렇게 늦게 오다니, 이 늙은이더러 죽으라는 거지. 이봐, 젊은이, 팔 좀 들어 봐. 치수를 재야 한다네."

내일 저녁에 왕궁 무도회에 참석하려면 연회복이 필요한데, 노인은 왕궁 전속 의류 담당관이었다. 왕세자의 손님이 허름한 옷을 입고 무도회에 참석했다가는 목이 날아갈지도 모른다.

몇 명의 여인들이 달라붙어 몸의 치수를 재었다. 어떤 여인은 노바디가 쓴 탈을 벗기려 했다. 그들은 사람의 얼굴이 이렇게 클 수 없다고 생각한 것이다. 그러나 외형은 탈이지만 실제로는 얼굴과 다를 바가 없어서 여자들은 당황했다.

"무도회? 거길 가야 해?"

노바디가 놀라서 벨란데르를 쳐다봤다.

"……춤까지 춰야 해."

벨란데르의 얼굴도 썩 좋지만은 않았다.

당황한 노바디가 육사형 콜마의 숙소로 찾아가서 꼭 무도회에 참석해야 하는지 물었다. 속내는 가고 싶지 않다는 것이었다.

무도회를 대비하여 나름대로 춤 연습을 하던 콜마가 노바디를 바라보았다.

"왕궁에 손님으로 머물면서 무도회에 참석하지 않는다는

건 국왕 전하에 대한 모욕이며, 우리를 손님으로 불러 주신 왕세자 저하에 대한 직접적인 반역 행위라고 사사형이 말할 거야. 왕세자 저하를 끔찍이 아끼는 가쿨라 사형이 분노해서 5서클 마법으로 널 죽이려 달려드는 모습을 보고 싶지 않으면 참석하는 게 좋을 거다."

피할 구멍조차 없다는 뜻이었다.

사색이 된 노바디를 향해 콜마가 속삭였다.

"춤을 추다가 상대의 발을 밟으면…… 정말이지 발을 잘라 버리고 싶을 만큼 부끄럽단다."

노바디는 방으로 돌아갔다. 페플에 접속한 이래 오늘처럼 기운이 빠지고 무력해진 적은 처음이었다.

응접실로 들어갔더니 왼쪽 문을 열고 벨란데르가 나왔다. 세 개의 방이 응접실로 나올 수 있도록 연결된 구조였다.

"안 된다지?"

벨란데르가 물었다. 노바디는 힘없이 고개를 끄덕였다.

오른쪽 문이 열렸다. 엘루스가 응접실로 나와 푹신한 소파에 앉았다.

"벨란데르, 춤은 기본 중의 기본이야. 그것도 모르고 지금까지 지낸 거야?"

엘루스는 분명히 벨란데르에게 말했다.

"출 필요가 없었으니까."

벨란데르의 대답은 자연스러웠다.

노바디는 엘루스가 일부러 대화에서 자신을 배제한다는 사실도, 두 사람이 그동안 친해져서 말을 놓는다는 사실도 눈치채지 못했다. 노바디의 머릿속에는 웅장한 음악에 맞추어 수십 명의 사람들이 춤을 추는, 영화에서나 본 장면이 돌아가고 있었다.

차라리 자이곤 동굴로 다시 들어가는 게 낫다.

춤이라니!

노바디는 진지하게 도망쳐야겠다는 생각을 했다. 나중에 욕을 먹더라도 지금은 달아나고 싶었다.

그때, 복도에서 응접실로 들어오는 문이 활짝 열렸다. 사사형 가쿨라가 책을 한 아름 들고 응접실로 와서 테이블에 내려놓았다.

"이방인들을 위한 초보 무도서야. '페르퓸의 날갯짓'은 가벼운 발놀림을 익히기에 좋고, '엘레간토르의 깃털'은 우아한 동작을 배우기에 부족함이 없지. 내가 추천하는 책은 '코멘토라의 군무'야. 조화를 추구하는 춤인데, 굉장한 깊이를 느낄 수 있을 거다."

가쿨라는 거기 있는 젊은 사람들을 한 사람씩 쳐다보았다. 특히 노바디에게는 다른 사람보다 몇 배나 오랫동안 눈길이 머물렀다. 도망쳤다가는 죽음 이상의 고통을 가하겠다는 노골적인 경고였다.

가쿨라가 복도로 나가자, 노바디는 즉시 책이 놓인 테이블로 다가갔다.

한 가지 길뿐이었다.

춤을 배워야 한다.

똑똑.

노바디는 노크를 했다.

"육사형."

"들어와라."

문을 열고 방으로 들어간 노바디는 기다란 테이블에 놓인 수십 개의 약병들 앞에 서서 팔짱을 끼고 생각에 잠긴 콜마를 볼 수 있었다. 기본 약초를 혼합하여 새로운 약을 만들기 위해서 약병들을 꺼내 놓은 것이다.

"바쁘세요?"

"그다지. 매일 하는 일이거든. 여기가 왕궁이라고 해서 내 일과를 바꿀 수는 없지."

"아, 네."

"왜 그러냐?"

"저, 춤 좀 가르쳐 주세요."

"춤?"

콜마의 눈이 가늘어졌다. 그러더니 웃음을 흘렸다.

“저는 진지해요.”

“엘루스에게 부탁해라. 그 아이는 라마간 최고의 댄서야.”

“……엘루스는 벨란데르에게 춤을 알려 주고 있어요.”

“하긴, 엘루스가 네게 단단히 화가 났더구나. 풀리려면 시간이 필요할 테지.”

“부탁드려요, 육사형.”

“그 세계에서는 춤을 안 추냐?”

“출 일이 거의 없어요.”

노바디는 텔레비전에 나오는 아이돌 그룹의 군무를 떠올렸다. 각이 딱딱 떨어지는 그 춤을 위해서 엄청난 노력을 했을 것이다. 대다수 사람들은 그런 춤을 보고 열광하지 직접 추지는 않는다.

“안타까운 곳이네. 좋아, 가르쳐 주마. 넌 배우기 쉬울 거다.”

“네?”

“춤과 무공은 사실 같으니까.”

“……어떻게요?”

음악에 맞추어 몸을 절묘하고 아름답게 흔드는 춤과 상대를 이기고 때로는 죽이기 위해 최대한 효율적으로 움직이는 무공이 어떻게 같을 수 있을까?

“춤도 무공도 혼자서 연습할 수는 있다. 하지만 진짜 춤과 진짜 무공은 상대가 필요해. 상대 없이는 제대로 된 춤도, 무

공도 불가능하단다."
"아, 그건 그러네요."
노바디는 아직 그 말을 완전히 수긍하지는 않았다.
"넌 춤이 뭐라고 생각하느냐?"
"그야……."
말문이 막혔다. 춤에 대해 생각해 본 적이 없었다. 몸치라서 어릴 때부터 춤은 근처에도 가지 않았다. 혼자 방에 갇힌 이후로 춤은 꿈에서조차 나오지 않는, 딴 세상의 일이었다.
"편하게 말해 봐라."
"음, 음악에 맞추어 몸을 흔드는 게 아닐까요?"
"풋."
콜마가 또 웃었다.
노바디는 바보가 된 기분이었다. 옛날 기억이 새록새록 떠오르는 느낌이었다. 이러다가 왕따가 될지도 모른다는 불안한 기분이었다.
"아, 미안하다. 너무 황당해서 웃음이 터진 거야."
"그러면 춤이 뭔데요?"
약간은 도전적인 질문이었다.
"춤은 우아한 대결이란다."
"우아한 대결요?"
"무공이 직접적이고 무식하며 사나운 대결이라면 춤은 간접적이고 우아하며 좀 더 세련된 대결이라고 할 수 있다."

"전 이해할 수 없어요."

"한 번도 춤을 춰 보지 않았으니까 모를 수밖에. 자, 이걸 봐라. 그러면 뭔가 느껴지는 게 있을 거다."

콜마는 가방에서 동그란 알 같은 것을 꺼냈다. 알은 화려하게 장식이 되어 있었는데, 뚜껑을 열자 안에 연회복을 입은 남자와 여자가 서 있었다. 콜마는 태엽 장치를 감은 뒤 그 알을 내려놓았다.

오르골의 음악이 흘러나왔다. 그리고 남자와 여자가 춤을 추기 시작했다.

노바디는 거기에 빠져들었다.

확실히 텔레비전에서 보던 아이돌 그룹이나 댄스 가수의 춤과는 사뭇 달랐다. 절도 있으면서도 아름다운 동작이 이어지고 있었다. 남자가 앞으로 나오면 여자는 물러서고, 여자가 왼쪽으로 돌면 남자는 오른쪽으로 움직였다. 동작이 빨라졌다가 느려졌고, 나비처럼 가벼웠다가 깊은 바다 같은 느낌을 주기도 했다.

왜 우아한 대결이라고 콜마가 설명했는지 어렴풋이 알 것 같았다.

"한 번 더 봐라. 이번에는 남자의 동작만 자세히 살펴라."

콜마는 태엽을 감아서 노바디 앞에 내려놓았다.

오르골이 움직이기 시작했다.

중간이 지났을 무렵, 남자의 팔이 위에서 아래로 떨어졌다. 마치 도끼를 내리치는 동작 같아, 노바디는 깜짝 놀라 눈을 껌벅거렸다.

"어떠냐?"

"……맹부단월이에요."

"맞다."

"어, 어떻게?"

"이제 왜 춤과 무공이 하나인지 알겠느냐?"

"조금은요."

노바디는 얼떨떨했다.

"남자의 춤도, 여자의 춤도 대부분 무공 초식과 일치한다. 그렇다고 상대를 이기려는 무공 초식 그대로는 아니다. 우아하게 다듬어서 춤으로 바꾼 거지만, 그 위력만큼은 대부분 그대로 가지고 있다. 무공이 상대를 물리적으로 이기는 게 목적이라면, 춤은 심리적으로 이기려 한다."

"심리적으로요?"

"다시 봐라. 이번에는 여자 쪽이다."

콜마는 움직이는 오르골의 태엽을 감았다.

노바디는 여자의 동작에 집중했다. 남자가 맹부단월로 팔을 움직이자, 여자는 마치 보이지 않는 손도끼를 피하듯 매끄럽게 몸을 돌리며 남자의 왼쪽으로 파고들었다.

"아!"

노바디는 탄성을 터트렸다.

단순한 춤이 아니었다. 무기를 들지 않았을 뿐, 실제로 상대의 몸에 주먹이나 발이 닿지 않고 있을 뿐, 춤은 무공처럼 상대를 이기려는 대결이었다. 물리적이 아니라 심리적인 승리를 추구한다는 말도 이제는 조금이나마 이해할 수 있었다.

"알겠느냐?"

"굉장해요."

춤에 대한 선입견이 무너지자 더 이상 춤이 무섭지 않았다. 아니, 이곳 페플에 춤은 없다. 모두 무공이며, 대결일 뿐이다. 귀족을 비롯한 상류층이 공식적으로 모이는 무도회에서의 춤은 그야말로 평소의 실력을 겨루는 대결의 장이었던 것이다.

"춤이 무공과 다른 점이 몇 가지 있다. 그중 하나가 아름다움이다. 춤은 상대를 이겨야 하지만, 또한 상대의 매력을 드러내야 한다. 무공과 달리 춤에는 지켜보는 사람들, 즉 관중이 있다. 주위 사람들이 그 춤을 보면서 함께 즐긴다는 말이다."

"……매력을 드러내요? 어떻게요?"

"무공은 자기가 실력이 높으면 그만이지만, 춤은 상대가 제대로 따라오지 못하거나 수준 차이가 많이 나면 엉망이 된다. 자기 잘난 맛에 춤을 추면 그 조화는 깨지기 마련이지. 누구도 그런 춤을 좋아하진 않지. 상대의 수준과 성향에 맞춰 주면서 상대의 잠재력을 끌어내어 두 사람이 각각 춤을

출 때보다 월등히 아름답고 감탄이 흘러나오는 춤을 만들 때, 비로소 사람들은 박수를 치며 환호한단다."

"와, 어렵네요."

노바디는 뺨을 부풀리며 고개를 흔들었다.

"쉽다고는 할 수 없지."

"춤을 잘 추려면 상대가 어떻게 춤을 출지 알아야 하겠네요."

"맞다. 그게 핵심이야. 그래서 초반의 춤을 탐무라고 부른다. 서로를 탐색하는 거지. 어떤 춤을 보여 줄지 상대에게 보여 주는 것이다. 이 과정이 아주 재미있다. 말 한마디 하지 않고, 심지어 태어나서 처음 만나는 상대에게 나의 생각, 나의 뜻을 오로지 몸으로만 전달해야 하니까 말이야. 국왕이라고 해도 탐무 단계에서는 상대의 몸짓에 귀를 기울여야 한다. 탐무에서 읽어 내지 못하면 본격적인 춤이라 할 수 있는 운무가 망가지고, 운무를 통해 서로를 이해하지 못하면 절정인 위무는 심심해지고 마니까. 그러면 결무는 할 필요조차 없단다."

콜마는 열변을 토했다. 그러면서 진지하게 들어 주는 사람 한 명만 있어도 마음에 담아 둔 진실이 쉽게 흘러나오는구나 했다.

"……춤도 대단히 복잡하네요."

"때로는 단 한 번의 춤으로 상대를 깊이 이해할 수 있단다. 백만 마디의 말보다 한 번의 춤이 낫다고 표현한 사상가도 있으니까. 나도 같은 생각이다. 몸짓으로 상대를 속이기는 굉장히 힘들거든.”

“아.”

노바디는 새로운 세계를 들여다본 느낌이었다.

이곳 페플에서의 춤은 그 자체로 하나의 세계였다. 어쩌면 단순한 무공보다 훨씬 복잡하고 미묘한 단계를 거쳐야 완성에 이를 것 같았다.

“이제 설명은 끝났다. 나머지는 네 몫이다. 이 자무계는 가지고 가거라. 내겐 중요한 물건이니까 깨끗하게 쓰고 돌려줘야 한다.”

“고맙습니다, 육사형.”

인사를 하고 나온 노바디는 가르침을 생각하면서 천천히 숙소로 향했다.

응접실로 들어서자 엘루스와 벨란데르가 춤을 연습하고 있었다. 탱고 비슷한 춤을 추면서 난처해하는 벨란데르를 보며 가볍게 웃은 노바디는 방으로 들어가 그 오르골을 닮은 자무계를 침대에 올려놓고 계속 들여다보았다. 보면 볼수록 오묘한 지혜가 느껴졌다.

갑자기 무공은 죽음의 춤이라는 생각이 들었다. 춤이 거대한 바다라면 무공은 특정한 땅이나 섬을 에워싼, 해협이라 불리는 바다 같았다.

무공 대결도 서로를 탐색해야 한다. 상대의 허점을 주로 찾아낸 후에야 본격적인 대결이 이루어진다. 상대를 쓰러뜨리는 순간이 무공 대결의 절정이며, 거기서 죽음의 춤은 끝난다.

그날 밤, 노바디는 새벽이 되도록 자무계 속 남자와 여자의 춤을 보고 또 보았다.

긴장으로 입이 탔다.

노바디는 옷에 대해 신경 쓸 여력이 없었다. 의류 담당관이 가져와서 입힌 옷은 화려한 연회복이었다. 평범한 남자가 입었다면 그럴듯했겠지만 곰 인형 탈을 쓴 노바디에게는 서커스의 광대 같은, 어색하면서도 우스꽝스러운 분위기를 자아냈다.

무도회가 열리는 홀은 대단히 컸다. 수백 쌍이 한꺼번에 춤을 추어도 될 만큼 넓은 홀 안쪽에 백 명이 넘는 악사들이 앉아 장엄하면서도 리듬이 살아 있는 곡을 연주했다. 갖가지 진미는 요리사들이 쉬지 않고 만든 결과였는데, 오늘을 위해 저 멀리 엘루마에서 온 숙수도 있었다.

노바디 곁에 서 있는 벨란데르가 고개를 돌려 레나세르를 바라보았다. 레나세르는 전장의 불여우답게 붉은 드레스를 입고 한껏 뽐내고 있었다.

"춤출 줄 알아?"

"당연하지. 중명 제국의 황명홀에서도 춤을 춘 적이 있어. 그때는 황태자와 췄을걸. 그리고 내가 직접 쓴 무도서도 있는걸."

벨란데르는 입을 다물었다.

음악이 갑자기 무거워졌다. 벨란데르 바로 옆에 붙어 서 있던 엘루스가 속삭였다.

"국왕 전하께서 나오시는 거야."

룬트란의 국왕 바텔세프 3세가 2층에서 대리석 계단을 딛고 아래의 홀로 내려왔다. 그 옆에서는 왕비가 우아한 미소를 지으며 무도회에 참석한 귀족 등 왕국의 상류층을 바라보았다.

"어릴 때, 선왕께서 무도회로 오셔서 길게 말씀을 하실 때 참으로 답답했소. 어서 빨리 춤을 추면서 무도회를 즐기고 싶었는데 아버님께서는 그런 마음도 모르고 한 시간 남짓 연설을 하셨소."

그 말에 한껏 꾸미고 온 사람들이 웃었다.

"자, 시작합시다."

국왕은 손을 들어 올렸다.

경쾌한 음악이 흘러나오자, 사람들은 기다렸다는 듯 좌우로 물러섰다. 노바디는 벨란데르와 함께 뒤로, 홀의 벽 쪽으로 붙었다. 중앙에 커다란 공간이 만들어지자 한 쌍의 아름다운 남녀가 거기로 나왔다.

"왕세자 저하, 공주 저하께서 먼저 춤을 추시는 거야."

엘루스가 벨란데르를 향해 속삭였다.

우아한 음악이 흐르자 왕세자가 공주를 향해 가볍게 고개를 숙였다. 공주도 세련된 예법을 보여 주었다. 두 사람은 가볍게 손을 잡고 춤을 추기 시작했다. 천천히, 느릿느릿 추는 탐무의 단계였다.

노바디는 무공을 익힐 때와 비슷한 집중력으로 그 모습을 바라보았다. 동작 하나에 깃든 의미를 알아내기 위해 애를 썼다.

서로를 잘 아는 남녀는 곧 탐무의 단계를 끝내고, 본격적인 운무로 접어들었다. 급격한 동작의 변화, 갑작스러운 도약, 회피하면서도 다가서는 기이한 춤이 연속적으로 나오자 사람들이 탄성을 터트렸다. 그 복잡하면서도 아름다운 변화가 노바디의 이목을 끌었다.

점점 감정이 고조되었다.

절정에 이른 순간, 왕세자는 공주를 공중으로 던졌다. 공중으로 올라간 공주는 한 마리 학처럼 두 팔을 폈다가 백합처럼 우아하게 회전하며 아래로 내려왔고, 왕세자가 허리를 잡아 주었다.

사람들은 열렬히 박수를 치고 있었다.

들끓는 감정을 가라앉히는 마무리 단계의 춤도 부족함이 없었다. 춤을 끝낸 왕세자와 공주가 사람들을 향해 고개를 숙여 인사하자, 우레 같은 함성이 터졌다.

이제 사람들은 그 커다란 공간으로 나오며 파트너를 찾았다. 무도회는 누가, 언제, 어떻게 파트너가 될지 알 수 없다는 점에서 무척 매력적이었다. 엘루스는 벨란데르의 손을 잡고 앞으로 나갔다. 레나세르를 향해 다가온 사람은 겔란드였다. 가쿨라도, 콜마도 젊은 여인들의 손에 이끌려 춤을 추기 위해 앞으로 나갔다.

노바디만 남았다.

다들 노바디의 커다란 얼굴, 곰 인형을 닮은 그 탈을 힐끔거렸지만 누구도 다가와서 손을 내밀거나 춤을 추자는 말을 건네지 않았다. 잔뜩 긴장했던 노바디는 차라리 다행이라고 생각했다. 이럴 줄 알았다면 좀 더 크고 못생긴 탈을 뒤집어썼을 텐데.

그때, 뒤에서 목소리가 들렸다.

"제 손을 잡아 주세요."

보통 여자가 먼저 춤을 추자고 요청할 때 하는 말이었다.

노바디는 천천히 돌아섰고, 속으로 한숨을 내쉬었다. 조금 전 왕세자와 춤을 췄던 공주였다. 매우 아름답고 똑똑해 보이는 두 눈이 반짝거리고 있었다. 아마도 호기심 때문에 이상하게 생긴 이방인을 찾아온 것이리라.

거절은 불가능하다. 노바디는 이쪽을 힐끔거리는 사사형 가쿨라의 시선을 느꼈다.

"영광입니다."

노바디는 예법대로 공주의 손을 잡았다.

긴장으로 몸이 폭발할 지경이었다. 페플 시스템도 이 심리적인 압박은 해결할 수 없었다. 공주 때문에 엄청나게 따가운 시선이 날아들었다. 젊은 사내들이 특히 노바디를 죽일 듯 노려보고 있었다. 그들은 공주의 손을 잡기 위해 오랫동안 이날을 기다렸다.

갑자기 음악이 사라졌다. 춤이 시작될 테니 준비하라는 뜻이었다. 노바디는 이왕 이렇게 됐으니 최선을 다하리라 마음먹었다.

"원래 얼굴이에요?"

공주가 물었다.

"좋아하는 얼굴입니다."

"그래요? 전 이방인이 가끔 부러워요. 얼굴을 마음대로 바꿀 수 있으니까요."

"다른 사람들은 그런 고민을 해도, 공주님은 해선 안 됩니다."

"왜요?"

"충분히 예쁘시니까요."

노바디는 민망함이 속에서 오글대는 느낌을 받았다. 그래도 할 수 없다. 이곳에 맞게 말을 할 줄 알아야 한다.

"고마워요. 이름이?"

"노바디입니다."

"전 론세리스라고 해요."

음악이 시작되었다.

춤도 시작되었다.

수백 명이 한꺼번에 춤을 추기 때문에 부딪히지 않는 것도 매우 중요했다. 파트너와의 호흡을 고려하는 동시에 주위에서 춤추는 사람들의 동작까지도 놓치지 말아야 한다.

공주는 천천히 움직였다. 작은 파도가 밀려드는 것처럼 앞으로 나아왔다가 다시 뒤로 물러갔다.

기본적으로 춤의 진행은 직선형과 회전형으로 나누인다. 직선형은 앞으로, 혹은 뒤로 움직이고 회전형은 왼쪽이나 오른쪽으로 도는 것이다. 직선형은 힘과 기술을 제대로 보여줄 수 있지만 딱딱할 수 있는 반면에 회전형은 우아함을 드러내기 쉽지만 지루해질 가능성이 높았다. 일반적으로 직선형보다 회전형이 더 까다롭다고 알려져 있었다.

노바디는 공주의 배려를 느낄 수 있었다. 이방인 대다수가 이런 춤에 익숙하지 않다는 사실을 알고 있는 듯했다. 레나세르처럼 개인적인 관심이 없다면 이렇게 어렵고 복잡한 춤을 추려고 무도회에 참석하는 이방인은 없다고 해도 과언이 아니었다.

노바디는 공주의 몸놀림을 무공이라고 생각했다. 그편이 나았다. 무도회가 본격적으로 시작되기 전에 두 알이나 복용한 단청단의 효과가 제대로 나타나고 있었다. 공주의 동작이 생생하게 느껴졌고, 주위 사람들의 춤도 그 방향을 어느 정도는 예상할 수 있었다.

탐무의 단계에서 힘이 들지만 편안한 직선형을 상대에게 보여 준 공주가 입을 열었다.

"의외로 잘하세요."

"실은 밤새 연습했습니다."

"재미있는 분이네요."

음악의 분위기가 달라졌다. 탐무가 끝나고 운무가 시작되었다는 뜻이다. 주위 사람들의 몸놀림이 빨라졌다.

"제가 리드할게요."

"최선을 다해서 따라가겠습니다."

노바디는 공주의 동작 하나하나에 정신을 집중했다. 처음엔 무공 공격으로 생각해서 너무 단조롭게 반응했지만 수십 번 본 그 자무계의 춤이 간간이 떠올라 조금씩 변형시킬 수 있었다.

아름다움은 틀을 깨는 데서 흘러나온다. 예상을 깨뜨리면서도 더 오묘한 분위기를 만들어 낼 때, 사람들에게서 탄성이 터져 나온다.

춤에도 무공처럼 초식이라 불릴 만한 동작, 편무가 있었다. 팔을 휘감거나, 다리를 사선으로 내딛거나 하는 동작마다 이름이 붙어 있었다. 어릴 때부터 춤을 배운 네이티브들은 모두 그 편무를 기초로 다양한 조합을 해 가면서 춤을 추고 있었다.

수십수백 개의 편무 조합이 바로 하나의 완성된 춤이었다.

노바디는 자무계를 들여다봤을 뿐, 실제로 춤을 배운 적이 없었다. 그래서 편무 따위는 깡그리 무시하고 자신만의 방식으로 몸을 움직였다. 두 개의 편무를 통해서 이루어지는 동작을 단번에 해결하기도 하고, 하나의 편무를 세 개의 동작으로 늘리기도 하는 등 공주의 눈에는 편법과 파격으로 가득한, 새로운 춤이었다.

어느새 공주는 자신이 리드하는 게 아니라 리드당하고 있다는 사실을 깨달았다. 이방인 노바디의 춤은 물처럼 주위를 채우고 있어서 벗어날 수가 없었다.

장난기가 발동해서 뒤에서 춤을 추는 늙은 공작과 부딪치게 할 생각으로 앞으로 밀었는데, 노바디는 믿을 수 없을 만큼 유연하게 움직여 오히려 공주를 왼쪽으로 유도했다. 춤의 고수가 일부러 춤을 못 추는 흉내를 내고 있는 게 아닌가 싶었다.

더 놀라운 건, 노바디의 흐름에 몸을 맡겼을 때 청아하면서도 부드럽고 깊으면서도 고요한 느낌을 받는다는 사실이었다. 사람들로 북적거리는 이 무도회 홀이 아니라, 서늘한 바

람이 부는 대나무밭 사이의 오솔길을 함께 걷는 기분이었다.

그 흐름에서 일부러 벗어나거나 저항하면, 순식간에 기이한 분위기가 깨졌다.

공주는 노바디에게 자신을 맡겼다. 그가 만들어 가는 새로운 스타일의 춤을 온전히 믿었다. 주위 사람들이 모두 사라진 기분이었다. 스스로 그들을 신경 쓸 필요가 없었다. 노바디의 흐름을 따르기만 하면 그들이 얼마나 가까이 있든 부딪히지 않을 거라는 확신이 생겼다.

음악이 빨라졌다.

공주는 운무가 좀 더 길기를, 그래서 춤이 끝나지 않기를 바랐지만 악단은 절정을 향해 달려가고 있었다.

왕세자 오라버니가 그랬던 것처럼 노바디도 자신을 공중으로 던질 거라고 공주는 생각했다. 요즘 유행하는 방식이었다. 마음 한구석에는 이 독특한 이방인의 절정은 다를 거라는 생각이 들기도 했다.

음악이 터지는 순간, 여인들이 공중으로 솟구쳤다. 남자들은 위를 올려다보고 있었다.

저절로 눈이 감긴 공주는 공중에 떠 있었다. 던져진 게 아니라, 마치 저절로 떠오른 느낌이었다. 바닥에서 50센티미터 가량이라서 전혀 무섭지 않고, 오히려 편안했다. 다른 여자들이 다 아래로 내려와 남자들의 도움을 받아 바닥에 착지했을 때도 공주는 떠 있었다.

공주는 구름 위에 둥실 날아오른 기분이었다. 홀의 사람들은 물론 파트너인 노바디조차 사라졌다.

혼자만의 세상이며, 혼자만의 절정이었다.

엉금엉금 기다가 몸을 일으킨 순간부터 춤을 배웠다. 왕족, 특히 공주에게 춤은 그 무엇보다 중요한 분야였다. 춤으로 소문난, 춤의 고수들을 숱하게 만났다. 그들 중에는 진정한 춤의 달인, 무린도 몇 명 있었다. 그들을 통해서 공주는 춤이 단순한 사교 기술이 아니라는 점을, 춤으로 더 높은 차원으로 올라갈 수 있음을 배웠다.

그렇게 하루도 빼놓지 않고 춤을 춰 온 공주도 이런 절정은 처음이었다. 춤은 두 사람이 춘다. 때로는 수십 명이 함께 춘다. 혼자 추는 춤은…… 춤이 아니라고 배웠다.

두 사람이 추는데 혼자만의 세계라니.

천천히 내려와 바닥에 발이 닿는 순간, 공주는 다시 홀로 돌아왔다. 눈물이 떨어졌다. 기뻐서, 그리고 아쉬워서.

마무리는 금세 끝나 버렸다.

"……고마워요."

"오히려 제가 감사드립니다. 처음이라 제 마음대로 했습니다. 무례를 용서하십시오."

노바디는 공주의 손을 놓고 도망치듯 물러났다. 일단 춤을 췄으니 홀을 빠져나가도 더 이상은 무례가 아니다.

쓰러질 것 같은 피곤을 느끼며 홀을 나서려는 노바디 앞으

로 한 사람이 다가왔다.

"제 손을 잡아 주세요."

"……여, 영광입니다."

노바디는 거절할 수 없었다.

그 여자는 국왕 곁에 있었던, 조금 전 춤을 췄던 공주의 어머니…… 이 나라 룬트란의 왕비였다.

국왕은 붉은 꽃잎이 그려진 찻잔을 들어 입을 가져갔다. 수염 사이의 입으로 한 모금 차를 마신 후, 맞은편에 앉아 있는 노바디를 바라보았다.

"그대처럼 춤을 잘 추는 이방인은 처음이네."

"……화, 황공하옵니다."

노바디는 어릴 때 봤던 사극을 떠올렸다. 기분이 이상하면서도 좋았다. 사극 안으로 들어간 기분이었다. 다행히 조선시대와 달리 왕 앞에 무릎을 꿇지 않아도 되었다.

"마르세르에서 그대를 모르는 사람이 없을 걸세. 나 역시 그대의 이름을 기억해 두지."

그 말을 듣는 순간, 메시지 창이 열렸다.

-명성이 50 올랐습니다.

이미 무도회를 통해 노바디의 명성은 400을 돌파했다. 현재 그의 명성은 467이었다.

"과찬이십니다."

노바디는 원정대 전체가 다 들어와서 앉아 있는데 국왕이 유독 자신에게 말을 걸어서 부담이었다.

무도회에서 공주와 춤을 추었다. 그리고 이어서 왕비의 파트너가 되었다. 그날, 노바디는 늙은 귀부인들이 자기 앞에 줄을 서는 광경을 보고 앞이 캄캄했다. 춤을 볼 줄 아는 여인들은 모조리 노바디에게 손을 잡아 달라고 말할 태세였다.

공작 부인과 춤을 춘 다음 뒤도 돌아보지 않고 달아났기에 망정이지 조금만 늦었더라면 무도회가 끝날 때까지, 어쩌면 그 이상으로 붙잡혀 있었을지도 모른다. 그날을 떠올린 노바디는 몸을 부르르 떨었다.

"뮬란도르의 숲으로 간다고 들었소."

국왕은 드디어 원정대장 겔란드에게로 시선을 옮겼다.

"그렇습니다, 전하."

"국왕으로서가 아니라 아버지로서 부탁이 하나 있소."

"말씀하십시오."

"왕세자는 마음이 곧고 지식도 탁월하지만 경험이 부족하오. 안 그래도 여행을 보낼 생각이었는데, 원정대의 일원이 되어 뮬란도르의 숲에 머무는 녹색 날개의 일족에게 내 친서를 전달했으면 하오."

부탁이라기보다는 명령이었다.

"뜻대로 하십시오."

"고맙소."

"아니옵니다, 전하."

"너무 걱정할 필요는 없소. 근위 기사단 부단장이 왕세자를 그림자처럼 지킬 테니 말이오."

"감사하옵니다."

겔란드가 고개를 숙였다.

국왕은 다음 스케줄을 위해 방을 나갔다. 근위대장과 비서장이 뒤따랐다. 한 나라를 다스리려면 많은 부분을 들여다보고 결정해야 하기 때문에 바쁠 수밖에 없었다.

"휴우."

겔란드가 한숨을 내쉬었다. 딱딱한 태도는 그에게 어울리지 않았다. 그도 답답함을 참고 있었던 것이다.

복도로 나갈 때 벨란데르가 옆으로 붙었다.

"넌 좋겠다."

"뭐가?"

"명성, 200 넘었지?"

"……응."

400이 넘었다는 이야기는 차마 하지 못했다.

"명성이 운과 관련이 깊거든. 레벨에 비해 명성이 높으면 운도 높아져. 반대로 레벨은 높은데 명성이 낮으면 아무리 사냥을 해도 괜찮은 아이템을 얻기 힘들고. 지난번에 자이곤 동굴에서 얀셀의 물약을 얻었잖아. 그거, 다 명성발이야."

벨란데르는 킹자이곤을 죽인 것도 명성, 즉 운 덕분이라는 말을 하고 싶었다. 요곤의 반지라는 귀한 아이템을 얻은 것도 높은 명성 때문이라고 주장하고 싶었지만, 아니라는 사실을 잘 알기에 입을 다물었다. 그런 이야기를 해 봐야 자존심만 무너질 뿐이다.

"그래?"

처음 듣는 이야기였다. 어쩐지 킹자이곤이 있는 지하 깊숙한 곳까지 내려가면서 자이곤을 한 마리밖에 만나지 않았다는 게 이상했다. 그게 명성 덕이었다니, 약간은 신기하고 조금은 떨떠름했다.

벨란데르가 갑자기 목소리를 죽였다.

"궁전 설계도를 찾아냈어. 예언자가 어디 있는지 알아냈다는 뜻이야."

"오늘 밤?"

"그래, 오늘 밤."

둘은 접선하는 간첩처럼 은밀하게 시선을 주고받았다. 엘루스가 다가오자 대번에 시치미를 잡아뗐다. 눈치 빠른 엘루스는 무언가 이상하다는 사실을 알아차렸지만 계속 노바디를 무시하고 있는 자신만의 결심을 깨고 물어보기가 껄끄러워 가만히 있었다.

숙소로 돌아간 노바디는 안에서 문을 잠갔다. 그리고 약병

에서 단청단 세 알을 꺼냈다. 윤기가 자르르 흐르는 그 알약 세 개를 입에 털어 넣고 삼켰다. 약효가 몸으로 퍼지기 시작한 순간, 노바디는 접속을 끊었다.

커넥터 밖으로 나온 김현은 방이 얼마나 아름다운지, 어둠에도 얼마나 다양한 빛깔이 숨어 있었는지를 깨닫고 할 말을 잃었다.

소파에 앉을 수가 없었다.

수천 권의 만화책들은 그 자체로 완벽한 형태를 갖추며 책장에 꽂혀 있었다. 만화책 제목을 본 순간 그 내용이 눈앞에 펼쳐졌다. 마치 대형 스크린에 만화가 떠올라서 빠르게 넘어가는 것 같았다. 한 번의 눈길로 수십 권의 만화책을 본 기분이었다.

페플에서의 변화, 혹은 효과가 현실에서도 지속되는지 알아보기 위해 일부러 그 아까운 단청단을 세 알이나 먹었다. 현실로 나온 김현은 페플과 똑같지는 않지만 비슷한 효능이 있다는 사실을 확신했다. 몸은 깃털처럼 가벼웠다. 이 고요한 방을 채운 공기의 흐름까지 느낄 수 있었다.

문 너머 거실에서 드라마 소리가 들렸다. 혼자 있을 때도 웃기는 장면이 나오면 손으로 입을 막는 엄마의 웃음은 정겨웠다. 냉장고가 윙윙거리는 소리, 위층에서 슬리퍼를 끌고 지나가는 소리, 저 아래쪽 주차장에서 차 문을 닫는 소리가 귀로 파고들었다.

다리에 힘이 빠져 소파에 털썩 앉았다.

적어도 자신에게만큼은 페플과 현실이 얽혀 있었다. 페플에서의 변화가 현실로까지 이어졌던 것이다.

페플을 운영하는 회사에 연락을 해야 할까? 그들이라면 왜 이런 현상이 벌어지는지 알고 있을까? 연락해서 사실을 알린다면 어떤 조치를 취할까? 혹시 커넥터가 특별해서 이런 변화가 생겼을까? 그 회사가 아무런 설명도 해 주지 않고 저 커넥터를 회수해 버리지는 않을까?

김현은 자신이 그 누구에게도 알리지 않을 거라는 사실을 직감했다. 누구도 믿을 수 없다. 엄마를 사랑하지만 엄마의 판단까지 신뢰할 수는 없다. 사랑한다고 해서 모든 것을 용납할 수는 없다.

"나 스스로 알아내야 해."

말을 하는 순간, 정답임을 느꼈다. 몸에 짜르르 전율이 흘렀다. 그 짜릿한 쾌감은 한참이나 몸 곳곳에서 조그만 감전 현상을 일으켰다.

시간이 흐르자 단청단의 약효가 서서히 사라졌다. 지속 시간은 페플에서보다 짧은 것 같았다. 시력이 마이너스인 아이가 딱 맞는 안경을 썼다가 벗었을 때처럼 주위가 뿌옇게 보이는 느낌이었다.

페플과 현실의 관계가 얼마나 깊이 얽혀 있는지, 어떤 방식으로 영향을 주는지, 어떤 부분은 가능하고 또 어떤 부분은 불가능한지를 알아야 한다.

페플에서 얻은 아이템, 특히 무기는 현실로 가지고 나올 수 없다. 사라겐의 수부가 아무리 멋진 무기라고 해도 현실에는 없다. 현재로서는 단청단처럼 복용 가능한 알약의 효과와 페플에서 직접 익힌 무술 동작 정도만 현실에서도 통하고 있었다.

김현은 페플 접속을 위해 화장실로 향했다.

레나세르는 다리를 꼰 채 노바디가 접속하기를 기다리고 있었다. 잠긴 문 통과는 쉬웠다. 현실에서도 페플에서처럼 몇 가지 유용한 마법이 가능하다면 기자로서의 삶이 훨씬 편해질 것이다. 문을 잠가도 쉽게 들어가 취재든 인터뷰든 할 수 있을 테니까.

갑자기 담배가 당겼다. 평소라면 담배 한 대 태우려고 접속을 해제할 수도 있지만, 지금은 그러고 싶지 않았다.

곧 고등학교 2학년이 되는 학생의 말이 생생했다.

-그 녀석 반 친구가 죽었어요. 제가 알기로는 그 직후부터 현이가 학교를 나오지 않았어요.

김현과 초등학교 6학년 때 같은 반이었던, 중학교도 같은 학교로 진학했으나 반이 갈렸던 그 학생은 4년 전의 일을 그렇게 요약했다.

친구의 죽음만큼 깊은 충격을 주는 사건도 드물다. 그 죽음은 김현의 삶을 망가뜨렸고, 김현으로 하여금 방으로 숨도록 만들었다.

기자로서는 좀 더 파고들어 진실을 알아내고 싶었다. 은둔형 외톨이, 공황장애 등 정신적인 면에 문제를 지닌 아이가 4년이 지난 후에 페플로 들어와 새로운 삶을 살기 시작했다는 이야기는 그 자체로 사람들의 이목을 끌 터였다.

기자는 사람들의 알 권리를 충족시키고 돈을 버는 직업이지만, 모든 진실을 캐내어 터트릴 권리나 자유는 없다.

그 학생은 김현이 어떤 학생이었는지에 대한 질문에 고개를 갸웃거리더니 이렇게 말했다.

－조용했어요. 약간은 왕따 분위기 같은 게 있었거든요. 모범생이라고 하기엔, 공부도 그리 잘한 편도 아니었으니까요.

그 학생에 따르면, 김현은 싸움과 거리가 먼, 오히려 당하는 쪽이었다. 집으로 들어온 깡패, 그것도 사채꾼이 거느린 잔인한 건달 셋을 작살낼 만큼 싸움에 도가 튼 아이는 아니었다.

레나세르, 아니 현실의 윤태희는 더 이상의 취재를 중단했다. 깊이 파고들 수는 있으나 그래 봐야 언젠가는 진실에 대한 호기심보다 김현이라는 사람에 대한 배려가 커지는 순간이 올 테고, 그동안 시간과 노력을 들인 취재 자료를 모두 없애고 말 것이다.

레나세르는 현실의 김현을, 또 페플의 노바디를 오래 볼 수 있기를 바랐다. 무도회에 참석한 모든 사람들의 이목을 집중시켜 버린 그 오묘한 춤 같은 기적을 계속 볼 수 있으려면 여기서 멈춰야 한다. 기자로서는 아깝지만 한 사람으로서는 적절한 판단이었다.

김현의 과거에 대한 관심은 땅에 묻어 버릴 생각이지만, 현재의 김현에 대해서는 더 깊이 파고들 생각이었다. 직접 대면했기에 알 수밖에 없는 그 차분한 분위기로의 전환이 어떻게 이루어졌는지 꼭 알아내고 싶었다.

노바디의 성장, 김현의 변화를 깊이 떠올리면 과거에 명성이 하늘을 찔렀던 게이머 제우스가 생각난다. 현재 페플에서 활동하는 다수의 게이머들은 제우스를 모른다. 제우스가 얼마나 대단했는지 아는 게이머는 소수에 불과하다.

제우스가 잠적하여 더 이상 페플, 가상 세계로 들어오지 않은 지 벌써 6년이 넘었다.

제우스는 페플 역사상 최초의 9서클 마스터이자 검술의 궁극에 이르렀으며, 중명 제국의 수호신이라 불린 황룡을 꺾은 유일한 게이머였다. 심지어 마법의 분류 너머에 있는 10서클로 올라갔다는 소문이 돌았던, 제우스가 마법으로 거대한 산을 만드는 광경을 직접 봤다는 게이머들 덕분에 그 소문이 현실이 될 뻔했지만 증명이 불가능해서 그냥 이야깃거리로 묻히고 말았던 게이머다.

당시에 활동했던 게이머들 사이에서는 제우스가 누군지에 대해 의견이 분분했다. 많은 사람들이 페플 그룹을 이끄는 안종화 회장이 제우스라고 주장했다. 그러나 제우스가 페플에 접속한 시간과 안종화 회장의 스케줄을 비교한 어느 게이머에 의해 그 주장은 무너지고 말았다. 제우스가 황룡과 싸울 때 안종화 회장은 미국으로 건너가 백악관에서 대통령과의 조찬 모임에 참석하고 있었다.

이후 안종화 회장의 아들이자 페플 운영에 깊숙이 개입하던 안형준이 제우스라는 소문이 커졌는데, 안형준 스스로 자신은 검제라는 사실을 밝힘으로써 낭설은 사라졌다.

꽤 오랫동안 이어진 '제우스 찾기'는 시간이 흐르면서 흐지부지되었고, 이제는 게이머들 사이의 장난 같은 것이 되었다. 얼마 전 있었던 황당한 퀘스트 '노바디 찾기'는 올드 게이머들에게 제우스를 떠올리게 만들기도 했다.

당시 제우스와 관련된 이야기 중의 하나는 황당했지만 재미있었다. 페플 최강의 검객이었던 제우스가 현실에서도 전국검도대회에 출전하여 우승했다는 내용이었다. 놀라운 건,

제우스가 실제 세상에서는 검도를 배운 적이 없다는 주장이었다.

어떤 게이머는 제우스가 열 명의 건장한 남자들과 시비가 붙자 순식간에 그들을 맨손으로 해치웠다고 말하기도 했다. 목격자가 네댓 명이나 될 만큼 신빙성이 있는 이야기였다.

제우스와 같은 학교를 다녔다고 주장하는 또 다른 게이머의 말에 따르면, 제우스는 반에서 조용하며 일진 스타일의 학생들에게 돈을 뜯기던, 아주 약한 학생이었다. 그 게이머는 자신이 아는 그 녀석이 제우스일 리가 없다는 주장을 펴면서 근거로 제우스라 추정되는 사람의 학창 시절을 밝힌 것이다.

노바디가 제우스일 리는 없다. 6년 전 노바디는 초등학생이었다. 그러나 노바디가 제우스와 비슷한 스타일의 게이머일 가능성은 배제할 수도, 무시할 수도 없다.

지나치게 흡사했다.

제우스가 이미 완성된 게이머라면, 노바디는 성장하는, 정점을 향해 올라가는 게이머일 수도 있다.

누군가에게 말을 한다면 비웃음을 살 만한 이런 생각을 할 때마다 레나세르는 흥분에 사로잡혔다. 가치 있는 진실을 알아내고 사람들에게 들려주는 작업도 충분히 고귀한 일이지만, 개인적으로 설명할 수 없는 기적이 눈앞에서 벌어지는 과정을 지켜보는 것도 가슴 뛰는 일일 것이다.

그때, 방 중앙에 김현, 아니 노바디가 나타났다.

"어?"

"안녕."

"……안녕하세요."

노바디는 문을 쳐다보았다. 잠겨 있었다. 레나세르가 문을 열지 않고 안으로 들어왔다는 뜻이다. 마법에 능하니 닫힌 문을 통과하는 독특한 마법이 있는 모양이었다. 잠시, 현실에서도 그런 마법을 사용할 수 있게 된다면 어떨까 생각했다.

노바디는 피식 웃었다. 말도 안 되는 상상이다.

"재미있는 일이라도 있니?"

"무슨 일이에요?"

"오늘 밤에 왕궁 지하로 내려간다면서?"

"현재로서는 그 방법이 가장 나을 것 같아서요."

노바디는 다리를 꼰 레나세르 맞은편에 앉았다. 레나세르의 매끈한 다리를 쳐다보지 않으려고 애를 썼다.

"그러다 들키면 일이 커져. 단순한 거짓말이 왕궁에 대한, 왕국에 대한 반역이 된다는 것, 알고 있지?"

"네."

"왜 그런 위험을 무릅쓰고 거길 내려가려는 거지? 거짓말은 벨란데르가 했지, 너와는 상관이 없잖아."

그 질문은 노바디도 자신에게 던진 질문이었다. 답은 의외로 쉬웠다. 벨란데르 같은 게이머, 자신과 비슷한 면이 많은

게이머를 잃고 싶지 않았기 때문이다.

다른 왕국이나 공국으로 가 버리면, 두 번 다시 룬트란 왕국에 오지 않아도 페플을 충분히 즐길 수 있다. 그만큼 페플은 광대한 세상이었다. 심지어 비행선이나 범선을 타고 대양을 건너면 마룬타 대륙과도 바이바이할 수 있을 정도였다.

벨란데르는 라마간을 떠난 원정대가 이곳 마르세르로 오기까지 철저하게 네이티브처럼 행동했다. 이방인 특유의 오만함이랄까, 시골에 잠깐 놀러 온 도시 대학생 같은 분위기를 최대한 없앴다. 그 노력을, 그로 인한 변화를 본 노바디는 벨란데르의 요청을 거절할 수도 없었고, 거절하고 싶지도 않았다.

노바디는 그 모든 생각을 한마디로 모아서 대답했다.

"동료니까요."

"동료?"

레나세르의 입꼬리가 올라갔다.

친구라는 말도 더 이상 본래의 의미를 잃은 시대가 아닌가. 동료라는 말은 같은 직장에 다니는 사람들을 지칭하는, 얼마든지 무시할 수 있는 사람들에 대한 호칭이 아닌가.

노바디의 입에서 나온 그 단어는 좀 더 의미심장하고 울림이 있었다. 완전히 다른 단어 같았다.

"도와줄 거죠?"

"왜 그렇게 생각해?"

"잘 아는 동생이라면서요."
"그냥 아는 동생이야."
"고맙습니다."
"도와준다는 말, 아직 안 했다."
"나중에 봐요."
노바디는 문을 열고 나갔다. 뒤도 돌아보지 않고.
그만큼 믿는다는 뜻이었다.
잠시 후, 레나세르는 웃음을 터트렸다.

다음 권으로 이어집니다

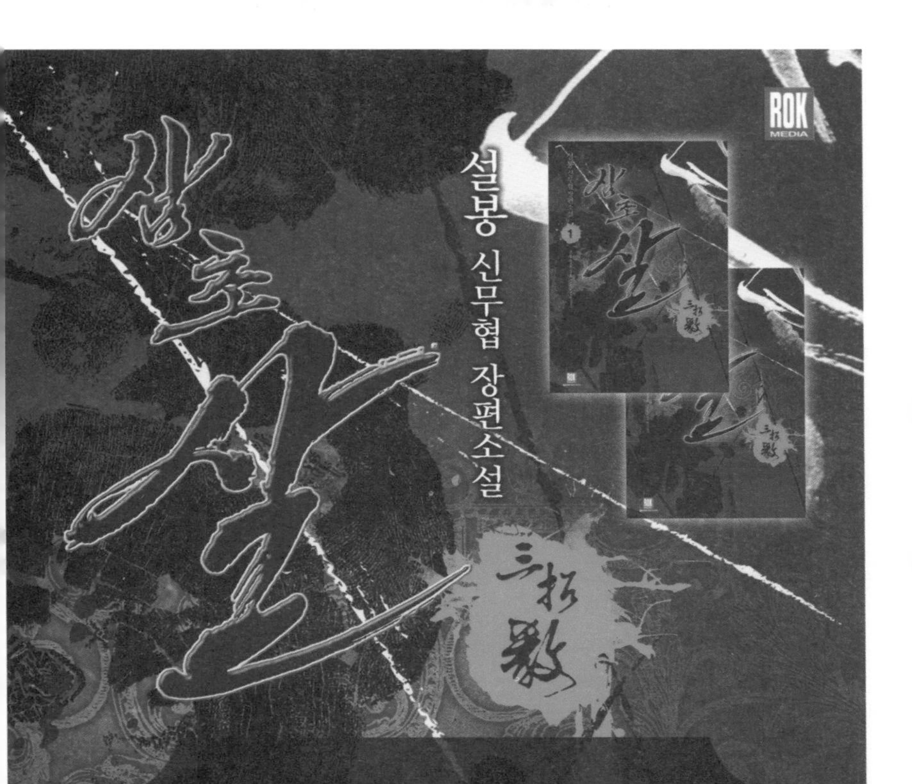

일 격에 즉사시킨다!
이 격에 확인한다!
삼 격에 영혼마저 말살시킨다!

살수 무협의 또 다른 전설
『사신』을 잇는 대작 설봉의 『삼초 살』!

살수 문파에서 시체가 흘린 피를 닦는 소년
언제 죽을지 모를 파리 목숨, 일명 추한 구더기 추저醜蛆
갑을병정 중 정에도 못 끼던 그가
갑 중 갑이 되어 세상을 뒤집는다!